Allitera Verlag

I0661945

edition monacensia
Herausgeber: Monacensia
Literaturarchiv und Bibliothek
Dr. Elisabeth Tworek

Von Lena Christ sind in der *edition monacensia* bisher erschienen:

Liebesgeschichten. Ausgewählte Erzählungen
Lausdirndlgeschichten. Erzählungen
Madam Bäuerin. Roman

Lena Christ

Mathias Bichler

Roman

Münchner Stadtbibliothek
*M*onacensia
Literaturarchiv und Bibliothek

Allitera Verlag

Weitere Informationen über den Verlag und sein Programm unter:
www.allitera.de

Juli 2012
Allitera Verlag
Ein Verlag der Buch&media GmbH, München
© 2012 für diese Ausgabe: Landeshauptstadt München/Kulturreferat
Münchner Stadtbibliothek
Monacensia Literaturarchiv und Bibliothek
Leitung: Dr. Elisabeth Tworek
und Buch&media GmbH, München
Redaktion: Dietlind Pedarnig / Sarah Laugwitz
Umschlaggestaltung: Kay Fretwurst, Freienbrink
unter Verwendung des Ölgemäldes »Hirtenknabe«, Franz von Lenbach (1860)
Herstellung: Books on Demand GmbH, Norderstedt
Printed in Germany · ISBN 978-3-86906-302-7

Inhalt

Im Weidhof

Meine Kostmutter hat mir gesagt, daß ich am vierten Sonntag nach der Erscheinung des Herrn, also gerade an dem Tag auf die Welt gekommen bin, da in Sonnenreuth der erste Viehmarkt im Jahr ist.

Wer meine Mutter ist, hat sie gesagt, das weiß sie nicht; und von meinem Vater hat sie bis auf den heutigen Tag nichts gesehen. Ich auch nicht; und ich glaube fast, daß es wahr ist, was die alte Irscherin, die Waldhex, gesagt hat: nämlich, daß ich ein Wechselbalg bin, bei dem die Truden und Unhold Gevatter gestanden sind.

Das aber ist einmal gewiß: Ich bin an dem obgemeldeten Tag auf d' Nacht nach dem Gebetläuten vor der Haustür der alten Weidhoferin gelegen und habe durch mein jämmerliches Wimmern die Leut erschreckt. Denn wie der Weidhofer, der Meßmer von Sonnenreuth, vom Gebetläuten heimkommt und zu der Haustür hineinwill, liegt was am Boden. Er stößt mit dem Fuß daran hin, da fängt es an zu wimmern. Der Weidhofer machts Kreuz; dann aber hebt er das Päcklein auf und trägts hinein in die Stuben.

Und wie sie den ganzen Haderlumpen auseinandergewickelt haben und haben geschaut, da wars ich.

Und auf einem Zettel ist es gestanden: daß ich heut nacht zur Welt gekommen und noch nicht getauft bin, und daß die Gemeinde schon für mich zahlen wird.

Da hat die Meßmerin gesagt: »In Gotts Nam; zieht man 'n halt auf, den Wurm!«

Und sie hat mich am andern Tag aus der Tauf gehoben und hat mir eine Wiegen in ihre Schlafkammer gestellt und an ihre Bettstatt gerückt.

Und einen Namen hat sie mir gegeben, nach ihrem Sinn und Stand, und ich heiße: Mathias Bichler, der Weidhoferbalg. Denn da man keinen Vater noch eine Mutter gewußt hat, die mir hätten ihren Namen geben können, so hat halt die alte Weidhoferin den ihrigen hineingesetzt ins Taufbuch und hat gemeint: »Alt ist er und gut auch, und er wird schon auskommen damit und vielleicht einmal ein rechtschaffener Bauer werden, wie der alte Bichler, Gott hab ihn selig, einer gewesen.«

Aber es ist wohl ein wenig anders gekommen; und ich habe schon von klein auf zu allem andern mehr Lust und Geschick gezeigt als zu einem Bauern.

Auch bin ich nicht, wie andere Bauernkinder, stundenlang auf dem Stubenboden oder im Hausflöz gehockt, zufrieden, wenn man mir einen leinenen Schnuller in den Mund steckte und den Stiefelzieher auf den Schoß legte als Spielzeug. Ich begann vielmehr, kaum ich ein vier, fünf Jährlein alt und Herr über den Gebrauch meiner Glieder geworden war, allerlei Wünsche und Neigungen zu betätigen, die wenig zu einem genugsamen und geraden Bauernwesen paßten.

Am liebsten schlich ich mich in die Künigkammer, die beste Stube des Hauses, in der seit Menschengedenken aller Prunk und Glanz des Weidhofs angehäuft wurde.

Da wühlte ich in den Truhen und Schränken, behängte mich mit seidenen und blumendurchwirkten Tüchern, silbernen Ketten und schimmernden Flachszöpfen, setzte die alte, hohe Pelzhaube des seligen Weidhoferahnls auf und stellte mich so herausgeputzt vor den Spiegel des Glaskastens und betrachtete und beschaute mit viel Ergötzen meine Herrlichkeit. Sodann kletterte ich auf Tisch und Stuhl, nahm die alten, vergoldeten Heiligenbilder von den Wänden, lehnte sie der Reihe nach rings um die Ofenbank und begann, vor diesen auserlesenen Zuschauern die wunderlichsten Tänze und Sprünge auszuführen.

Oder ich trieb mich auf dem Dachboden herum und trug dort alles zusammen, dessen ich irgendwie habhaft werden konnte: Decken, Schüsseln, Messer, Mausfallen, Weichbrunnkrügl, Gebetbücher; ja sogar das Vogelhaus samt dem Hansl und die Blumenstöcke vom Söller schleppte ich da hin.

Dabei hatten alle diese Dinge in meinen Spielen ihre Bestimmung; sei es nun, daß der Vogelkäfig zum Weidhof und die Blumenstöcke zum Obstgarten wurden, oder daß aus den Gebetbüchern ein ganzes Bauerndorf erstand, indem ich sie halb geöffnet auf den Boden stellte, die Messer als Bewohner dieses stillen Orts in die Ritzen des Fußbodens steckte, während ich den Käfig bald zur Kirche, bald zur Schule machte und der flatternde, kreischende Vogel bald zum Schulmeister, Pfarrer oder gar Herrgott erhöht wurde.

Rings um dieses Dorf hing ich dann die Decken über altes Gerümpel und nannte sie das Gebirge, während ich in die Schüsseln von den Bergen aus Quellen, Teiche oder gar Seen erschuf, welche Tat mir freilich einmal eine Tracht Prügel eintrug, als der Weidhofer, der schon überall nach mir gesucht hatte, mich, als ich eben regnen ließ, in dieser seltsamen Gegend fand.

Nun hat mir einmal der Bürgermeister im Zorn darüber, daß ich in seinem Garten die schönsten Frauenbirnen vom Baum gebrockt und in den eigenen Sack gesteckt hab, nachgeschrien, daß ich ein Zigeunerbalg und von teuflischen Gauklern sei.

Auch sonst wies allerlei darauf hin, daß ich kein Bauernblut im Leib gehabt, vielmehr ein loser Vogel und von abenteuerlichem Wesen war, auch jede Kameradschaft mit andern Kindern meines Alters vermied und mich, weiß Gott wo, herumtrieb, daher meine Ziehmutter auch viele Kümmernisse mit mir ausstand.

Sie war ein ruhiges und gottesfürchtiges Weib und hatte das Haus voll Kinder, ohne selber jemals eins geboren zu haben. Es waren lauter fremde, die sie um ein Vergeltsgott und etliche Kreuzer Kostgeld aufzog. Sie fragte nie lange, woher oder von welchen Leuten so ein Wurm kam; mit gutem Herzen nahm sie ihn in die Arme und war ihm eine rechte Mutter.

Wenn ich an den langen Winterabenden in der Stube hockte und mit dem Ziehvater Besen band oder der Mutter das Garn vom Spinnrokken verzwirnte, da erzählte sie oftmals den Mägden von ihren Eltern und deren Schicksalen.

Lebendig steht er noch vor mir, der selige Weidhofer, wie ein knorriger, trutziger Baum, mit allen Bauerntugenden, die seine einzige Tochter, meine Kostmutter, von ihm rühmend berichtete.

Er hatte den Weidhof schon als junger Bursch übernehmen müssen, nachdem ihm der schwarze Tod über Nacht die Eltern und das Gesinde weggeholt hatte. Er war damals gerade im Tirolerland gewesen bei einem Vetter, als ihm flüchtende Bewohner des Heimatdorfes die Hiobsnachricht zutrugen. Kurz darauf holte er sich eine Bäuerin aus der Umgebung, die ihm neben dem stattlichen Brautschatz auch einen sparsamen Sinn und ein Paar riegelsame Arme mitbrachte. Mit ihr hauste er fünfunddreißig Jahre und war zufrieden und angesehen.

Und als er ihr nachmals ein verschnörkeltes Grabkreuz und den alten Efeustock auf ihren Hügel setzen mußte, half ihm eine einzige Tochter trauern und den Hof versorgen. Diese Tochter aber war meine Ziehmutter.

Sie war damals ein hageres, gelbhaariges Mädchen, das nüchtern und gelassen alle Dinge nahm, wie sie kamen. Daher sagte sie auch ohne viel Besinnen ja, als der Meßmerkaspar, ein ungeschlachter, aber gutmütiger Mensch, um sie anhielt.

Der alte Weidhofer hätte es nun freilich anders im Sinn gehabt, und der Antrag des mageren Freiers war nicht nach seinem Willen; doch brachte er es nicht über sich, seinem einzigen Kinde dies zu sagen, und so wurde bald still Hochzeit gehalten.

Nach Wunsch und Willen des Weidhofers blieben beide im Haus; denn obschon der immer noch rüstige Alte nicht um alles den Weidhof bei Lebzeiten seinem Schwiegersohn übergeben und sich ins Austragstüblein gesetzt hätte, wollte er doch nicht, daß seine Wabn als Meßmerin in einer Häuslleutwirtschaft ein kümmerliches Brot äße.

Und nachdem er sich als fast siebzigjähriger Greis zu seiner seligen Bäuerin in die Grube gelegt hatte, übernahm der Meßmerkaspar den Hof und nannte sich von nun an Weidhofer.

Seine Ehe mit der immer hagerer und bleicher werdenden Wabn blieb kinderlos, obschon diese die mannigfachsten Gelöbnisse und Wallfahrten unternahm. Schließlich tröstete sie sich und begann, ein innerliches, gottseliges Leben zu führen, las fleißig den Thomas von Kempis und andere fromme Werke und hielt im Haus auf Zucht und Gottesfurcht.

Da hätte sie es denn freilich gern gesehen, daß ich, nachdem ich die ersten paar Hosen auf der Schulbank zerrissen hatte und anfing, ein ziemlich wohlgestalter, kleiner Bursch zu werden, auch zugenommen hätt an Weisheit; denn mein Ziehvater, der Meßmer, jammerte um einen Ministranten. Wohl waren unter den sieben Kostkindern, die sein Weib aufzog, vier Buben; allein, er konnte keinen für dies Amt gebrauchen. Der lange Ambros war so dumm, daß er das Glöcklein nicht einmal bedienen konnte bei der Messe, geschweige denn dem Pfarrer antworten. Der Fritz war noch im Flügelrock, und Hans und Hausl mußten schon aufs Feld.

Da sagte die alte Mutter oft zu mir: »Mathiasl, schau, daß d' gscheiter wirst!« oder: »Mathiasl, guck, unser lieber Herr braucht 'n Knecht!«

Und der Weidhofer, mein Ziehvater, setzte sich mit mir auf die Hausbank und lehrte mich das Konfiteor, das Deo gratias und noch gar vieles.

Oft nahm er auch ein paar alte Milchkännlein und wies mir, wie man den Priester beim Amt bedient und bei der Messe.

Dies alles hätte mir wohl gefallen, und ich begriff schnell und mit gutem Verstand, was er mir zeigte; allein, die Leute sagten, daß es eine Sünde sei, wenn so ein hergelaufener Balg am Altar des Herrn bediene. »Wer weiß«, sagten sie, »von wem er stammt, und was für ein gottloses Gewerbe vielleicht seine Eltern getrieben haben!« Und etliche Bauern sagten: »Wir haben selber Buben; wir brauchen keinen gelegten!«

Also durfte ich nicht in die Kirche und zum Altar, und der Weidhofer schickte mich nun mit dem Vieh auf die Weide, und ich wurde der Hüterbub.

Das war freilich keine harte Zeit für mich, und ich hatte viel der Weil für allerhand Dinge, die meinem Sinn damals noch näher lagen als Gebetläuten und Kirchendienen.

Aus Weidenstäbchen schnitt ich mir kleine Pfeifen und brachte es dabei auf eine solche Anzahl, daß ich mit ihnen das Te deum blasen konnte. Sie lagen alle, den Tönen nach geordnet, auf einem Felsblock, und ich vergnügte mich viel mit ihnen.

Oder ich machte Wasserspritzen und Luftpistolen aus Holunderholz und verhandelte sie sonntags nach der Kirche am Gottesackertürl gegen alte Silbergroschen, Glaskugeln, Adlerfedern oder andere Sachen, von denen ich in einem Felsenloch schon ein gutes Häuflein beieinander hatte.

Darinnen saß ich oft stundenlang und unterhielt mich mit diesen leblosen Dingen, als seien sie meinesgleichen.

Ich stellte etliche wunderlich geformte Wurzelstöcke an die Felswand, daß sie die Bauern wären; und die kauften oder verhandelten alsdann die Kostbarkeiten, wobei ich jedem eine andere Stimme lieh und ein anderes Temperament, gerade so, wie ich es an den Festtagen auf dem Kirchplatz von Sonnenreuth gesehen und gehört hatte.

Die Wallfahrt

Zu meiner Kinderzeit hat man in Sonnenreuth den Schulzwang noch nicht gekannt; daher auch der Weidhofer, mein Kostvater, seine Pfleglinge, um an Schulgeld zu sparen, kaum sie ein paar Tafeln zerschlagen hatten, wieder von dieser gelehrten Stätte wegholte und an die Arbeit spannte. Da mußte denn ein jedes, sei es nun im Stall oder draußen in Feld und Wald gewesen, aus sich selber die Bildung des Verstandes und der Seele vollenden. Zum besseren Gedeihen dieses Werkes gab mir die Ziehmutter eine zerschlissene Fibel, eine alte Legende und das Evangeliumbuch mit auf die Alm, daraus ich dann oftmals meinen hölzernen Freunden in der Höhle vorgelesen und gepredigt habe.

Da geschah es wohl bisweilen, daß das Vieh, während ich in dem Verstecke mit mir selber Jahrmarkt oder Christenlehre hielt, auf und davon ging, so daß ich großen Fleiß brauchen mußte, es wieder zusammenzubringen.

Dabei ist es auch einmal geschehen, daß sich eine Kalbin, die vielleicht aus irgendwelcher Ursache erschreckt geflüchtet war, so sehr verstiegen hatte, daß ich nimmer glaubte, sie lebend wieder zu erlangen. Sie stand blökend auf einem kaum armbreiten Felsvorsprung des Schwarzenbergs und konnte nicht vor noch zurück; ich weiß beim Himmel nicht, wie sie dahin gekommen.

In meiner Not fiel mir ein, ich könnte mich zu unserer lieben Frau vom Birkenstein verloben, und ich versprach ihr sechs von meinen alten Silbergroschen, wenn ich meine Kalbin heil und unverletzt herunterbrächte. Ich weiß aber nicht wie es kam, oder ob sie half: In diesem Augenblick kamen ein paar fremde Gesellen aus einer Felsenrinne hervor und halfen mir das Vieh herunterschaffen.

Es waren aber Pascher oder Schmuggler, die das Revier auskundschafteten; und sie fragten des langen und breiten um alle Weg und Steg. Gern und willig gab ich ihnen über alles Aufschluß, froh, daß ich die Kalbin wieder hatte; denn mein Ziehvater, der Meßmer, war ein strenger, jäher Mann, der in der ersten Hitze oft manches tat, was ihn nachher gereute.

Also hatte unsere liebe Frau von mir ein Gelöbnis erhalten, und mich dünkte, daß ich es nun auch alsobald ausführen müsse, wenn ich ihr gefällig sein wollte.

Und ich begann alsbald, mein Felsloch auszuräumen und die Schätze im Sonnenlicht auszubreiten; es war ein gerechtes Häuflein. Aber es wurde mir nicht leicht, mich so ohne weiteres von den schönen, funkelnden Silberstücken zu trennen; immer wieder drehte ich sie zwischen den Fingern, legte sechs in die linke Hand, wog sie, schüttelte sie und schob sie endlich schnell wieder in den Sack, indem ich halblaut vor mich hin sagte: »Nein, diese nicht! Ich suche andere aus!«

Doch auch mit diesen ging es mir nicht besser, bis ich endlich unvermittelt das ganze Häuflein zusammenraffte und wieder in die Höhle steckte.

So trieb ich es acht Tage lang; da kam das Fest Mariä Himmelfahrt. Für diesen Tag hatte ich mir von der Weidhoferin Urlaub zur Wallfahrt erbeten, und sie schickte mir den langen Ambros, daß er für mich zwei Tage den Viehhüter mache.

Der brachte mir in einem Bündel ein Stück Käse, Brot und die Nagelschuhe, dazu mein gutes Jöpplein und den Rosenkranz. Auch ein Wachs und eine dicke Silberkette legte er mir hin und sagte: »Das sollst unserer lieben Frau mitnehmen von der Weidhoferin. Und du sollst ein paar Vaterunser für sie beten und die Meinung machen, daß dies nur grad eine Drangab ist zu der Verlöbnis, die sie getan hat. Und sie kommt schon noch selber, dies Jahr, und tut ihren Dankgott!«

Da gab es mir einen Riß. Meine Kostmutter hatte mir hier ihren kostbarsten Schmuck, ihre Brautkette, für die liebe Frau geschickt, weil sie kurz zuvor bei dem scharfen Hagelschauer ihre Felder wunderbar beschützt hatte; wie durfte ihr nun ich, dem sie nicht weniger wunderbar geholfen hatte, meine paar Silbergroschen verweigern!

So eilte ich denn in die Höhle, steckte eine Handvoll Münzen in meine lederne Hose, schob die übrigen in die dunkelste Ecke und dachte, daß die Himmelmutter wohl mächtig genug sei, mir das Opfer, welches ich ihr hiedurch brachte, hundertfach zu vergelten.

In diesen Gedanken zog ich die Schuhe an, hing die Joppe über die Achsel und sagte: »Ambros, jetzt geh i halt in Gotts Nam. Pfüate Gott!«

Und zum Vieh sagte ich noch, daß ich ihnen einen besonders großen, kräftigen Segen mitbringen wolle und daß ich sie schon einschließen würde in die Andacht.

Dann nahm ich das bunte Sacktuch, in welches das Opfer der Meßmerin eingewickelt war, hing es an meinen Stecken, lupfte mein Hütl und machte mich auf den Weg.

Obgleich ich erst etwa zwölf Jahre zählte und noch nicht über unsere Alm hinausgekommen war, fehlte es mir nicht an Schneid; es war mir genug, daß die Nandl, unsere Schwaigerin, einmal mit der Hand gegen den Wendelstein gewiesen und dabei gesagt hatte: »Siehst, Mathiasl, dort hint is unsa liebe Frau vom Birknstoa. Grad unterhalb vom Wendlstoa!«

Darum wandte ich mich sogleich gegen diesen, suchte mir einen Weg, der in der Richtung führte, und trabte frisch dahin, indem ich wohlgemut ein Frauenlied ums andere hinaussang.

Dabei schaute ich immer wieder hinter mich, ob mir keine Kuh oder Geiß nachkämen und horchte auf das immer ferner klingende Geläute des Viehs. Doch bald lag alles weit hinter mir in bläulichen Dunst und Nebel eingehüllt, und ich stieg langsam auf einem einsamen Waldweg, zu dessen Seiten ein kleines Wasser talab floß, bergan.

Eine große Stille war rings um mich her; nur der Schrei des Hähers, das Singen der Waldvögel und das Summen der Hummeln und Wespen tönten an mein Ohr. Kein Mensch begegnete mir; nur ein paar Rehe sprangen erschreckt davon, als sie mich so unvermerkt vor sich sahen. So stieg ich weiter, bis ich, den Wald hinter mir lassend, über eine Almwiese wanderte, mit großen, erstaunten Augen hinabschauend auf eine weite Welt, von deren Größe ich mir keine Vorstellung machen konnte. Wohl an die zehn Kirchtürme erblickte ich da, die bald spitzig wie ein Griffel, bald rund wie unsere Edelbirnen oder sonst wunderlich geformt im Sonnenlicht glänzten.

Ich blieb stehen, stützte das Kinn auf den Stock und sah unverwandt hinab und dachte, was das wohl für schöne Orte sein möchten, und ich wäre gern einmal in jedem gewesen. Da erhielt ich plötzlich einen heftigen Stoß von rückwärts, daß ich rittlings über meinen Stecken fiel; und da ich aufsah, stand ein Bauer zürnend und greinend hinter mir und schrie, daß es mir durch alle Glieder fuhr, ich solle schauen, daß ich aus seinem Grund und Boden hinauskäme; und wenn er noch einmal so einen verdammten Ellbacher Lumpen in seinem Rain fände, könnt schon sein …!

Ich erwiderte ihm zwischen Zorn und Schreck, daß ich gar kein Ellbacher sei, ja, daß ich diesen Ort gar nicht wisse. »I bin doch der Weidhoferbalg von Sonnenreuth!« sagte ich; »und ich geh nur grad wallfahrten auf Birkenstein!«

Da schaute er mich erst zweifelnd, dann lachend an und meinte: »Wie sagst? Vom Weidhofer z' Sonnenreuth?«

Und als ich, wieder aufstehend, nickte, sagte er, dann solle ich nur da weitergehen: »Gleich da hinten bei dem Zwiefiturm ist Fischbachau; balst dich a weni schleunst, nachher gehst es leicht in zwo Stund!«

Ich nickte wieder, und nachdem ich ihm noch mürrisch »Pfüa Gott« gesagt, lief ich davon.

Der schmale Wiesenpfad führte wieder in einen Wald, und ich eilte nun, ohne zu rasten, dahin, bis ich auf eine breite Straße kam, an der ein Wegweiser nach Ellbach und Durham zeigte. Indem ich nun bald auf den Weg, bald auf die Tafel blickte, donnerte ein Schuß durch die Berge und gleich darauf noch mehrere. Ich dachte, daß es gewiß Böller sein möchten, und hörte aufmerksam auf die Richtung, woher sie kamen. Da drang plötzlich, erst verworren, dann immer deutlicher, lautes Beten an mein Ohr, ich blickte mich um, da sah ich eine große Schar Männer und Frauen die Straße heraufkommen, Fahnen und Kreuze tragend und den glorreichen Rosenkranz betend. Voran gingen zwei Priester im Chorhemd; etliche Ministranten mit roten, goldverzierten Schulterkrägen folgten ihnen und trugen kranzgeschmückte Statuetten der Heiligen auf langen Stangen, und dahinter reihten sich die Beter. Sie schritten alle gebeugt, und der Schweiß stand vielen auf dem Gesicht, doch hielten sie eine schöne Ordnung; und es gingen auf der rechten Straßenseite die Frauen und auf der linken die Männer hintereinander, also daß die ganze Straßenbreite leer zwischen ihnen blieb. Ein Mann im Chorrock lief mit einem langen, silbernen Stab beständig den Zug entlang und schrie mit großem Nachdruck immer die ersten Worte eines jeden Ave Maria hinter sich, worauf die Beter alle zu gleicher Zeit einfielen; und es war die Ordnung also, daß die Männer den Gruß vorbeteten, die Frauen aber mit der Bitte nachkamen.

Ich zog mein Hütlein, ließ sie an mir vorüber und folgte ihnen, überzeugt, daß es Wallfahrer seien, die gleich mir die Mutter vom Birkenstein aufsuchten.

So war es auch; und wir zogen unter dem Geläute der Glocken

durch die Orte, und es kam mir vor, als trabte eine große Schafherde vor mir her, der ich als ein junges Hündlein oder wie ein krummgehendes Lamm folgte. Doch zog ich auch meinen Rosenkranz aus dem Sack und schrie mit vieler Kraft mein »Gegrüßt seist du, Maria« hinter den Betern, so daß sich endlich die Letzten umsahen und mir ganz freundlich und ermunternd zunickten.

Immer noch krachten die Böller; und ich dachte, daß es nun nicht mehr weit sein könne bis zu dem Ort, wo sie abgefeuert wurden; denn sie donnerten hart, und ihr Schall brach sich unmittelbar an allen Wänden.

Langsam bewegte sich der Zug bergan, vorüber an kranzgeschmückten Häusern, und von allen Seiten strömten Pilger herbei und schlossen sich ihm an. Und während ich, neugierig einen vollbesetzten Wirtsgarten betrachtend, gedankenlos noch meine Ave Maria schrie, verschwanden droben allmählich die Fahnen und Statuetten hinter den Birken eines von Menschen dicht umlagerten Felsens, von dem das Geläute silberner Glocken tönte, der Glocken der Kapelle unserer lieben Frau vom Birkenstein.

Allmählich zerteilte und löste sich der Zug in Gruppen, und ich schob mich behende durch die Versammlung vor dem Kirchlein; denn ich wollte meine Aufgabe vollbracht haben. Darum stieg ich sogleich die schmale Holztreppe hinauf, die zu einem Wandelgang führte; der zog sich rings um das Kirchlein und war an Decke und Wänden mit Votivtafeln und Gemälden dicht behangen. Ein niederes Tor stand weit geöffnet, und der Duft von Weihrauch und Kerzen drang heraus. Ich zwängte mich durch einen dichten Knäuel von Bäuerinnen und schlüpfte ungeachtet ihrer erzürnten Mienen und Reden hinein in die Kirche.

Eine tiefe Stille war hier trotz der großen Zahl der Betenden, und man hörte nichts als das Fallen der Rosenkranzperlen und das Knistern seidener Schürzen und Kopftücher. Nur manchmal begann irgendein Weiblein zu seufzen oder zu hüsteln, oder es entstand ein kleines Geräusch durch eine abrinnende Opferkerze. Ich empfand diese Stille und die Schwüle in dem winzigen, vollgepfropften Raum ganz beängstigend und suchte, da mir zudem auch jeder Blick auf den Altar durch die Erwachsenen unmöglich war, in die Nähe desselben zu gelangen. Ich schob mich daher bald hier, bald dort an einer seidenen Schürze vorbei, trat wohl auch manchmal einem oder dem andern auf die Zehen, bat diesen oder jenen Bauern, mich durchzulassen, und brachte es am Ende zustande, daß ich mich an der Stufe des Hochaltars befand.

Heißa! Riß ich da die Augen auf! In einem magischen roten Licht, umgeben von goldgeflügelten Cherubinen und kleinen Engeln, die auf rosenrot leuchtenden Wolken schwebten, stand die Mutter mit dem Kind. Beide trugen goldene, steingeschmückte Kronen und reichverzierte Prunkmäntel; insonderheit der schwere, weit ausgebreitete Purpurmantel unserer lieben Frau erregte in mir Staunen und Verwunderung. Das Bild schien mir zu schweben, und bei dem unsteten Schein der vielen Kerzen glaubte ich fast, es lebe; denn es stand frei, hoch über dem Altar, und hielt ein Zepter mit so lieblicher Gebärde, wie nur ein lebendes Wesen dies tun kann. Und ich dachte, wie es doch möglich gewesen wäre, ein solch köstliches Werk zu schaffen und aus dem ungefügen Holz zu schneiden; denn der Weidhofer hatte mir erzählt, daß es holzgeschnitzt und bemalt sei. Und mit einem Male trat ein Wunsch auf meine Lippen, an den ich noch nie zuvor gedacht: Ich möchte ein solcher Meister werden, wie der dieses Bildes einer gewesen. Inbrünstig sagte ich ihn drei-, viermal vor mich hin, und das letzte Mal muß ich es wohl laut getan haben; denn eine Stimme hinter mir flüsterte erzürnt: »Bist net glei stad!«

Ich wandte erschreckt den Kopf, und es war mir, als sei ich aus einem Himmel gerissen worden; die ganze Andacht war dahin, und ich dachte an nichts mehr, als wie ich am schnellsten aus den Augen dieser Menschen käme. Da trat eine dicke Bäuerin vor und legte mit vielen Kniebeugen und ehrfürchtigen Gebärden eine dicke Kerze und ein verschnürtes Päcklein auf den Altar. Sogleich folgten noch etliche, und ich erinnerte mich dabei, daß ich nun auch mein Opfer hinlegen müsse.

Also holte ich erst meine Silbergroschen aus dem Sack und legte sie abseits von den andern Gaben auf den Altar; sodann band ich das Tuch auf und wollte schon das Wachs herausnehmen. Aber da fiel mir ein, daß ich auch etwas zu beten hätte, und ich sagte nun, indem ich das Tüchlein geöffnet mit beiden Händen hielt, was mir meine Kostmutter aufgetragen; dann leerte ich es zu meinen Groschen aufs Altartuch und drückte mich hierauf durch die Menge wieder dem Ausgange zu.

In diesem Augenblick krachten wieder die Böller, läuteten die Glocken, und ein Chor sang das Pange lingua, begleitet von Posaunen und

Geigen. Auf dem freien Platz hinter der Kapelle waren ein Altar und eine Kanzel errichtet worden, und eben gab der Pfarrer den Segen mit dem Allerheiligsten.

Nun strömte alles herbei; die Kapelle und der Wandelgang leerten sich, und die Menge lagerte sich auf Felsblöcken oder im Grase und hörte auf die Worte des Evangeliums. Da dachte ich bei mir, daß es nun wohl besser sein möchte, wenn ich wieder in die Kapelle ginge; denn ich verstand damals noch nicht gar viel von Predigten und mußte nicht selten dabei dem Schlaf wehren. Also trat ich abermals ins Kirchlein und setzte mich betrachtend und staunend in die vorderste Bank ganz nahe der Mauer, die mit Gemälden und Bildern überreich geschmückt war.

Und wieder überkam mich dieses seltsame Gefühl, und ich betete und wünschte, daß ich immer in einem solch heiligen Haus weilen könne. Dabei schaute ich starr auf das Bild der Mutter, deren liebliches Gesicht durch das flackernde Licht bald zu lächeln, bald zu trauern schien; und ich merkte nicht, wie eine verborgene Tür sich drehte und ein Arm sich herausstreckte.

Da klirrten meine Silbergroschen am Altar; ich blicke hin und sehe, wie eine rote Hand sie zusammenrafft und mit ihnen verschwindet. Gleich darauf erscheint sie wieder und packt auch das Übrige; ich stoße einen Schrei aus und stürze aus der Kirche und davon, fest überzeugt, daß der Teufel leibhaftig der Mutter Gottes ihre Gaben geraubt.

Mein Entsetzen war so groß, daß ich ohne Besinnen die Holzstiege hinablief, mitten durch die andächtig der Predigt lauschende Menge, und weder sah noch hörte, als etliche mich anschrien und versuchten, mich aufzuhalten.

Durch ein felsiges Tal sprang ich dahin und hielt nicht inne, bis ich, schweißbedeckt auf einer einsamen, sumpfigen Wiese angelangt, bei jedem Tritt tief in dem nassen Moor versank. Das bestärkte mich noch in dem festen Glauben, daß hier der Böse umgehe und besonders mir Verderben bringen wolle; und ich begann, mich zu bekreuzigen und unsere liebe Frau anzurufen. Der Frost schüttelte mich, und es peinigte mich ein großer Durst, während ich langsam einen Fuß um den anderen durch den Morast zog.

Nach geraumer Weile wurde der Boden wieder fester, und ich kam endlich auf einen breiten, viel betretenen Wiesenweg, dem ich, in trübe und abenteuerliche Gedanken versunken, nachging. Alle Geschichten aus der Heiligenlegende fielen mir ein, in denen der Teufel sein unheimliches Handwerk getrieben, die gottseligsten Personen geschüttelt, in die Höhe geworfen, geschlagen und zertreten hatte, wie er den Bauern das Vieh im Stall verzaubert, daß es blutige Milch gab, und aus frommen Frauen die ärgsten Hexen und Unholde gemacht hatte, so daß sie von Stund an Mensch und Vieh nur noch übel wollten. Ja, der alte Pfarrer von Sonnenreuth hatte ihn selber leibhaftig gesehen damals, wie ihn der hochwürdige Herr Bischof aus einem krummbeinigen, buckligen Menschen hinausgetrieben hatte; wie eine feurige Katze sei er aus dem Maul des Besessenen herausgefahren, hätte gar jämmerlich geschrien und sei mit einem schrecklichen Fluch verschwunden.

Die Haare hatten sich mir damals gesträubt, und gar, als uns der Herr Pfarrer aus einem Buch vorlas, wie es drunten in der Hölle zuginge und was für greuliche Arbeit die Teufel und Oberteufel daselbst zu verrichten hätten, da schüttelte es mich wie einen Hollerstrauch im Wind; denn da stand es schwarz auf weiß, wie die armen Verdammten in Öl und Pech gesotten, in glühende Feueröfen geworfen, mit Nattern und Klapperschlangen zusammengesperrt und auch sonst gezwickt und zerschunden werden, ohne daß sie jemals einen Augenblick Ruhe oder Erleichterung in dieser Pein haben. »Und es sind aber sieben Kreise in der ewigen Hölle«, heißt es weiter in diesem Buch, »die gleich sieben unendlichen Ringen den Pfuhl des obersten Teufels Luzifer umschließen. Und ein jeglicher Ring ist bewohnt von einer Legion Unterteufel, über welche ein Oberteufel die Herrschaft führt. Und es sind aber die Ringe also, daß in jedem eine besondere Art von Sünde gestraft und gepeinigt wird. Die Hoffart mit Zwicken und Brennen und in Kot Treten; der Geiz mit Nattern und Schlangen und sonst allerhand schädlich Gewürm; die Unkeuschheit mit großen Hagelsteinen und brennendem Pechregen; der Neid mit Stoßen und Schmeißen in siedendes Öl und Darinniederdrücken mit teuflische Gabeln; die Völlerei mit Hunger und großer Kält, also daß die blutigen Zähren, so der Verdammte weinet, ihm an den Leib gefrieren, und sein Bauch knurret aus übergroßem Verlangen nach Speis; der Zorn mit Geißeln und Verschließen in einen Kessel, allda Pech mit Hanfgarn gesotten und mit teuflische Besen verzwirnet ist, und kein End nicht hergehet aus aller Wirrnis und Pein; die Trägheit mit großen Steinen, so ihnen von den Teufeln auf den Rücken gebunden, und die sie schleppen müssen durch ihren Höllenring ohne Rasten und Absetzen in alle Ewigkeit.«

Ein Böllerschuß riß mich aus der Betrachtung; vom Birkenstein klang Läuten herüber und mahnte, den menschgewordenen Gott bei der Wandlung anzubeten.

Ich schlug das Kreuz und lief danach meinen Weg dahin, etliche Bauern grüßend, ein paar Dirnen, die mit ihren feuerroten Unterröcken prangten, auf den Weg nach dem Wallfahrtsort weisend und an nichts denkend, als daß ich wieder bei meinem Vieh und meinen Schätzen sein möchte. Gegen Abend kam ich wieder an die Weidhoferalm und ging sogleich in die Hütte; da mich aber die Nandl, unsere Schwaigerin, erblickte, ließ sie erschreckt den Melkeimer fallen und schrie: »Mariand Joseph! Der Mathiasl! Ja Bua, wo kimmst denn du her?«

»Vom Birkenstein«, sagte ich und erzählte ihr mein Erlebnis. Da glaubte auch sie nicht anders, als daß hier der Teufel einmal wieder ein böses Werk getrieben habe, und meinte, daß ich mich nun wohl hüten und vorsehen müsse, denn das sei klar, daß er es auf mich abgesehen hätte.

Indem wir noch miteinander sprachen und ich in einen Hafen voll Milch ein gerechtes Stück Brot einbrockte, kam der lange Ambros zur Tür herein; aber kaum daß er mich gesehen, tat er einen halblauten Fluch und lief wieder hinaus. Ich schrie ihm nach, doch hörte er nichts mehr, auch war er nirgends mehr danach zu sehen.

Da fiel mir mein Felsenloch ein, und zugleich dachte ich an meine Schätze; ich lief hin, griff in alle Ecken und fand nichts mehr. Es war alles dahin. Starr vor Entsetzen konnte ich nichts denken und sagte nur das Wort »Teufel« etliche Male stumpfsinnig für mich hin.

Ein Lachen hinter mir erschreckte mich; ich sah mich um und in das höhnische Gesicht des langen Ambros. »Da suchst umsonst«, rief er voll Spott und verschwand. Da packte mich ein Grimm; ich stürzte hinaus, ihm nach und packte ihn, gerade als er sich von einem verwachsenen Kiefernbaum in eine Felsenrinne hinablassen wollte. »Wo is mei Sach?« schrie ich voll Wut und schüttelte ihn, daß er Mühe hatte, sich zu halten. »Was weiß ich«, sagte er höhnisch und gebot mir, ihn loszulassen.

Ich ließ ihn frei und wiederholte meine Frage; in diesem Augenblick aber sprang er vom Baum, ergriff mich und begann mit mir zu ringen und mich gegen die Felsrinne zu schieben. »Wart, ich werd dirs gleich zeigen, wo 's ist!« knirschte er und trat ein wenig zurück; noch ein kurzes Ringen, ein Stoß, und nach einem heftigen Schmerz am Kopf wußte ich nichts mehr.

Rings um mich war es Nacht, als ich die Augen wieder öffnete; ich lag hart, und Steine und Gestrüpp bedeckten mich. Meine Hände tasteten im Dunkeln matt herum, und ich fühlte, daß ich durchnäßt war; doch wußte ich nicht, ob es ein Wasser war oder mein Blut, in dem ich lag. Ein dumpfer Schmerz wühlte mir im Haupt, und ich schloß die Augen wieder, indem ich abermals wähnte, in eine Tiefe zu fallen.

Als ich wieder klar denken konnte, war es heller Tag, und ich sah, daß ich in einem seichten Wasser lag, welches über Felsen und Geröll talab floß. Brombeerstauden stachen und zerkratzten mich, meine Glieder schmerzten, und mein Mund war verschwollen und verklebt. Es dürstete mich, und ich versuchte, meine Lippen zu netzen, aber meine Arme gehorchten dem Willen nicht mehr und fielen kraftlos herab, so oft ich versuchte, sie zu erheben. Da begann ich, um Hilfe zu seufzen und Gott anzurufen, denn ich wähnte, daß mein Ende nahe sei. Ich verlieh meinem inbrünstigen Gebet Stimme und stöhnte laut und lauter: »Herrgott hilf! Maria hilf!« bis mein Haupt abermals, der Sinne beraubt, zurückfiel ins Wasser.

Im Waldhaus

Da ich wieder erwachte, sah ich über mir einen bemalten Betthimmel; die gekrönte Jungfrau blickte auf mich hernieder, und lustige Engel umschwebten sie und hielten ihr Gewand. Geblümte Vorhänge hingen zusammengeschoben von dem Baldachin herab, und ein rothaariges Mädchen band sie eben an den gedrehten Säulen des Lagers fest.

Ich blickte verwundert bald auf das Mädchen, bald auf mein Bett, und es war mir, als träumte ich; aber das Mädchen redete mich, da es meine Augen offen sah, sogleich an und fragte: »Hast du Durst? Liegst du gut?«

»Ja«, sagte ich bloß; da brachte sie mir ein Krüglein mit einem Trank und meinte: »Gut schmecken tuts ja nicht; aber die Hitze nimmts!«

Ich trank gierig, und sie stützte mir dazu mein Haupt mit dem Kissen, indem sie ihren Arm darunterschob. Dann legte sie mich wieder hin, holte sich das Spinnrad aus der Ecke, in der ich auch einen alten Hausaltar erblickte, setzte sich neben das Bett und spann.

Da überkam mich eine große, wohlige Ruhe; meine Wunden brannten nicht mehr wie vordem, und ich fühlte, daß ich nun wieder lebte und gesund würde.

Nach einer Weile, während der ich nur das Schnurren des Spinnrads, das Summen der Fliegen und das hackende Ticktack der hohen Standuhr vernahm, tat sich die Tür auf, und ein altes, runzliges Weib trat lautlos ein und ging auf mein Lager zu.

»Er ist munter!« meinte sie, da sie meine offenen Augen sah; »jetzt muß er aber essen, der Bursch!«

Ich versuchte zu reden und fragte, wo ich denn sei. Da sagte sie: »Gut aufgehoben. Frag nicht und sorg dich nicht; du mußt wieder werden.«

Darauf nahm sie mir meine Kopfbinde ab, tauchte sie in eine Schüssel und legte sie mir wieder an; auch strich sie etliche Pflaster auf leinene Lappen und beklebte damit meine Wunden und sagte dazu:

»Einen guten Gsund hast schon, Bub! Das hält der Zehnte nicht aus! Ich hab schon gefürchtet, daß ich dem Totengräber das Maß bringen müßt für deine Gruben; aber jetzt hast du 's gewonnen!«

Darauf kniete sie sich an das Bett und betete dieses Gebet:

»Es reiten siebenundsiebzig Diebe hinaus,
Sie reiten für eines Menschen Haus.
Gott der Herr sprach: Ihr Reiter, wo wollt ihr hinaus?
Wir wollen in eines Menschen Haus
Und wollen ihm nehmen sein Fleisch und sein Blut.
Und wollen ihm nehmen seine Freud und seinen Mut.
Gott der Herr sprach: Siebenundsiebzig Fürsten,
das sollt ihr nicht tun,
Ihr sollt ihn lassen liegen und ruhn.
Ihr sollt ihm lassen sein Fleisch und sein Blut
Und sollt ihm lassen sein Freud und sein Mut.

Es gehe über dich bald der Segen Gottes des Vaters,
der Segen des Sohnes und der Segen des heiligen Geistes. Amen.
Es sollen vergehen deine siebenundsiebzig Fieber
im Namen des höchsten Gottes. Amen.«

Sodann stand sie auf und besprengte mich mit einem geweihten Wasser und machte das Zeichen des Kreuzes über mich.

Nun brachte das rote Mädchen ein Schüsselchen mit Milch und brockte ein weißes Brot hinein. Darnach setzte sie sich an mein Bett und gab mir löffelweise zu essen.

»Guck«, sagte sie; »unser Vogel frißt wieder! Gilts, er lernt auch wieder fliegen, Mutter?«

»Wenn ihm die Flügel wieder geleimt sind, kanns schon sein«, meinte die Alte und mischte ein Pulver und rührte es ins Wasserkrüglein; »'s hitzige Fieber darf er freilich nimmer kriegen, der Bursch, sonst wachsen ihm andere Fittig, wähn ich!«

Und dann gab sie mir wieder zu trinken und wünschte mir eine geruhige Weil und einen baldigen Gsund.

Hierauf setzte sie sich in den Sorgenstuhl hinter dem bläulichen Kachelofen, steckte sich eine große Hornbrille auf die Hakennase und las schweigend in einem alten dicken Buch, während das Mädchen wieder zu spinnen begann.

Ich lag ganz still und sah den Fliegen zu, wie sie ihren Reigen um die bunte Perlenampel tanzten, die am Fenster hing und in der Abendsonne glänzte, bis mich ein guter Schlaf übermannte.

Den andern Morgen, da ich eben erwachte, trat ein bleicher Bursch zur Tür herein und blickte sich um in der Kammer; und da er mich in meinem Bette liegen sah, fragte er mich, ob ich die Jungfer Kathrein nicht gesehen hätte. Ich wußte nicht, um was es galt, also sagte ich ihm: Nein, und ich kenne niemand dieses Namens.

Da trat das rothaarige Mädchen mit meiner Morgensuppe zur Tür herein; doch kaum sie jenen erblickte, tat sie einen Schrei und lief sogleich wieder hinaus.

Der Bursch schaute ihr lachend nach und rief: »Lauf nur, Jungfer, ich erwische dich ja doch noch!«

Dann ging er aus der Kammer, und ich hörte ihn draußen noch rufen und schreien und merkte daraus, daß er die Jungfer hätte haben mögen, daß sie aber nicht willens war, ihm zu eigen zu sein.

Da sie nun nach einer geraumen Weile mit roten Augen wieder hereinkam und mir meine Schüssel Milch eingab, begann ich, sie eindringlich zu betrachten.

Sie war wohl an die fünfzehn Jahre alt und hoch und schlank gewachsen, hatte ein milchweißes Gesicht und ein Paar feine, rote Lippen. Ihre Augen sahen mich freundlich an; doch an dem unruhigen Blick des Mädchens erkannte ich, daß sie sich fürchtete und in Sorge war.

Also fragte ich sie: »Warum hast d' denn geweint?«

Sie sagte: »Weil ich ein Unglück hab.«

Ich fragte wieder: »Wer ist der Bursch gewesen?«

»Dem reichen Ödhofbauern sein Bub«, erwiderte sie; »er hätt mich freien mögen.«

»Bist du denn die Jungfer Kathrein?« fragte ich wieder.

»Ja«, sagte sie; »und ich mag ihn nicht, weil er heut die und morgen die hat zum Gespons.«

Ich freute mich, daß sie ihn nicht mochte, und sagte: »Du bist brav, weil du bei mir bleibst. Ich mag dich.«

Zugleich wollte ich mich aufsetzen und ihr meine Zärtlichkeit bezeigen; aber ich konnte nicht. Da sagte ich zu ihr: »Heb mich auf, ich möcht dich streicheln!«

Dies gefiel ihr so wohl, daß sie sich über mich neigte und ihr Gesicht auf meine Wange legte, mich einen lieben Dalken hieß und mit ihren feinen Händen über meine Finger strich, daß mir ganz wohl und warm dabei wurde.

Ich hielt den Atem an und rührte mich nicht und dachte nichts weiter, als daß es so gut sei. Und da sie gehen wollte, bat ich: »Bleib noch da!«

Aber sie mußte fort, und ich lag wieder allein, bis die Alte im Kirchengewand und Kopftuch in die Kammer trat.

»Ei!« sagte sie zu mir, während sie ihre gute Schürze abband und eine rauhe, alte dafür umtat; »hat der Bursch schon aufgehört zum Schlafen! Hast du schon was gegessen?«

»Ja«, sagte ich; »die Jungfer Kathrein hat mir schon was gegeben.«

Da fuhr sie in die Höhe: »Was tausend! Jungfer Kathrein! Wer hat dir das geschafft, daß du die Dirn so benamsen sollst?«

»Niemand«, sagte ich; »aber es ist einer dagewesen, der sie so geheißen hat; und dann hat er geschrien und sie hat geweint.«

Da lachte sie kichernd und meinte: »Ja, ja! Sie wär ihm wohl gut genug aufs Stroh! Aber ...«

Das andere murmelte sie in sich hinein und machte dazu ein böses Gesicht, warf die Sachen in der Kammer durcheinander und fuhr mit den Händen herum, daß ich mich vor ihr fürchtete und plötzlich fragte: »Wer seid Ihr? Bei wem bin ich?«

Da lachte sie wieder, wehrte mir mit beiden Händen kopfschüttelnd ab und lief hinaus.

Nun überfiel mich eine große Angst, und ich schrie, so laut ich konnte, nach der Jungfer. Sogleich kam diese herein und fragte nach meinem Begehr.

»Ich möcht heim zu meiner Ziehmutter!« sagte ich; »ich fürcht mich bei euch. Deine Mutter ist wie eine Hex ...«

Das Letzte flüsterte ich nur und sah ängstlich nach der Tür, wo die Alte zuvor verschwunden war.

Kaum aber waren die Worte meinem Mund entkommen, da schrie das Mädchen laut auf und weinte und klagte: »O, Unglück! O, Schand!«

Ein heftiges Mitleid mit der Jammernden erfaßte mich, und ich bat sie, doch aufzuhören mit dem Weinen, und ich hätte ihr nicht weh tun wollen.

Aber sie ließ sich nicht mehr trösten und schwur, daß sie dies Haus verlassen werde und fremd wohin gehen. Und dann sagte sie mir, daß sie gar nicht die Tochter der Alten sei, sondern nur ein hergelaufenes Mädchen, das die Pflegemutter wohl einmal irgendwo aufgelesen hätte. Eigentlich sei ja die Ziehmutter das beste Weib unterm Himmel; die gäb gewißlich ihr Leben für ihr Pflegekind; aber – sie sei halt doch eine verrufene Waldhex.

Ich erschrak bei diesem Namen auf das heftigste, denn ich gedachte meiner Ziehmutter und ihrer Erzählungen von der alten Irscherin, der Waldhex, von der es hieß, daß sie Kindern die Hände abhaue und diese an Räuber und Diebe verkaufe als ein Zaubermittel gegen Verfolger, und daß sie auch sonst viel schändliche Dinge treibe.

Stockend fragte ich: »Wie heißt denn deine Ziehmutter?«

»Sie ist die alte Irscherin!« sagte sie und meinte, da ich erblassend ihren Arm ergriff: »Du brauchst aber keine Furcht vor ihr zu haben; sie tut niemandem was, am wenigsten dir. Wenn du das gespürt hättest, wie sie dich damals in dem Felsenloch auf die Schultern genommen und hergebracht hat, wie sie dich in ihr eigenes Himmelbett gelegt und gewartet hat und gepflegt, wie sie die vielen Tage und Nächte bei dir gewacht hat und dein hitziges Fieber gekühlt und dich besänftigt hat, wenn du in deinen unsinnigen Träumen gerungen hast mit einem andern und getobt und geheult; wenn du das alles gespürt hättest, sag ich, du könntest dich nicht fürchten vor ihr!«

Staunend vernahm ich alles dies und fragte: »Wie lange bin ich denn schon hier?«

»Gewißlich schon an die vier Wochen oder fünf!« erwiderte sie und kühlte mir die heiße Stirn mit einem nassen Tuch und gab mir zu trinken. »Wir wissen nicht«, fuhr sie danach fort; »woher du kommst, und auch nicht, wer du bist, und niemand in der Gegend hat bis heut nach dir gefragt. Du bist ohne Sinnen und ganz ohnmächtig dagelegen bis gestern und wirst wohl noch eine Weile stillhalten müssen, bis du wieder richtig bist. Aber das ist einmal gewiß: Die Mutter macht dich wieder gesund. Und du sollst dich nicht mehr vor ihr fürchten!«

Sie strich mir über die Wangen; da sagte ich: »Wenn du sagst, daß sie so gut ist, dann fürcht ich mich nimmer.«

»Wie heißt du denn?« fragte sie wieder; »und wie konnte dir das Unglück so ankommen?«

Da sagte ich ihr, daß ich der Weidhoferbalg sei und Mathias Bichler heiße. Auch von meiner Wallfahrt berichtete ich und von meinem Kampf mit dem langen Ambros; doch tat ich es nur stockend und fühlte eine Schwäche beim Reden. Da meinte sie: »Schweig nur wieder still und denk nicht mehr daran! Ich bleib schon bei dir!«

Dessen war ich von Herzen froh und tat von da ab alles, was sie mir zu meiner Gesundung empfahl, und war auch gegen meine alte Pflegerin dankbar und zutraulich.

Und als sie meiner Ziehmutter, der alten Weidhoferin, zu wissen machte, daß ich bei ihr sei, und da diese voller Schreck den Hausl zur Irscherin sandte mit der Botschaft, sie hätte das Bett schon aufgedeckt für mich und ich bräuchte mich bloß hineinzulegen, da sagte ich zu dem Buben: »Sag der Mutter, daß es mir bei der Irscherin ganz gut geht, und daß auch auf dem Stroh von der Waldhex gut schlafen ist, und ich glaube, daß sie gar keine ist.«

Da ließ sie mich noch liegen und schickte nur ab und zu einen Boten, daß er ihr einen Ausspruch brächte, wie es mit mir stand; denn um keinen Preis hätte sie, die fromme Meßmerin, es über sich gebracht, das Haus der verschrienen Alten zu betreten; es wäre denn ein Pfarrer vor ihr hergegangen und hätte den Teufel mit Weihrauch und Benediktion gebannt und verscheucht.

Ich selber spürte nun allerdings nichts von dem unholden Wesen, das man der alten Irschermutter nachsagte; sie pflegte mich Tag für Tag mit einer gleichmäßigen Freundlichkeit, riet mir dies und gab mir das, und noch ehe ein Monat um war seit dem Tag, da ich zum erstenmal wieder klaren Verstand gezeigt hatte, konnte ich schon mit ihr am Waldrand entlang hinken oder hinter dem Haus auf dem Anger in der Sonne liegen und die Geißen hüten.

Auch lernte ich allmählich das Haus der alten Mutter, das Stüblein der Jungfer Kathrein und noch allerhand kennen; auch wußte ich nun, daß die Alte eine große Kunst kannte, Leut und Vieh von Krankheiten und Gebresten zu heilen, Menschen auf kommendes Unheil vorzubereiten oder selbiges von ihnen abzuwenden, wenn sie sich ihr freundlich erzeugten. Sie konnte sympathische Tränke mischen und denen helfen, die durch unholde Zauberei liebeskrank, unglücklich oder arm geworden waren.

Auch bereitete sie auf eine geheimnisvolle Weise Glücksmännlein oder Mandragoren.

Da las sie erst eifrig in ihrem alten Handbuch, schrieb mit der Kreide allerhand geheime Zeichen an die Stubentür und blickte jeden Abend aufmerksam zu den Sternen. Endlich hatten diese eine glückliche Stellung zum Monde, und nun ging sie mit einem Tuch hinaus an den Saum des Waldes. Dort grub sie etliche seltsam geformte Wurzeln aus, die sie Hundswurz oder auch Alraunen nannte, und trug sie in dem Tuche heim. Nun beschnitt sie alle Ausläufe der Wurzeln, holte aus einer alten Truhe ein Leichentuch, in das, wie mir die Jungfer Kathrein berichtete, einst ein heiliger Mönch des Zisterzienserordens gehüllt gewesen, und trug sie so verwahrt nach dem Friedhof. Hier steckte sie die Wurzeln in die Grabhügel verstorbener reicher Leute und ging darnach heim.

Am andern Morgen durchsuchte sie den Dachboden nach Fledermäusen, fing drei derselben und ertränkte sie in den Molken der Kuhmilch; darauf begann sie laut zu beten und heilige Sprüche herzusagen und goß die Milch in ein kupfernes Weihbrunngefäß.

Jeden Morgen vor Sonnenaufgang ging sie nun laut betend ums Haus, nahm danach etwas von den Molken und begab sich zum Friedhof, die Wurzeln mit dieser Milch zu begießen. Hierauf ging sie in den Wald und sammelte Farren- oder Natternkraut, sowie auch Eisenkraut, dörrte es und legte es darnach in die Truhe.

Nach etlicher Zeit, es mochte wohl eine Woche oder zwei vergangen sein, grub sie die Wurzeln wieder aus, trug sie im Leichentuch wieder nach Hause, heizte den Ofen mit dem gedörrten Kraut und trocknete die Alraunen an diesem Feuer. Dann schnitt sie von dem Leichentuch kleine Stücklein ab und wickelte die Wurzeln, welche jetzt gerade so aussahen wie winzige, vertrocknete Zwergmännlein, darein und nähte sie in leinene Säcklein.

Solange man eine solche Mandragora bei sich trug, schlugen einem nach dem Ausspruch der alten Irschermutter alle Geschäfte und Handelschaften zum Glück aus, und sie gab mir Beispiele, wie dieser und jener Bauer, der vordem ein armer Fretter gewesen, plötzlich zum glückhaften und wohlhabenden Mann geworden sei, nachdem er eine solche wunderbare Mandragora von ihr erhalten habe.

Sie wußte auch allerlei Mittel, um einem eine geliebte Person hold zu machen, und hatte eine gute Kundschaft von solchen Leuten, denen sie dann um gute Worte allerlei gab: dem einen ein gepulvertes Schwalbenherz oder das einer Taube, das mußte er der Liebsten in den Wein streuen; der andern ein Stück Lilienwurz und ein Ringlein, woran die Verliebte etliche von ihren Haaren binden mußte und es dem Liebsten in das Gewand stecken, ohne daß er es merkte; wieder einem gab sie ein Wachsbild, das eine Frau vorstellte, und sie sagte ihm, daß er dies Bild in ein Stücklein seines Hemdes wickeln und der Verehrten unter das Kopfpolster ihres Bettes legen müsse, worauf sie ihm ewig zugetan sei.

Auch Liebestränke braute sie aus Johanniskraut und starkem Met und gab dies denen, die sich über große Kälte der geliebten Person beklagten.

Doch auch Gegenmittel wußte sie zu geben, wenn durch irgendwelchen Zauber jemand von einer unsinnigen Liebe für eine Person ergriffen war und wieder davon geheilt sein wollte.

Da ließ sie dem Kranken einen Magneten auf die Brust hängen, Ipericon mit Melissenwasser trinken oder destilliertes Enzianwasser und riet Bäder aus Johanniskraut und Dorant.

Auch verstand sie eine uralte Kunst, das Nestelknüpfen, um einem Bauern oder Burschen die Mannbarkeit auf lange oder kurze Dauer zu nehmen, und das Gürteldrehen, was den gleichen Zweck hatte.

So strafte sie auch den Ödhofer für seine unvernünftige Liebeshitze zur Jungfer Kathrein; sie knüpfte, als er wieder einmal kam und ungestüm nach der Jungfer rief, eine uralte, rote Nestel hinter seinem Rücken und gab ihm ein Glas Wein, in dem sie Sauerampfer destilliert hatte, worauf er sich nicht mehr sehen ließ im Hause; doch weiß ich nicht, ob er wegen der geknüpften Nestel oder wegen des bitteren Weins ausblieb; wo er aber hinkam, schalt er laut über die Hexe.

Lieb und Tod

Die Zeit ging hin, und ich war unversehens so ein halb, dreiviertel Jahr im Haus der alten Irscherin gewesen und hatte dort vieles gesehen und auch gar manches gelernt, was mir nachmals im Leben nützlich und zur Wohlfahrt wurde; hatte auch eine innige und feste Zuneigung zur Jungfer Kathrein gefaßt und, obschon ich erst ein gut zwölfjähriges Bürschlein war, bei mir beschlossen, sie einmal zu ehelichen.

Das sagte ich ihr auch ganz frei, und sie lachte dazu und ließ mich gewähren, wenn ich sie stürmisch umschlang, ihr die roten Haare zauste oder sonst zärtliche Späße mit ihr trieb. Da hieß sie mich ihren närrischen Buben oder ein Nachtei, ein dummes, und, wenn ich es etwan gar zu unsinnig trieb, ihren tolpatscheten Ritter. Dazu gab sie mir einen zärtlichen Backenstreich und zuweilen wohl auch einen Kuß.

Meine Liebe für sie wurde immer heftiger, und ich erschrak bei dem Gedanken, daß ich nun doch bald von ihr scheiden müsse und wieder zurückkehren zur Weidhoferin.

Und da nun der Knecht meiner Ziehmutter wirklich kam und mich holen wollte, lief ich, kaum ich ihn von weitem gesehen hatte, davon und in die Kammer der Jungfer. Dort verkroch ich mich unter ihre Bettstatt und ließ mich nicht mehr blicken, bis das Kathreinl spät am Abend hineinkam und ich sie weinen hörte. Da kroch ich eilig hervor und fragte sie: »Was weinst du denn, Kathrein?«

Sie erschrak heftig und wollte davon; doch ich sprang auf sie zu, umschlang sie und bat sie flehentlich zu bleiben. Nun erst erkannte sie mich und rief: »Mathiasle! O, du Ludersbub, du schlechter! 's ganze Haus, alles hab ich um dich abgesucht! Die Mutter ist noch draußen im Holz und schaut und schreit nach dir, und sie meint, du bist wieder in die Klauen von dem Unhold gefallen, der dich selbigsmal in die Felsenschlucht gestoßen hat!«

Darnach seufzte sie und fuhr fort zu reden: »Ach, Bub! Jetzt ists halt wieder vorbei! D' Weidhoferin hat geschickt, und du mußt heim! Jetzt bin ich halt wieder allein.«

Und sie begann aufs Neue zu weinen und setzte sich aufs Bett und drückte die Schürze an die Augen.

Da sprang ich auf ihren Schoß, halste sie und streichelte sie und gab ihr die zärtlichsten Namen, um sie zu trösten. »Kathreinl!« bat ich; »sei doch wieder gut! Ich geh ja gar nicht fort! Ich bleib halt da bei dir und laß der Mutter sagen, daß mich du nimmer graten kannst!«

Und da sie mir nichts antwortete, küßte ich sie auf die Lippen, Augen und Wangen und geriet in eine solche Liebeshitze, daß ich selbst darüber verwundert war, ohne jedoch der Natur zu wehren. Vielmehr verstieß ich mich zu den tollsten Versprechungen: daß ich jeden totschlage, der mich von ihr wegbringen wolle, und daß ich, wenn es sein müßte, für sie die peinlichsten Martern leiden wolle.

Sie hörte schließlich auf zu weinen und wurde durch meine unsinnige Raserei ebenfalls munter und zärtlich und erwiderte am Ende meine Küsse und gab mir allerlei süße Namen und liebkoste mich zärtlich.

Der Kienspan, den sie aufgesteckt hatte, war abgebrannt, und sein letzter, glimmender Stumpf bog sich und sprang verlöschend ab, so daß wir im Dunkeln saßen. Da stieg ein seltsam heißes Gefühl in mir auf; ich spürte, daß meine Wangen wie mit Blut übergossen wurden, und fiebernd preßte ich meinen Mund auf den des Mädchens. Sie drückte mich fest an sich, ihre Brust hob sich stürmisch; plötzlich seufzte sie tief auf, schob mich von sich und sagte mit fremder, rauher Stimme: »Geh jetzt, Bub, geh jetzt!«

Wieder, wie damals in der Kapelle der Mutter Gottes, als mich der Bauer zurechtgewiesen, packte mich ein Gefühl, als hätte mich jemand aus einem schönen Himmel gerissen, eine große Übelkeit bemächtigte sich meiner, und ich lief ohne ein Wort hinaus aus der Kammer und vor das Haus.

Da saß die alte Irschermutter auf der Hausbank, hielt ihren Krückenstock zwischen den Händen und stieß damit von Zeit zu Zeit auf den Boden.

Ich rief sie an; da wandte sie langsam den Kopf und sagte: »Da bist du ja, du Dunnersbursch! Wo steckst denn alleweil?«

Ich tat, als überhörte ich ihre Frage, wies auf die schwarzen Wetterwolken am Himmel und sagte: »Kommt ins Bett, Mutter! Ein Wetter steigt auf!«

Dann lief ich in meine Kammer und legte mich zu Bett, ohne eine Spur von Schlaf zu fühlen. In meinem Kopf sauste und hämmerte es, und in den Gliedern empfand ich eine seltsame Schwere. Meine Gedanken weilten bei der Kathrein, und ich versuchte, mir ihr Gebaren zu erklären, daß sie mich plötzlich so rauh von sich gewiesen hatte.

Da begann es zu blitzen und zu krachen, und ein furchtbares Gewitter tobte daher. Der Sturm heulte und pfiff ums Haus vom Wald herüber, und Regen und Hagel schlugen an die Fenster.

Ich hörte draußen die Irscherin den Riegel der Haustür aufstoßen und sah sie beim Aufleuchten eines Blitzes an den Fenstern meiner Kammer vorübergehen.

Gleich darauf öffnete sich die Tür, und das Kathreinl kam herein und sagte: »Mathiasle, laß mich zu dir kommen; es tut grauslich draußen, und ich fürcht mich.«

Ein bläulicher Blitz flammte auf, und ich sah das Mädchen im dünnen Nachtgewand und mit offenen Haaren vor mir. Ein leichtes Tuch hatte sie um die Schultern gelegt und hielt es mit beiden Händen vorn über der Brust zusammen.

»Setz dich zu mir her«, bat ich und rückte zur Seite, während das Haus erbebte von dem Donnerschlag.

»Heiligs Kreuz«, rief sie und bekreuzte sich; »jetzt hats eingeschlagen!«

Und sie lehnte sich fröstelnd an mich. »Die Mutter ist noch fort«, sagte sie dann; »sie ist so eigen; wenn es draußen am ärgsten tut, dann geht sie ums Haus und schwingt die Sichel und läßt kein verständiges Wort mit sich reden ...«

Wir fuhren beide zusammen: Ein grelles, blaues Leuchten ging durch die Kammer, und zugleich tat es einen Krach, daß wir uns umschlangen.

Bebend kroch das Kathreinl zu mir ins Bett und drückte ihren Kopf fest an meine Schulter, daß sie nichts mehr sah, während sie flüsterte: »Gfehlt is 's! Das wird 's End!«

Ich bettete sie aufs Kissen, schob meinen Arm unter dasselbe und legte mich ganz nahe neben sie. Da schlang sie ihre Hände um meinen Hals, und wir hielten uns ganz still. Das Wetter entfernte sich, und der Sturm ließ nach; nur der Regen fiel noch und sammelte sich in der Dachrinne und plätscherte vor dem Fenster in das Faß nieder, das die Irschermutter aufgestellt hatte, um in dem Regenwasser die Wäsche zu waschen.

Das Kathreinl war an meinem Hals eingeschlafen, und ihre Hände lösten sich langsam und fielen herab.

Ich zog leise meinen Arm unter ihrem Haupt weg, nahm ihre Hände in die meinen und schlief am End gleichfalls ein. Brummend schlug die Uhr eben vier, als ich erwachte und mich einen Augenblick besinnen mußte, ehe ich Traum und Wirklichkeit voneinander scheiden konnte; denn ich hatte im Schlaf das Kathreinl weit fortgeführt in ein hohes Haus und hatte dort Hochzeit gemacht mit ihr. Da war die Irschermutter gekommen und hatte die Sichel geschwungen und geflucht, und im selben Augenblick stürzte das ganze Haus über uns zusammen.

Nun sah ich das Mädchen schlafend neben mir, und ich besann mich auf den Abend und die Nacht. Ein ruhiges Glücksempfinden überkam mich, und ich betrachtete mit großer Lust das feine Gesicht, die halboffenen Lippen und die langsam auf- und niedergehende Brust.

Endlich rührte sie sich; ihr Kopf wühlte sich unruhig ins Kissen, ihre Hände fuhren etlichemale im Gesicht und auf der Brust herum, sie tat einen Seufzer und öffnete die Augen. Da sie mich erblickte, schloß sie dieselben wieder, rieb sich mit beiden Fäusten den Schlaf daraus und öffnete sie weit, indem sie sich aufrichtete.

»Kathreinl!« sagte ich und küßte sie.

Aber sie war ganz traurig und meinte: »Ach weh! Jetzt hab ich wohl kein Glück mehr! Ach, Mathiasl! Jetzt ists Jungfernkrönl weg und dahin!«

Und sie weinte leise.

Da sagte ich: »Sei still und klag nicht! Mir deucht, es liegt noch in deiner Kammer drüben! Bei mir ists nit!«

Dann suchte ich scheinbar eifrig in meinem Bett, während sie, wieder lächelnd, langsam aufstand und hinauslief.

Nun hielt es mich nimmer auf meinem Lager, und ich erhob mich und machte mich zurecht. Dann trat ich hinaus auf den Flöz und wollte den Riegel der Haustür öffnen, um hinauszugehen; doch die Tür war nicht verschlossen, und der Schlüssel steckte nicht, wie sonst, im Schloß.

Ich ging verwundert hinaus vors Haus; doch mit einem Schrei fuhr ich zurück: Die Irschermutter lag tot auf der Erde – erschlagen vom Blitz.

Sie war ganz schwarz und ihre Kleider verbrannt. In den Händen

hielt sie noch krampfhaft den verkohlten Sichelgriff und den Krük-
kenstock.

Ein Schauer schüttelte mich, und ich mußte mich an den Türstock
lehnen, um nicht zu wanken.

In diesem Augenblick hörte ich drinnen das Kathreinl in seiner
Kammer singen, und ich wurde wieder fest und überlegte, wie ich es
machen sollte, um dem Mädchen das Schwere auf eine Weise darzu-
tun, die es am wenigsten traf.

Aber ich fand keinen rechten Ausweg; endlich dachte ich, daß es
das Beste sei, wenn ich vorerst noch schwieg und alles dem Himmel
überließ; der würde es schon recht machen.

Ging also wieder ins Haus und verriegelte leise die Tür. Darnach
blickte ich in die Kammer zum Kathreinl und bat sie um eine Morgensuppe, obgleich mir zu allem andern eher Muts war, denn zum
Essen. Sie sang noch immer und lachte mich lustig an, während sie den
Stubenboden mit einem Besen aus grünen Tannenreisern auskehrte.
»Gleich, Mathiasl«, sagte sie und fegte mir über die Schuhe; »schau
derweil, was die Mutter macht; sie scheint das Aufstehen heut ganz
zu vergessen und das Melken auch. Die Viecher brummen schon, hör
ich!«

Ich nickte bloß und sah nach dem kleinen Stall, in dem eine Kuh und
zwei Geißen standen und nach dem Morgenfutter riefen. Rasch holte
ich einen Korb voll Klee und gab ihnen zu fressen, nahm darauf den
Melkeimer und das Stühlchen und begann, sie zu melken.

Dabei traf mich das Kathreinl, als es eben nach dem Rechten schau-
en wollte, und es dämmerte die Wahrheit in ihr auf, und sie fragte
mich ängstlich: »Bub! Warum in aller Welt mußt heut du das Vieh
melken? Was ists mit der Mutter?«

»Sie wird noch schlafen«, sagte ich und steckte den Kopf tief unter
den Körper der Kuh, damit das Mädchen nicht sah, wie mir die Augen
naß wurden.

Aber sie sagte gar nichts mehr darauf, lief in die Kammer der Mutter
und kam, da sie dieselbe leer und das Bett unberührt fand, ganz bleich
und still wieder in den Stall, legte ihre Hand auf meine Schulter und
sagte tonlos: »Sie ist nimmer da. Sag mirs nur, ich weiß schon: Sie ist
tot.«

Und als ob sie alles schon wüßte, ging sie ganz ruhig wieder hinaus,
schob den Riegel zurück und trat unter die Haustür.

Ich stellte den Eimer weg und lief ihr nach; aber sie kniete schon neben der Toten und war ganz still und gefaßt.

»Ich habs schon gewußt, daß es so ist«, sagte sie bloß, als ich auf sie zutrat und sie wegführen wollte; »es war ja ihr Wunsch, so durch die Gewalt der Elemente zu sterben. Feuer oder Wasser, sagte sie immer, müssen mich umbringen; lang leiden und siechen mag ich nicht.«

Sie nahm ihre Schürze ab und deckte sie über die Tote. Dann ging sie hinein und ordnete das Haus, wobei ich ihr half und mit ihr beredete, was zu tun sei.

»Wir müssen sie begraben lassen«, sagte sie, und sie machte sich, nachdem sie noch ein wenig Milch getrunken hatte, auf den Weg nach Sonnenreuth, um den Tod der Mutter beim Bürgermeister, beim Doktor und beim Pfarrer anzuzeigen.

Bis dahin hatte sie keine Träne geweint, keine Klage laut werden lassen; doch da sie wieder aus dem Dorf zurückkam, schluchzte sie laut und klagte: »Arms Mutterl! So muß alles kommen!«

Tröstend strich ich ihr über die nassen Wangen. Da schrie sie laut auf: »O, die Christen! Die frommen Pfarrherrn! Nicht aussegnen will man sie! Den Friedhof verweigert man ihr, weil sie eine Hexe war! Der Herr Pfarrer sagt, das sei augenscheinlich, daß Gott ihren Frevel bestraft und der Teufel sie geholt hätte, und er verweigert die letzten Segnungen der Kirche.«

Starr hörte ich ihr zu; dann sagte ich: »Laß 's nur gut sein, Kathreinl! Ich geh zum Weidhofer, daß er dem Herrn Pfarrer ein gutes Wort gibt!«

Aber sie sagte: »Das hilft dir nichts. Dein Ziehvater, der Meßmer, ist selber dabei gestanden, wie der Pfarrer so über die Mutter geschimpft und sie eine gottlose und unholde Person genannt hat; und er hat genickt zu der Rede vom Pfarrer und hat gesagt: Ganz recht! Meinen Buben, den Mathiasl, hat sie so auch schon behext gehabt, daß er nimmer heim will in den Weidhof.«

Dabei fiel sie mir um den Hals und weinte bitterlich, bis ich sagte: »Komm, sei fest und hör auf zu jammern! Was brauchen wir denn einen Pfarrer! Wir graben sie halt selber ein. Draußen am Weg unterm Feldkreuz geben wir ihr die Ruh. Unser Herrgott wird schon zufrieden sein damit!« Also nahmen wir Hacke und Schaufel und gingen hinaus auf den Weg und arbeiteten den halben Tag, um der Toten ein gutes Bett zu machen.

Dann gingen wir heim, ließen die Kuh und die Geißen aus dem

Stall auf den Anger und tranken wieder ein wenig Milch und aßen ein Stück Brot.

Die Sonne stand gerade über uns, als wir den Schiebkarren mit Laub und Blumen geschmückt und die Tote in Leinlachen gehüllt und darauf gelegt hatten.

Das Kathreinl nahm nun einen Rosenkranz, das alte Buch, in dem die Mutter so gern gelesen, und ein Kästlein, in dem sie ihre wunderbaren und geheimen Dinge immer verwahrt hatte, legte sie zu den Füßen der Toten, und dann fuhren wir sie zum Grab.

Wir streuten Gras und Blumen in die Grube, beteten das Vaterunser und senkten den Leichnam weinend hinab. Darnach legten wir die Kostbarkeiten zu ihr, bedeckten sie mit Blättern und Blüten und machten das Grab wieder zu, indem wir dazu beteten: Herr, gib ihr die Ruhe, dein Licht leuchte ihr, laß sie ruhen in Frieden. Amen.

Darauf fuhren wir unseren Karren wieder heim, verschlossen alle Türen des Hauses und setzten uns auf das Bett und hielten uns wortlos bei den Händen.

Endlich stand ich auf und ging hinaus, um dem Kathreinl etwas zu richten; denn sie sah so bleich und elend aus, daß ich dachte, sie hätte gewiß Hunger. Aber sie lief mir sogleich nach und sagte: »Es hungert dich leicht, Bub?«

Und sie holte etliche Eier aus der kleinen Speiskammer und das Schmalzhäflein und schlug für mich drei und für sich zwei Eier in die Pfanne, und wir hielten auf der Ofenbank, während das Reisigbüschel am Herd verglimmte, ein trauriges Totenmahl.

Plötzlich sagte das Mädchen mit einem schwachen Lächeln: »Jetzt fehlt nur noch der Leichentrunk und der Totentanz! Wir müssen der Mutter doch die letzten Ehren schenken!«

Damit lief sie hinaus und kam nach einer Weile mit einem Krüglein saueren Mosts und einem schwarzen Holzkasten wieder.

»Trink«, sagte sie und nahm eine alte, abgegriffene Zither aus dem Kasten und legte sie auf die Knie.

Ich sah ihr mit Schaudern und Staunen zu und wollte diesem Empfinden eben Worte geben; da griff sie in die Saiten, schlug etliche Akkorde an und spielte einen alten, harten Landler.

»Den hat sie am liebsten gehört«, sagte sie darnach, »den hat ihr schon ihr Vater immer aufgespielt; er ist ein zwiefacher und geht gut zum Platteln. Früher hat die Mutter noch manchmal ein paar Burschen und Dirndln auf Besuch geladen, und sie haben da getanzt und gesungen; aber seit der Pfarrer einmal von der Kanzel gesagt hat, wen er noch mal bei der alten Waldhex antrifft, den absolviert er bei der Beicht nimmer, seit der Zeit hat sich keins mehr in den Heimgarten getraut außer dem Ödhoferbuben; aber der ist nicht wegen der Musik gekommen und auch nicht wegen einer von den Dirndln. Ich glaub auch, daß kein anderer dem Pfarrer was gemeldet hat von dieser Tanzmusik als wie der Ödhofer. Er hätt halt gern allein sein mögen zum Zuhören.«

Sie lachte plötzlich spitzbübisch auf, trank hastig und spielte darnach wieder weiter.

Ich fand mich nicht ganz wohl bei dieser ganzen Sache und meinte, indem ich ein leises Grausen abzuschütteln suchte: »Jetzt langts schon, Kathreinl! Mir deucht, die Tot möcht jetzt lieber ihre Ruh haben!«

Aber das Mädchen schüttelte bloß den Kopf, trank wieder, nahm die Zither in eine Hand, stand auf und begann mit derselben einen tollen Tanz aufzuführen, indem sie mit voller Hand Akkorde griff und die Zither schwang. Das klang bald wie fernes Glockengeläute, bald wie wilde Orgelmusik, und ihre Füße stampften dazu, und sie wirbelte herum, daß ihre roten Zöpfe los wurden und herabfielen. Da erhaschte ich einen, als sie eben wieder an mir vorbeistampfte; ich hielt sie daran fest und umspannte, als sie aufschreiend stillhielt, ihren Leib.

Ganz elend bat ich sie flehentlich, doch aufzuhören, und ich drohte ihr, sogleich aus dem Haus zu laufen, wenn sie den Teufelstanz nochmals beginnen würde.

Sie stand erschöpft vor mir, und ihre Brust ging stürmisch auf und nieder. »Ja, ja; ich bin schon wieder still«, sagte sie heiser und verschloß sodann die Zither und lehnte den Kasten hinter den Ofen. Dann strich sie sich das Haar glatt, trank gierig und setzte sich, mich neben sich niederziehend, wieder aufs Bett.

Ich folgte ihr widerstrebend. Eine seltsame Scheu vor dem wilden Wesen des Mädchens hatte mich ergriffen und wich auch nicht, als diese plötzliche Wildheit einem stumpfen Vorsichhinstarren Platz machte.

Stumm saß ich neben ihr und spielte nachdenklich mit dem Ende ihres Zopfes und wickelte ihn gleich einem Ring um die Finger, als draußen heftig an die Haustür gepocht wurde.

Wir sprangen beide zugleich auf und sahen uns erschreckt an; da pochte es wieder.

Das Kathreinl sagte: »Nicht aufmachen! Sei ganz still! Ich schau, wers ist!«

Und sie schlich ganz leise über die Stiege hinauf und sah vom Söller durch eine Luke hinab auf den Einlaßbegehrenden.

Gleich darauf kam sie mit unhörbarem Schritt wieder herab und flüsterte mir zu: »Halt dich still! Der Schnepfalucka, der Leichenbschauer, ists! Der soll nur wieder gehen!«

Da hielten wir uns ganz still und horchten, bis wir ihn wieder fortgehen hörten; das Kathreinl lief in die Speiskammer und sah durch das dichte Fliegengitter hinaus nach dem Weg, dann sagte sie: »Er geht schon wieder heim. Heut laß ich keinen Menschen mehr ins Haus, und morgen ...«

Sie schwieg plötzlich und sah mich ganz traurig an, so daß ich fragte: »Was ists morgen?«

»Morgen müssen wir halt fort – hinaus aus dem Haus«, sagte sie gepreßt, »der Bürgermeister hat mir befohlen, daß ich alles gut verschließen solle und ihm die Schlüssel bringen, damit er nicht selber herausgehen müsse wegen der Verlassenschaft.«

»Und du?« fragte ich erstaunt und erschrocken.

»Ich muß halt schauen, wo ich unterkomm derweil«, sagte sie, »ich bin ja bloß ein Balg, eine Hergelaufene; da muß erst die Verlassenschaft entscheiden, was mit mir geschieht.«

Da stieg ein großer Zorn gegen die von der Verlassenschaft in mir auf, obgleich ich das Wort nicht verstand; ich brachte es aber mit dem Begriff Verlassensein in enge Verbindung und dachte, daß das Kathreinl nun niemanden mehr habe auf der Welt, außer mir.

Darum sagte ich entschlossen zu ihr: »Da hat gar niemand was zu entscheiden wegen dir, als wie ich; und du mußt mit mir zu der Weidhoferin gehen, und sie muß dich nehmen. Und dann bleibst du bei mir.«

Ich war, obgleich ich noch gar nicht wußte, ob alles so hinausginge, so erfreut über die Lösung, daß ich das Mädchen ganz fidel mit mir in der Stube herumzog und mit vielen Worten mein Glück pries, daß sie bei mir bliebe.

Wir brachten den übrigen Tag ziemlich nutzlos zu und gingen fast nicht aus der Kammer.

Und da wir das Vieh eingetrieben und gemolken hatten und es allmählich dunkel wurde in der Stube, begann sich das Kathreinl zu fürchten und sagte, daß sie sich nicht in ihre Kammer traue, worauf ich wieder mein Bett mit ihr teilte und die halbe Nacht mit ihr redete und sie unterhielt, bis uns endlich beiden die Augen zufielen.

Die Hexenjungfer

Es war schon heller Tag, als ich erwachte und mich nach dem Kathreinl umsah; doch ihr Platz war leer, und ich hörte sie schon draußen vor dem Haus am Brunnen werken und waschen. Da stand ich gleichfalls auf und half ihr, das Tägliche zu verrichten. Wir fütterten das Vieh und gaben ihm frische Streu, darauf machte ich mich ans Melken, während das Mädchen die Morgensuppe kochte, mein Bett richtete und den Hausflöz mit dem Tannenbesen auskehrte. Und nachdem wir das Vieh auf den Anger getrieben, unsere Suppe verzehrt und das Haus verschlossen hatten, machten wir uns auf den Weg nach Sonnenreuth.

Das Kathreinl hatte sein bestes Gewand angelegt und prangte in einem rot schillernden Kleid und einer leuchtendblauen Schürze mit schwarzen Blonden. Ihr kunstreich abgenähtes Mieder wurde von einem reichen Silbergeschnür zusammengehalten, und den Hals zierte eine mehrreihige Silberkette mit schwerer Schließe. Um die Schultern trug sie ein bunt gesticktes Seidentuch, und ihre Füße staken in weißen Strümpfen und feinen, lederbesetzten Zeugschuhen mit großen Schnallen.

Diese Tracht trugen zu jener Zeit alle Mädchen und Frauen der Sonnenreuther Gegend, und dazu setzten sie schwarze Filzhüte mit langen Goldquasten und reicher Goldverschnürung auf.

In einem rotbestickten Sacktuch trug das Kathreinl die Schlüssel des Hauses, eine grobe Schürze und ein Stück trockenen Brotes.

Da wir unter das Kreuz kamen, wo die Mutter lag, blieben wir eine Weile still und wünschten der Toten mit Andacht die ewige Ruh und den Frieden. Dann gingen wir baß drauflos und kamen gegen zehn Uhr in der Früh nach Sonnenreuth und an das Haus des Bürgermeisters. Dem übergab das Mädchen die Schlüssel, sagte, daß die Mutter schon eingegraben sei und daß die Kuh und die Geißen auf den Abend wieder Melken brauchten; darauf faßte sie mich bei der

Hand und ging rasch und ohne dem Alten auf seine Fragen etwas zu erwidern mit mir hinaus.

Wir hielten uns auch beim alten Schnepfalucka, dem Leichenbeschauer, nicht lange auf; das Kathreinl klopfte rasch an seiner Tür und rief hinein: »Die Irscherin ist schon eingegraben!«

Dann liefen wir wieder davon und kamen gegen den Weidhof.

Meine Ziehmutter wollte eben den Hennen Futter streuen, da traten wir Hand in Hand durch den Gadern in den Hof.

Erschreckt schüttelte sie den ganzen Weidling voll Körner unter die Hühner, beschattete die Augen mit der Hand, um besser zu sehen, und schrie: »Daß 's Gott gsegn! Unser Bub! Und mit der Hexenjungfer!«

Und sie bekreuzte sich und wollte rasch ins Haus; aber ich zog das widerstrebende Mädchen hinter mir her und vertrat meiner Ziehmutter den Weg: »Haltet, Mutter! Bleibt noch ein wenig! Ich bring wen mit – ein Waisl, das Ihr aufnehmen mögt! ...«

Aber sie erhob abwehrend beide Hände, wandte das Gesicht weg und lief ins Haus, während dem Kathreinl langsam eine Träne nach der andern über die Wangen rollte.

Das gab mir einen Stich ins Herz, und ich lief der Mutter nach und faßte sie am Gewand und schrie sie an: »Ihr sollt sie nicht weinen machen, Mutter! Ihr sollt gnädig sein und gut, weil sie auch gut ist!«

Und da sie nicht hören mochte, drohte ich: »Wenn Ihr sie nicht nehmt, dann geh ich auch wieder, und Ihr habt die Schuld, wenn was geschieht ...!«

Damit lief ich wieder hinaus und fand das Mädchen, als es eben aus dem Hof gehen und den Gadern hinter sich schließen wollte.

»Kathreinl!« schrie ich, »was willst du denn tun? Warum kehrst du um?«

»Weil ich nichts verloren hab da drin!« erwiderte sie rauh und schlug das Türl zu.

Da eilte ich hinaus, packte sie am Arm und schrie: »Und ich will haben, daß du dableibst! Du gehörst zu mir! Sie müssen dich aufnehmen!«

In diesem Augenblick kam der Meßmer, mein Ziehvater, vom Gottesacker daher und ging auf uns zu und sah, wie ich das Mädchen zurückhielt. Da sagte er: »Wo aus, Jungfer? – Hast ihn jetzt wiedergebracht, den Racker? – Wohin denn schon so früh in dem Putz?«

»Eine Heimstatt suchen«, sagte das Kathreinl und wollte sich von mir losmachen. Da rief ich: »Nehmt sie doch Ihr derweil, Vater! Sie soll nicht allein rumtappen! – Gelt, Vater, Ihr behaltet sie derweil, bis sie nimmer verlassen ist!«

Der Weidhofer sah wohlgefällig auf mich nieder, betrachtete das Kathreinl eine Weile und meinte dann: »Wenn sie mit dem Strohsack zufrieden ist in deiner Kammer? Du kannst ja im Ambros seiner Liegerstatt schlafen, so lang er auf der Alm ist. Von mir aus kann sie schon dableiben; Arbeit gibts bei uns für jeden, der sie nicht scheut!«

Herrgott! Wie wurde ich froh! Ich bedankte mich jubelnd beim Vater und sagte darnach zum Kathreinl: »Jetzt mußt du doch bei mir bleiben! Jetzt mach nur geschwind, daß wirs der Mutter sagen!«

Da sagte sie denn ja und dankte dem Weidhofer und ging mit uns.

Die Ziehmutter war schon eine Weile unter der Haustür gestanden und hatte auf uns herübergeschaut; da sie uns aber nun alle drei eintreten sah, schüttelte sie den Kopf und verschwand im Haus.

Ich führte nun das Mädchen in meine Kammer und meinte, da ich das Bett sah, nachdenklich: »Du mußt halt schauen, wie du liegst; ich bring dir schon alles, was du brauchst und gern haben möchtest!«

Ihr Stübchen war ein viel Schöneres und ihr Bett ein viel besseres gewesen, und ich sah ängstlich und unruhig auf das Mädchen.

Scheu blickte sie an den kahlen Wänden entlang, betrachtete stumpf den verstaubten Wandherrgott in der Ecke und die große Spinnwebe daneben und setzte sich schließlich seufzend und fröstelnd auf die Truhe, die unter dem niederen Fenster stand und meine paar Habseligkeiten in sich verschloß.

Plötzlich sagte sie: »Wie kalt es in diesem Christenhaus ist! Bei uns daheim ists viel wärmer gewesen! – Wer wird leicht jetzt das Hexenhäusl kriegen? – Es ist schad drum!« Ich suchte ihr die Kammer ein wenig behaglicher zu machen und lief hinaus, durchsuchte das Haus nach allem Möglichen und schleppte es hinein zum Kathreinl: einen alten, wackligen Tisch vom Dachboden, einen geschnitzten Stuhl aus der Kammer des Ambros, das Kopfkissen aus dessen Bett, zwei Blumenstöcke vom Söller und eine alte, blau bedruckte Bettzieche als Tischdecke.

Darauf holte ich aus meiner Truhe etliche Heiligenbilder und nagelte sie alle über das Bett.

»So, Kathreinl, jetzt paßt es schon eher für dich!« sagte ich darnach befriedigt; »jetzt bring ich dir noch einen Spiegel und das Spinnradl von der Mutter, daß du gute Weil und was zu tun hast.«

Nach langem Suchen fand ich einen alten, bemalten Spiegel, in einem

Kasten hängend; den brachte ich dem Mädchen und auch etliche Zöpfe Flachs zum Spinnen. Das Spinnrad stand verstaubt am Heuboden, und ich mußte es erst mit dem Flederwisch reinigen, ehe ich es dem Kathreinl in die Kammer stellen konnte.

Derweil ich noch immer nach Neuem suchte, um dem Mädchen das Stüblein gut zu richten, läutete es zu Mittag, und ich hörte Türen schlagen, Tritte poltern und Männerstimmen reden und lachen. Der Weidhofer kam über die Stiege herauf und rief: »Mathiasle, was is 's – zum Essen! Bring deine Jungfer auch gleich mit!«

Da holte ich geschwind einen schönen Teller und einen neuen Löffel aus der Künigkammer, damit das Kathreinl nicht mit den Knechten in eine Schüssel zu langen bräuchte, und stellte einen Lederstuhl neben die Bank, auf der ich sonst gesessen war; darnach holte ich die Jungfer hinunter. Die große, bemalte Schüssel mit den Knödeln stand schon auf dem Tisch, als wir eintraten. Knechte und Mägde standen darum, und der Weidhofer betete eben um Gottes Segen zu Speis und Trank und um Gnade und Gedeihen dazu.

Der Weidhoferin ihr Platz war noch leer, und alle blickten nach dem Tischgebet noch unschlüssig, ob sie sich setzen könnten, da es gemeiniglich die Sitte bei den Bauern ist, daß erst der Bauer und die Bäuerin niedersetzen und auch als Erste in die Schüssel langen.

Der Meßmer setzte sich endlich und sagte: »Fangts nur derweil an; d' Mutter wird schon kommen.«

Nun zog ich das Kathreinl, welches glühendrot geworden war, mit mir an den Tisch und nötigte es an den von mir bestimmten Platz; darauf wollte auch ich mich setzen.

In diesem Augenblick sahen alle neugierig auf das Mädchen; die Oberdirn warf den Löffel mit dem Ruf weg: »Mariand Christi! D' Hexenjungfer!« bekreuzigte sich und lief weg; und sogleich standen auch die andern alle auf, murmelten Verwünschungen und entfernten sich, ohne auf den Unwillen des Weidhofers zu achten. Das Mädchen aber saß starr und ganz schneebleich auf seinem Stuhl, sah einen nach dem andern gehen und seufzte tief auf, als der Vater mit der Faust fluchend auf den Tisch schlug und schimpfte: »Gesindel, verdammtes! Sollens bleiben lassen, wenn sie nicht mögen! – Iß, Maidel, und laß dichs nit verdrießen!«

Ich war ihm von Herzen dankbar für seine Worte und rief: »Ihr seid brav, Vater, das Kathreinl tut niemand was.«

Fürsorglich legte ich alsdann dem Mädchen, das stumm zum Fenster hinaussah, einen Knödel auf den Teller, reichte ihr das Schüsselchen mit dem Dotschentauch und bat sie, doch zu essen.

Erst hörte sie nicht auf mich; endlich nahm sie, aß aber nur etliche Bissen und stand darnach mit einem leisen »Vergelts Gott« auf. Auch ich brachte kaum ein wenig Speis in mich, erhob mich gleichfalls und ging mit dem Kathreinl wieder in meine Kammer, während der Meßmer für uns drunten dem himmlischen Vater Dank sagte für alle Wohltaten.

Eine Weile später, während das Mädchen das Mieder und Geschnür ablegte, seine rauhe Schürze umband und sich zum Spinnen rüstete, fiel mir ein, daß drunten im Wandschränklein der Wohnstube eine alte Legende mit vielen wunderlichen Abbildungen liege; ging also hinab, sie zu holen, damit das arme Kathreinl Kurzweil dran hätte. Wie ich nun in die Stube trat, saßen die andern erst beim Essen mitsamt der Weidhoferin und blickten unmutig auf mich. Da sagte ich ganz laut und keck: »Die Hexenjungfer kommt! Wer nicht schnell verschwindet, wird verwunschen!«

Da entstand ein großer Tumult: Die Mägde kreischten furchtsam auf, schlugen das Kreuz und wollten fliehen; die Mannsleute fluchten und gaben mir grobe Namen, und die Weidhoferin, meine Ziehmutter, stand auf, daß ihr Stuhl umfiel, wies mit der Hand nach der Tür und schrie mit hochrotem Gesicht: »Marsch, weiter, sag ich! Unser Herr hat lange Arm; der trifft dich schon noch für dein Gspött!«

Ich lachte, nahm das Buch aus dem Schränklein und ging hinaus; doch sagte ich dem Kathreinl nichts von der Sache, um sie nicht noch trauriger zu machen; denn sie weinte ohnedies schon, daß ihre Augen ganz rot wurden.

Sie band eben den Flachs ans Spinnrad und rückte sich den Stuhl dazu, indem sie die Schürze vors Gesicht hielt, damit ich nicht sähe, wie sie weinte. Ich empfand tiefen Schmerz, als ich sie so sah, und auch große Reue, daß ich sie hierher gebracht; doch war es mir unmöglich, dem Mädchen dies zu sagen, noch, sie zu trösten. Es war, als sei etwas Fremdes, Kaltes in mein Herz gekommen, das meine große Liebe für sie zurückschlug, so oft sie daraus emporkommen wollte; und obschon ich immer noch an unser Zusammensein im Haus der toten Irscherin mit stiller Freude dachte, so tat ich doch nichts, um dies Schöne noch einmal zu erleben.

Also saß ich auf der Truhe und beschaute die Bilder der Legende, bis ich, von Müdigkeit übermannt, einnickte.

Das Spinnrad schnurrte wieder, als ich erwachte, wie einstmals, und das Kathreinl saß wieder in dem flimmernden Licht der untergehenden Sonne, und ihr rotes Haar glänzte wie lauteres Gold. Sie sah nicht um sich; gedankenvoll hielt sie ihr Haupt über das Spinnrad gebeugt und drehte mechanisch am Faden, dabei von Zeit zu Zeit die Finger an den Lippen netzend.

Eine geraume Weile sah ich ihr zu und hielt, damit sie es nicht bemerkte, meine Augen halb geschlossen; da aber die Sonne hinter den Bergen verschwunden war und nur noch ein dämmernder Schatten von ihr ganz oben an der Wand zitterte, richtete ich mich auf und sagte: »Jetzt hätt ich bald den Feierabend verschlafen; geh, hör auf zu spinnen, Kathreinl, dann hol ich dir dein Nachtessen.«

Ging also hinab in die Kuchel des Hauses, suchte den Teller des Mädchens und den Löffel und trug beides hinauf in die Kammer.

Die Ziehmutter stand derweil am Herd, hatte die große, rußige Eisenpfanne auf dem Dreifuß, unter welchem ein lustiges, offenes Reisigfeuer prasselte, und kochte den Abendschmarren, ein rauhes Gericht aus Mehl und Erdäpfeln. Sie schaute mich unfreundlich an, sagte aber nichts und gab mir, als ich ein weißes Schüsselchen vor sie hinstellte und sagte, daß ich dem Mädchen zu essen bringen wolle, sogleich ein ansehnliches Häuflein Schmarren und einen kleinen Weidling voll süßer Milch.

Dies brachte ich, nachdem ich mich bei der Mutter dafür bedankt, dem Kathreinl, das bei meinem Eintreten am Fenster lehnte und in den nebligen Abend hinaussah. Gemeinsam verzehrten wir darauf diese Mahlzeit, ohne etwas dabei zu reden; darnach wünschte ich ihr eine ruhsame Nacht und trug das Geschirr hinab in die Kuchel.

Der Meßmer wusch sich eben am Brunnengrand Gesicht, Hals und Brust, als ich nach diesem vors Haus ging und mich auf die verwitterte Holzbank setzte; da er mich sah, fragte er, indem er sich einen Strahl Wasser auf den Scheitel pumpte: »He, Racker, wo ist denn deine Jungfer? Sag ihr, der Bürgermeister hätt das Vieh vom Waldhaus geholt und in die Gemeindeställe gewiesen, bis es auseinandergeht mit der Verlassenschaft. Er hat mirs zu wissen gemacht und fragt, wo die Waldhäuslerin eingegraben ist.«

»In Gottes Erdboden«, erwiderte ich und lief hinauf, alles dem

Mädchen zu berichten; doch sie hatte ihre Tür schon verriegelt und gab mir auch auf mein Rufen und Pochen keinen Bescheid, so daß ich endlich ging, drunten »Gut Nacht« wünschte und hierauf die Kammer des Ambros aufsuchte und mich zu Bett legte. Mitten in der Nacht, als ich endlich nach langem Denken, Betrachten und Sinnen eingeschlafen war, fuhr ich plötzlich empor. Unter meinem Kammerfenster wurde eine Leiter angelegt, ich hörte jemand keuchend emporsteigen, und im nächsten Augenblick erschien im Rahmen des geöffneten Fensters die Gestalt des langen Ambros. Er hielt sich einen Augenblick ganz still, horchte und schwang sich dann rasch in die Kammer herein. Ich gab keinen Laut von mir und hielt beide Fäuste an die Brust gepreßt, um mein heftiges Herzklopfen zu beruhigen, während ich daran dachte, was ich täte, wenn er mir abermals übel wollte.

Aber er schaute gar nicht auf das Bett; mit größter Hast schloß er eine kleine Truhe auf, warf eine Menge silberklirrender Münzen hinein und verschloß sie darnach wieder sorgfältig. Darauf nahm er die Truhe auf die Schulter und wollte sie nun durchs Fenster forttragen; doch brachte er sie nicht durch den Rahmen und fluchte derowegen ganz wütend.

Indem er sich vergebens abmühte, kam mir ein Gedanke; ich tat plötzlich einen gellenden Pfiff, sprang aus dem Bett und lief aus der Kammer, laut rufend: »Ein Dieb, ein Dieb!«

Als gleich darauf der Weidhofer mit einem Kienspan aus seiner Kammer lief und mir in die des Ambros folgte, lag die Truhe auf dem Boden, die Leiter aber und der Bursch waren verschwunden.

Da schloß der Vater das Fenster und meinte: »Nachlaufen hat keinen Wert; der ist jetzt doch schon Gott weiß, wo. Aber wissen möcht ich doch, wer es war.«

Ich sagte: »Der Ambros selber wars«, und berichtete, was ich gesehen, worauf der Vater erwiderte: »Dem komm ich schon drauf, was er hätt wollen, wenn ers war; und die Truch trag ich derweil zu mir.«

Damit hob er sie auf und ging, sie unter dem Arm haltend, wieder schlafen.

Am anderen Morgen schickte er sogleich einen Knecht auf die Alm mit dem Befehl, daß er den Ambros vor ihn bringe. Dies geschah, und ich stand dabei, als der Hausl mit ihm eintrat. Kaum hatte mich der Bösewicht erblickt, als er auch schon weiß wie der Kalk an den Wänden wurde; seine Augen weiteten sich und sahen unstät und angstvoll von einem zum andern. Da trat der Vater herzu und sagte: »Wo ist der Schlüssel zu deiner Truch?«

»Droben in der Kammer«, erwiderte der Bursch stockend und sah wieder ängstlich nach mir, so daß der Vater unwillig fragte: »Was scheust dich denn vor dem Buben so? Hat er dir vielleicht was getan, heut nacht?«

Da kam eine furchtbare Bewegung über mich; bebend trat ich vor den langen Ambros hin und schrie ihm ins Gesicht: »Hasts wohl nicht gehofft, daß ich noch laut bin – daß ich noch einmal abrechnen könnt mit dir, du Mordbub!«

Wie ein Hieb war mir das Wort entfahren – wie ein Hieb traf es alle, am ärgsten aber den, welchen es anging. Der bleiche Schelm wankte und mußte sich anlehnen, um nicht zusammenzufallen; aber seine bläulichen Lippen murmelten: »Was bin ich? – Willst das zurücknehmen, du ...«

»Zurücknehmen!« schrie ich da in höchster Wut; »zurücknehmen soll ich was! – Draufhelfen tu ich dir lieber, wenn du 's nimmer weißt: Droben am Bergrinnl, beim Weidhofer seiner Alm hat einer einen hinunter ... jawohl ... zerst 'n Räuber gmacht, darnach 'n Mörder!« Ich streckte den Finger nach ihm aus, und ein hartes Weinen schüttelte mich, indem ich mich an die Umstehenden wandte: »Der wars; meine Red ist wahr. Laßt die Kathrein von der Irscherin reden!«

Heiser brüllte der Bursch und beteuerte seine Unschuld und wand sich doch vor Ängsten; da trat die Jungfer, welche schon eine Weile im Flöz gestanden war, herzu, ganz bleich, und sagte mit bebendem Mund: »Es ist wahr, er lügt nicht.«

Und sie berichtete allen, wie die Irscherin mich in der Bergrinne beim Wasserfall gefunden hätte, wie ich in meinem Fieber mit dem Burschen gerungen und dabei den Namen Ambros gerufen hätte, und er solle mich doch schonen und mir meine Sachen wiedergeben ...

Sie gab also allen Zeugnis von der Übeltat des Schelmen, so daß dieser nicht mehr vermochte, eine Ausred oder Widerrede zu finden, vielmehr als ein feiger und furchtsamer Böswicht plötzlich sich aufrichtete und, derweil wir alle auf die Jungfer hörten, einen Sprung nach der offenen Haustür tat und verschwand, obgleich ihm der Vater und der Knecht auf dem Fuße folgten. Am End sagte der Vater, man solle ihn nur derweil laufen lassen, der käme schon von selber noch da hin, wohin er gehöre. Darauf ging man ins Haus, sprengte die Truhe und fand darin nicht nur meine Groschen vor, sondern auch noch einen großen Haufen Gelds, Silberzeugs und sonst kostbarer Dinge, die er alle geraubt hatte und die teils in den Weidhof, teils andern Leuten zu Sonnenreuth gehörten.

Der Weidhofer übergab alles dem Pfarrer, und dieser forderte am darauffolgenden Sonntag in der Predigt alle jene, denen etwas abhanden gekommen war, auf, sich ihr Sach bei ihm zu holen; doch blieb noch Mehreres liegen und wurde später unserer lieben Frau zu Birkenstein auf den Altar gelegt. Ich aber schenkte meine ganzen Silbergroschen dem Kathreinl und bat sie, dieselben zu nehmen als eine Verehrung und ein Andenken. Von dem Schelmen, dem Ambros, aber war nichts mehr zu hören und zu sehen, und es schien, als habe er die Gegend verlassen.

Das Vermächtnis

Etliche Tage nach diesem Ereignis erschien der Gemeindeschreiber oder, wie er zu Sonnenreuth hieß, der Aktenlippel, im Weidhof und fragte nach dem Kathreinl von Amts und wichtiger Ursach wegen. Ich stand gerad unter der Haustür und sah ihn mit weiten, gewichtigen Tritten daherstiefeln, stand ihm Red und holte das Mädchen zu ihm herunter.

»Ist Sie die Jungfer Maria Kathrein Paumgartner?« fragte der Alte und betrachtete sie über seine Hornbrille hinweg mit zwinkernden Augen.

»Ja, die bin ich«, erwiderte das Mädchen; »was will man von mir?«

Der Lippel nahm eine Prise, rieb sich darnach die Nase mit dem Daumen und stellte sich in strammer Haltung vor sie hin: »Also, Sie ist die genannte Person; also. Dann hab ich Ihr von Amts wegen kund und zu wissen zu machen, daß die ehrenfesten Testamentsvollstrekker durch meine Person aus Anlaß der Verlassenschaft, Siegelabnahme und Testamentsvollstreckung den obrigkeitlichen Befehl erlassen haben: ich solle Sie, die Jungfer Paumgartner, ins Waldhaus bestellen. Also. Kann Sie gleich mitkommen, he?«

»Ja, ich geh gleich mit«, sagte das Kathreinl und bat mich, ich möge ihr die gute Schürze und den Hut herunterholen.

»Geh nur derweil, ich trag dirs nach!« rief ich, während der Aktenlippel erst das Mädchen, dann mich mit einem väterlich-würdevollen Blick maß, noch einmal schnupfte und darnach aus der Haustür trat.

Eilig lief ich in die Kammer, holte den feinen Filz und die Schürze und lief ihnen damit nach, ohne daß sich jemand um uns bekümmert hätte, wo aus wir gingen. Tagein, tagaus saß ich ja beim Kathreinl und vergnügte mich, während sie mit flinken Fingern den Flachs zum Faden drehte, mit groben Holzschnitzereien: Tieren, Gottheiten, Bilderrähmlein und Madonnenstatuetten, die ich ihr dann mit Stolz als ein Angebinde überreichte. Die Ziehmutter sah weder mich noch das

Mädchen mehr mit einem Blick an, und der Weidhofer hatte den ganzen Tag zu werken und zu schaffen und kam nur selten in unsere Kammer. Betrat er diese aber wirklich einmal, so hatte er immer etwas für uns dabei: sei es nun ein Fliedersträußlein, ein rots oder blaues Wächslein, einen Ablaßpfennig oder einen Kuchen vom Lebzelter; denn es bedrückte ihn in seiner Rechtlichkeit, daß man das Mädchen um seiner Herkunft willen so schlecht achtete, wenn er gleich der Irscherin stets feind gewesen.

Nun ich den zweien nachgelaufen war, übergab ich dem Kathreinl seine Sachen und bat, daß sie mich mitnehmen möchten; und da es ihr und auch dem Schreiber recht war, lief ich also mit ihnen.

Vor dem Waldhaus standen schon der Lindlschneider und der Staudenweber, zwei angesehene Männer aus der Gemeinde, und warteten auf den Schreiber. Nach kurzem Gruß der beiden Bauern und tiefen Bücklingen des Lippel holte dieser umständlich einen Bund Schlüssel aus dem hinteren Sack seines braunen Amtsrockes und probierte einen nach dem andern, bis am End das Kathreinl bat, ob nicht sie den rechten Schlüssel zeigen dürfe, worauf der Lippel zwar giftig sagte: »Da hat Sie nichts zu zeigen! Das ist Sache der Obrigkeit!« auf Anraten der Männer aber doch dem Mädchen die Schlüssel übergab.

Sie schloß nun Tür um Tür auf, und die drei traten in das Haus und in die Stuben, in der eine stickige, dumpfe Moderluft war, so daß die Männer sogleich alle Fenster öffnen ließen.

In der Kammer der Toten wurden nun die Kommoden und Kasten geöffnet und alle Laden, Truhen und Schubfächer geprüft. Neugierig stand ich dabei und sah verblichene Gewänder und Tücher, schwere Leinwandballen und weiche Flachszöpfe, ein leinenes Sterbehemd und ein buntes Perlenkränzlein und dazu noch mancherlei Schmuck für Frau und Mann, etliche samtene Männerleibstücke mit silbernen Knöpfen und einen feinen Tuchrock, wie auch der alte Weidhofer einen hinterlassen.

Auf dem Sterbehemd lag, mit einem roten Wachsfaden zusammengehalten, eine vergilbte Papierrolle; der Schreiber langte sie heraus, stellte sich ans Licht und öffnete sie langsam; darnach räusperte er sich, rückte einen Stuhl und sagte feierlich: »Setze sich die Jungfer! Es ist hier in meinen Händen die letzte Verfügung der anhier verstorbenen Walburga Irscherin, Waldhäuslerin bei Sonnenreuth.«

Bleich und zitternd setzte sich das Kathreinl.

»Wollen die Männer sichs kommod machen und als Zeugen herhören auf die Artikel des Testaments!« wandte sich der Schreiber, nun an die beiden Bauern.

Ich schob ihnen Stühle hin, rückte dem Schreiber eine kurze Bank vor das Tischlein, an dem er lehnte, und zog mich mehr ins Dunkle zurück, während die Männer sich setzten und der Lippel einen Gänsekiel aus der Tasche zog, zurechtspitzte und ein Fläschlein Tinte dazustellte.

Eine große Stille war in der Kammer; der Schreiber schob seine Brille näher an die Augen, wischte sich mit zwei Fingern über die Nasenflügel und begann zu lesen:

»In Gottesnamen schreibe ich dieses nieder mit dem Gedanken und in der Meinung, daß es dereinst als mein letzter Wille gütlich geglaubt, wohl geacht und deshalb in seinen Artikeln getreu befolget werde.

Hab nicht gar wohl gelebt als eine verachte und mißgünstig betrachte Person; hab aber dennoch anso gelebet, wie mir mein Herz befohlen; doch darum um der feindlichen Christenlieb sei nicht geklagt. Ich mach mein Sach recht und hoff annoch auf einen gnädigen Richter.

Wie es denn nun sein soll, so eröffne ich meiner von mir auferzogenen Tochter Maria Kathrein, daß sie ist eine leibliche Tochter des erleuchten Herren Georg von Höhenrain und der Katharina Elisabeth Paumgartner zu Stubenberg. Welche als ein junges und liebliches Maidlein die Küh gehütet und am Wald sich Kränz ins Haar geflochten hat, bis genannter edler Herr sie bei einer Hirschjagd erblickt und ein groß Verlangen nach ihr verspürt hat. Haben also in Lieb und Treuen genannte Jungfer Maria Kathrein gezeuget und mir dieselbe mit einem Zehrgeld von zwölf Gulden für das Jahr und einer Aussteuer von fünfhundert Gulden übergeben, da denn die Mutter des Kindleins noch als ein jung Blut hat von dieser Erden gehen müssen und liegt begraben bei der Kapellen des Schlosses auf Höhenrain. Und so hab ich das Mägdlein gehalten wie ein eigen Kind in Treuen und behütet bis auf diesen Tag.

Hab als ein jung und einfältig Geschöpf mich versprochen einem handlichen Burschen, so als ein Holzfaller in Diensten des erlauchten und edlen Herren Georg von Höhenrain gestanden ist.

Haben also Hochzeit miteinander gefeiert draußen im freien grünen Wald, wo der groß und mächtig Herrgott der Pfarrer und allerhand munter Getier und Vöglein getreue Zeugen gewesen sind, und hat er mich heimgeführet in sein Haus gleich einer ehelichen Hausfrau. Hab ihm alsbald einen lieblichen Knaben in die Wiegen gelegt, der aber leider als ein männlicher Bursch hernach für seinen Herrn und Fürsten als ein tapferer Soldat das Leben gelassen, da ich wohl an die fünfzehn Jahr schon Wittib gewesen, alsdann denn auch mein lieber und getreuer Hort und Mann, noch bevor ich ihm ein sieben Jährlein angehöret, von einem rollenden Baumstammen erschlagen und auf der Stell ertödt worden.

Hab also nicht Erben noch Sippschaft, so ein Anrecht auf etwelches Ding in meinem Haus, noch auf das Haus oder den Anger darum hätten; und vermach ich also am heutigen Tag und auf diese Stund alles, was mein ist an Haus, Grund, Liegenschaft oder Gegenstand, sowie meinen Sparpfennig von dreihundert Gulden guter Währung genannter Jungfer Maria Kathrein Paumgartner, welche ist in meinem Haus als ein rechtes und riegelsames Maidlein bis auf diese Stund, auch nit Anlaß gibt zu Schimpf und Schand.

Weshalb ich genannter Maria Kathrein noch gebe den heiligen und kräftigen Segen: + Der Herr segne sie + im Namen des Vaters + und des Sohnes + und des Heiligen Geistes. Amen.

In der blauen Truhen unter meiner Himmelbettstatt liegt zu finden das erst Gewändlein samt Schühlein und ein Beutel mit fünfhundert Gulden Besitztum genannter Jungfer Kathrein.

Man begrab mich bei meinem Hause und lasse nicht Pfaff noch Leut dazu; dieweilen ich die nicht gebraucht im Leben, sothan sie mir auch nichts helfen im Sterben und etwan auch nicht wohl reden nach meinem Verscheiden.

Und so verleihe mir und genannter Jungfer Maria Kathrein unser lieber Herr eine gut Stund zum Leben und ein unschmerzlich Augenblicklein zum Absterben. Amen. So Gott will. Amen.

Walburga Irscherin, Waldhäuslerin bei Sonnenreuth, geboren als des Wundarzten Rauff einzig Kind zu Au in Baiern.«

Der Schreiber hatte zu Ende gelesen; er nahm nun die Feder, einen Bogen sauberen Papiers und schrieb, indem er laut dazu sagte: »Dieses wahre und echte Schriftstück ist eigenhändig geschrieben und unterzeichnet am fünfundzwanzigsten Jänner des Jahres eintausendsiebenhundertsechsundneunzig zu Sonnenreuth, von der am dreißigsten Mai dahier verschiedenen Walburga Irscherin, gebürtig aus Au in Baiern.«

Hier machte er eine Pause, dann schrieb und sagte er weiter: »Im Beisein der ehrenfesten Manner Korbinian Urber, Lindlschneider dahier, und Balthasar Meckinger, Staudenweber dahier, sowie der in Persona erschienenen Erbin, der Jungfrau Maria Katharina Paumgartner, gefunden, geprüft, unversehrt befunden, feierlich eröffnet und vorgelesen zu Sonnenreuth am zehnten Tag im Heumonat des Jahres eintausendachthundertundeins.«

Er überlas das Ganze noch einmal halblaut und rief darauf: »Trete die Jungfer näher und unterzeichne Sie das Protokoll! ... Wollen die Manner als Zeugen ihre Namen daruntersetzen zur Beglaubigung!«

Damit nahm er die Feder, tauchte sie in die Tinte und hielt sie mit feierlicher Gebärde dem Kathreinl hin.

Das Mädchen hatte schon während des Ablesens leise zu weinen begonnen, und als sie nun ihren Namen kritzelnd unter das Protokoll setzte, tropften ihre Tränen auf das Papier.

Nach ihr unterschrieben die beiden Bauern, oder vielmehr, sie setzten ein jeder drei große Kreuze nebst einem Buchstaben auf das Schriftstück, und zum Schluß machte der Aktenlippel noch einen schwunghaften Schnörkel darunter, übergab dem Kathreinl die Urkunde des Testaments, langte nach seinem Käpplein und sagte: »Komme die Jungfer im Laufe des Tages auf die Bürgermeisterei und hole Sie andorten Ihre Kuh und Geißen ab und gebe Verfügungen wegen Ihres Besitzes und Erbes!«

Darnach wandte er sich an die Männer: »Wollen wir gehen!«

Nun nahmen auch die beiden ihre Hüte, und alle drei gingen, kurz grüßend, aus dem Haus und ließen uns allein. Unbeweglich saß das Kathreinl in seinem Stuhl; ihre Augen waren noch naß, und sie sah trüb ins Leere, die Hände verschlungen im Schoß haltend.

Ich blieb noch eine Weile stumm in meinem Winkel hocken; da aber das Mädchen sich immer noch nicht rührte, stand ich schließlich auf und nahm die Testamentsurkunde vom Tisch, trat ans Fenster und las, so gut ich konnte, die Artikel durch. Darnach meinte ich etwas kleinlaut: »Was wird jetzt wohl werden? Wirst mich halt nimmer mögen, wenn ich einmal groß bin, wo du jetzt auf einmal eine Herrische bist! Wird dich halt ein Graf kriegen oder ein Junker!«

Sie antwortete mir nichts, und ich kam mir recht armselig und bemitleidenswert vor, als ich das Schriftstück so unschlüssig in der Hand drehte.

Nach einer Weile begann ich wieder: »Was hast jetzt vor? Was willst jetzt tun? Wirst wohl kaum mehr mitgehen in den Weidhof? Bleibst wohl gleich da?«

Da ich abermals keine Antwort von ihr erhielt, warf ich die Urkunde auf den Tisch, nahm mein Hütl und sagte: »Jetzt bist halt ein Herrenkind! Jetzt kennst halt den Weidhoferbalg nimmer, gelt! …«

Draußen war ich, und krachend fiel die Tür ins Schloß, und ich rannte ingrimmig dahin, die Herrischen verfluchend und denen die Hölle wünschend, die mich hergesetzt in diese lausige Welt.

Keinen Blick tat ich mehr zurück nach dem Waldhaus und kam keuchend in den Weidhof, schlich mich ungesehen in die Kammer des Ambros und warf mich aufs Bett. In meinen Ohren sauste und hämmerte das Blut, und der Schmerz würgte mich am Halse, daß ich Mühe hatte, die Tränen zu verbeißen.

Stundenlang lag ich so, beide Fäuste vor den Kopf gepreßt und nichts denkend als: Sie ist herrisch, von Höhenrain, sie wird einen Herrischen kriegen. Schließlich bildete sich in meinem Hirn ganz von selber eine Melodie zu diesem Gedanken, und am End mußte ich mit dem Fuß den Takt dazu stoßen, während ich auf dem Bauch lag und summte: Sie ist herrisch, von Höhenrain … sie wird einen Herrischen kriegen …

Mein Ziehvater riß mich endlich aus diesem unsinnigen Brüten; er kam herauf und sah nach mir, fragte um die Jungfer und wollte uns zum Nachtessen holen. Ohne mich zu erheben, berichtete ich ihm mit wenigen Worten von der Testamentseröffnung. »Die Jungfer ist gleich droben blieben im Waldhaus«, schloß ich darnach; »ghört ja jetzt alles ihr. Sie ist ja eine Herrische von Höhenrain!«

Erstaunt über diese Botschaft wollte der Weidhofer gerade was erwidern, als das Mädchen eilig über die Stiegen heraufkam und ihn, als er aus meiner Kammer blickte, ängstlich fragte, ob ich schon daheim sei.

»Ja, ja, Jungfer«, sagte mein Ziehvater lachend; »der ist schon da. Hat mir schon allerhand vorgeflunkert von der Erbschaft!«

Damit ging er wieder zu mir in die Kammer herein und lud auch das

Kathreinl ein, sich ein wenig auf meinen wackligen Stuhl zu setzen und zu erzählen.

Ich sprang nun rasch aus dem Bett, strich es glatt und wollte davon; aber der Ziehvater lehnte an der Kammertür, und so mußte ich noch einmal die ganze Sach über mich ergehen lassen.

Der Meßmer hörte ihr aufmerksam zu, überlas auch die Urkunde und erbot sich schließlich, ihr in allem getreu zu helfen und zu raten, darüber sie sehr erfreut war und ihm froh dankte.

Darnach gingen wir alle drei hinunter in die Wohnstube, und der Vater rief im Vorbeigehen in die Kuchel: »Auftragen für drei! Haben die andern schon gessen?« worauf ihm vom Kuchelmensch der mürrische Bescheid wurde: »Schon lang.«

Also aßen wir, und der Vater unterhielt sich eifrigst mit der Jungfer und gab ihr viel gute Ratschläge, erbot sich, ihr Vieh aufzunehmen, ihr Haus zu versorgen und sie selber – wenn sie wolle, natürlich – als ein Vormunder in allen ihren Gerechtsamen zu unterstützen und ihr Erbe zu verwalten.

Das Mädchen war mit allem einverstanden und bat am Ende noch um die Vergünstigung, daß sie, bis sie einmal irgendwo ein gedeihliches Unterkommen fände, im Weidhof bleiben dürfe, wofür sie dann dem Vater den vollen Milchertrag und fürs Jahr ein Kalb verschreiben tät.

Einigten sich also, daß die Jungfer von nun an wie ein Hausglied im Weidhof aus und ein gehen und leben kunnt, wohingegen der Meßmer dann den vollen Milchertrag und zu Lichtmessen ein Kalb erhielt.

Fröhlich ging das Kathreinl darnach in ihre Kammer; der Weidhofer aber nahm die Mutter beiseite und brachte es nach langem, hartem Kampf dahin, daß sie zu dem Handel ja und amen sagte.

Also blieb die Jungfer im Weidhof; ich aber trug mich mit dem Gedanken, das Haus zu verlassen und mich in der Fremde ein wenig umzuschauen; doch sagte ich niemandem etwas davon und wartete nur auf eine Zeit, die nur besser dazu paßte wie der Sommer; wie denn insgemein ein jeder weiß, daß in den Hundstagen überall bei den Bauern die Arbeit metzenweis um etliche Groschen leichtlich zu haben ist. Es mög mir aber nicht zu einer Unehr angerechnet werden, daß ich in jenem Alter noch nicht so gar aufs Geldverdienen aus war, vielmehr lieber ums Gnadenbrot und Gottes Lohn in meiner Kammer oder auf der Hausbank hockte und meiner Ziehmutter, der Meßmerin, aus weichem Holz allerhand Koch- und Rührlöffel schnitzte, während die andern auf dem Felde schwitzten und die Kathrein droben in ihrer Stube am Spinnrocken saß und tagein, tagaus spann und einen Flachswickel um den andern zum feinen Faden drehte.

Die Herrische

Nun hatte sich also der Weidhofer, mein Ziehvater, wie ein rechter, guter Christ der Jungfer Kathrein angenommen, hatte ihr in der Erbsache wohl geraten und auch ihr Geld in seine Obhut getan.

Die Kuh und Geißen standen nun im Stall bei seinem Vieh, und wegen des Waldhauses war er bald mit dem Mädchen einig um fünfhundert Gulden; denn er meinte, der Grund sei am Wald wohl saftig genug, daß man es mit Klee und Haber darauf probieren könne.

Nun waren aber noch alle Stuben im Waldhaus so, wie sie am Todestag der Irscherin gewesen; der Weidhofer nahm daher Rücksprach mit der Jungfer, ob sie nicht willens wär, das ganze Gerumpel auf den Markt zu stellen und versteigern zu lassen; denn, meinte er, es nehme ihm den Platz in der Hütte weg und sei dennoch nichts für gut.

»Was dir grad bsunder lieb und wert ist, kannst ja in meinen Hof schaffen«, sagte er, als sie ihn mit großen, angstvollen Blicken ansah; »von mir aus kannst dir auch deine Stuben vollstellen mit dem Zeug; aber das meiste, die Hauptsach, tät ich hergeben, wenn ich du wär!«

Da sagte sie ja, und nachdem der Hausl mit dem Fuhrwerk das Himmelbett, einen bemalten Kasten, eine Kommode, die Standuhr, die Zither und das Spinnradl samt Tisch, Stühlen und Bildtafeln in den Weidhof gebracht hatte, ließ sie die noch vorhandenen Kästen und Truhen leeren, behielt vom Inhalt, was ihr gefiel, und übergab das andere nebst dem Mobiliar dem alten Donatl, der an jedem ersten Mittwoch im Monat auf dem Marktplatz den Hammer schwang und überflüssige und entbehrliche Dinge wieder nutzbar und wertvoll machte, indem er sie denen, die sein Faß, auf dem er schrie und werkte, umstanden, mit vielen und wohlgewählten Worten anpries und ein ganz respektables Mindestgebot dafür forderte.

Ich half überall mit anpacken, auch beim Fortschaffen dessen, das auf den Markt kam, obgleich mir um jedes Stück, das ich aus dem Haus trug und zum Wagen schleppte, von Herzen leid war; denn ich hing doch viel mehr an dem Waldhaus, als es durch den kurzen Aufenthalt dort eigentlich bedingt gewesen wäre.

Aber gewaltsam unterdrückte ich jede Kundgebung meines Schmerzes, um ja dem Mädchen keinen Einblick in mein Inneres mehr zu geben; denn nichts in der Welt hätte noch vermocht, mich von dem einmal gefaßten Entschluß abzubringen, meine Lieb für sie ganz zu verschließen und zu verbergen. Ich ging ihr aus dem Weg, so gut dies in einem engen Bauernhaus eben möglich war; und wenn ich mit ihr dennoch beisammen sein mußte, legte ich ein so gleichgültiges, ja unfreundliches Wesen an den Tag, daß sie wohl glauben mußte, ich hätte keinen Gedanken mehr an sie und an das Vergangene.

Freilich, in den stillen Nächten, wenn es kein Aug ersehen, kein Ohr vernehmen konnte, da packte mich der Schmerz immer von neuem und trieb mir nicht selten grimmige Tränen in die Augen, wenn ich jener Stunden und Tage gedachte, die ich im Waldhaus mit dem Mädchen verbracht. Ich war durch meine Neigung zu ihr unversehens zu einem reifen Burschen geworden und hatte keinen Augenblick anders gedacht, als daß ich sie dermaleinst werde besitzen und für sie arbeiten können, bis die unselige Erbschaft alle meine Träume und mein Hoffen zerschlug.

Gegen Abend war nun das Waldhaus ganz leer, und der Weidhofer ging von Stube zu Stube und sagte zufrieden: »Da hat schon was Platz herin; herunten machen wir mit Futter voll und droben mit Stroh. Jetzt kann wachsen, so viel als mag; unterbringen tun wirs schon!«

Mit fröhlicher Miene verschloß er alles und ging gemächlich heim; die Jungfer schritt blaß neben ihm her, und ich folgte ihnen, nachdem ich noch einen Augenblick beim Kreuz verweilt hatte.

Der Hausl hatte derweil das Himmelbett und alles andere vom Leiterwagen herab und im Hof aufgestellt, worüber die Weidhoferin so erzürnt war, daß sie uns mit heftigem Schelten empfing, als wir in den Hausflöz traten.

Dennoch aber half sie darnach selber mit, die Kammer der Jungfer auszuräumen, und befahl sogleich einer Dirn, den Boden zu fegen und frische Vorhänge aufzustecken. Dann lief sie geschwind in ihre eheliche Schlafkammer, holte geweihten Rauch und Kräuter, legte sie aufs Glutpfännlein und räucherte die Stube damit aus, auf daß dem Kathreinl nichts Übles darin widerfahre.

Und da ihr die Jungfer dies mit einem guten Dank vergalt, wurde meine Ziehmutter plötzlich weich und meinte: »Mußst mirs nit sonderlich nachtragen, meine Letzheit gegen dich! Schau, wenn ich gwißt hätt, wo d' her bist …«

Sie wurde ganz rührselig und mußte die Schürze an die Augen drükken, so daß das Mädchen mit einem brennroten Gesicht sagte: »Aber, Weidhoferin! Zwegen dem brauchte Ihr doch nit zu heunen! Ob man jetzt von hoch oder nieder stammt – vor unserm Herrgott sind wir doch allesamt bloß arme Würm!«

Der Weidhofer unterbrach sie: »Ein Wetter steigt auf! Helfts und packts an, daß wir alles trocken unterbringen!« Da gings! Die Meßmerin regierte die Leut herbei, die Jungfer stand in der Kammer und nannte den Platz, wo sie ein jedes Ding haben wollte, und nach einer knappen Stunde war die Stube fertig, und das Mädchen gehörte zum Weidhof.

Und als nach einer Weile der Sturm ums Haus fegte und der Weidhofer in die Kirche lief, den Wettersegen zu läuten, da kniete auch die Jungfer drunten in der Wohnstube und betete mit dem ganzen Haus samt Kostkindern und Ehehalten das Evangelium Johannis: Im Anfange war das Wort, und das Wort war bei Gott, und Gott war das Wort. Aß auch am selben Abend noch unangefochten am großen Tisch mit den andern zur Nacht und ward von allen geehrt und hochgehalten als die leibliche Tochter des edlen Herren von Höhenrain.

Sie hatte einen Haufen kleiner Münze unter das Gesinde verteilt und, nachdem das Wetter sich verzogen hatte, allen zu Ehren ihres Einzugs Freibier und Honigkuchen gestiftet; mir aber legte sie, bevor sie zu Bett ging, den feinen Rock, ein samtenes Leibstück und die große Taschenuhr ihres Ziehvaters in meine Kammer und bat mich, daß ich es annehmen wolle zum Angedenken an die Irschermutter und das Waldhaus.

Sie begabte auch die Kirche und stiftete einen Jahrtag für ihre selige Mutter; wollte auch für die Irscherin einen anordnen, das ihr aber nicht gelang, dieweil der Pfarrer auch jetzt noch der Toten jede heilige Handlung und Segnung verweigerte. Doch wußte der Weidhofer hierin einen guten Rat und empfahl der betrübten Jungfer, sie solle doch zu unserer lieben Frau auf den Birkenstein gehen, dort wär die Stiftung wohl angenehm und in willfährigen Händen; wofür ihm die Jungfer groß dankte und fünfzig Gulden dorthin brachte.

Von Mathäi zu Laurenzi

Nach diesen Ereignissen kam die Erntezeit; ein jedes im Weidhof hatte vollauf zu werken, und auch ich mußte nun meine Glieder fleißig brauchen; der Ziehmutter mangelte das Kuchelmensch, dem Vater der Ochsenbub, da beide im Heuet waren; auch mußte ich den Mahdern das Essen und den Scheps aufs Feld bringen, Heu und Klee wenden, die Leiterwagen zum Einführen der Ernte bald auf diesen, bald auf jenen Acker oder Grund fahren und zuweilen wohl auch an Stelle des Vaters in der Kirche zum Angelus läuten.

Im Waldhaus wurden nun alle Fensterladen geschlossen und die Stuben und Kammern mit dem reichen Ertrag an Klee, Heu, Wicken und Haber angefüllt, während die Stadel des Weidhofs Roggen, Korn und Grummet, Stroh und Laubstreu bargen.

Ein fröhliches Erntefest folgte auf diese an Arbeit und Sorge reiche Zeit, und es wurde wieder lebendig in dem bisher stillen Bauernhaus.

Bald erscholl auch wieder aus der weitgeöffneten Tenne das klappernde Lied der Dreschflegel:

> »Buama, hauts ein,
> Hauts nur grad drein!
> Dirndln, hauts ein,
> Dreschts fleißig drein!
> Laßts enka Drischl fliagn,
> Daß mir an Lobspruch kriagn;
> Drischts alle Spitzbuam zsamm,
> Daß mir koa Plag it habn
> Mit so an Teifisgfraß;
> Hauts zua, na habts an Gspaß!
> Unter der Drischl drin
> Habts die foast Weberin
> Und den kloan Nagelschmied;

Dreschts 'n nur aa guat mit!
Hauts nur grad zua allsam,
Dreschts es guat zsamm!
Bauer, hau ein,
Drisch uns an Wein!
Bäuerin, hau ein,
Drisch uns an Brei!
Laßts enka Drischl fliagn,
Daß mir hübsch Gulden kriagn;
Drischts alle Schulden zsamm,
Daß mir koan Schadn it habn;
Dreschts uns a Feirtagwand,
Gebts uns an Guldn auf d' Hand!
Unter der Bettziach drin
Habts enkan Geldsack liegn,
Teats 'n nur außa gschwind,
Daß 'n der Schwed it findt!
Laarts 'n am Dreschbodn hin,
Na san ma zfriedn!«

Es ist schon ein alter Brauch, daß die Drescher in ihren Drischelliedern
die Verfehlungen ihrer Nachbarn, besonders aber den Ehebruch, geißeln und rügen, ihre Gerechtsamen als Ehehalten dem Bauern und der
Bäuerin fürhalten und auf ehrliche Auszahlung ihres Lohnes dringen.

Drum stellte auch die Weidhoferin während dieser Tage öfter als
sonst den Fleischhafen übers Feuer und warf auch in den Brei allwe-
gen ein größeres Stück Schmalz zum Schmeck als sonst.

Und als dann die Kirchweih kam, da trug sie Schüsseln auf, daß
sich der Tisch bog: dreierlei Fleisch und dreierlei Knödel, zweierlei
Tauch und zweierlei Schmalzküchlein und ein eigenes Kirtabrot mit
Ziben und gedörrten Birnen und Zwetschgen gespickt, Kaffee, Bier,
Most und Wein.

Dann kam der Zupfgeigenjackl und der Klarinettensteffl; der Oberknecht holte seine Zither unter der Bettstatt heraus, und der Ochsenbub nahm das Trumscheit aus der Ecke, und bald gings an ein
Musikmachen und Singen, an ein Tanzen und Stampfen, daß alle
Fenster schepperten und der Boden erzitterte.

Auch das Kathreinl brachte an diesem Tag seine Zither herab und schlug sie meisterlich, sang auch viele Trutzgsangln und war munter und aufgeräumt. Sie hatte wieder ihren Staat angelegt, und als sie einmal mit einem der Burschen tanzte, da klirrten die Taler und Münzen, die Träublein und Ringe an ihrem Silbergeschnür, und der Seidenzeug ihres Gewandes knisterte und rauschte.

An diesem Tag hat mancher, glaub ich, leichtlich vergessen gehabt, daß das Maidel einmal als Hexenjungfer verachtet und verschrien war; ja, ich glaube nicht übel zu raten, wenn ich dem oder jenem zutraue, er habe damals im Ernst erwogen, ob seine Spargroschen sich etwan wohl ausnähmen neben dem Geldsack der Jungfer oder ob sein pechschwarzer und strohgelber Haarschüppel zu den Goldzöpfen einer Herrischen gut stünde.

Auch mich ergriff wieder eine unbezwingliche Sehnsucht, das Mädchen an mich zu reißen und zu herzen; doch kämpfte ich hart dagegen und begann zu saufen und zu plärren, auf daß meine Sinne betäubt würden. Sang auch alle Trutzlieder durch, die mir bekannt waren, machte ungefüge neue hinzu, sang über die Junker und über die Pfaffen, spottete der Lieb und Treue und gehub mich am End so zügellos, daß der Weidhofer aufstund, mich bei den Ohren hinauszog und mir ein paar herunterstrich.

Über diese derbe Zurechtweisung war ich dann so sehr beschämt, daß ich mir nicht mehr getraute, zu den andern hineinzugehen, sondern mich ganz still und kleinlaut nach der Kuchel verzog, wo die Weidhoferin und das Kuchelmensch eifrig brieten und hantierten; bald wurde es mir aber darin zu dämpfig, und ich drückte mich nach dem Stall, lehnte mich an die Hühnersteigen und schlief schließlich dorten so fest ein, daß mich weder das Rufen der Stallmagd noch die Püffe des Ochsenbuben wieder erwecken konnten und das Stallmensch mir am End aus christlicher Nächstenlieb ihren Melkkittel unterbreitete und mich daraufstieß und schnarchen ließ bis zum andern Morgen.

Da verwunderte ich mich höchlich über diese seltsame Liegerstatt und konnte mich gar nicht drauf besinnen, wie ich dahin gekommen war. Es wurde mir aber bald ein Licht darüber aufgesteckt, indem die Burschen und Mägd allesamt, kaum ich darnach in die Stube trat, um meine Frühsuppe zu essen, anfingen, mich zu verlachen und als traurigen Helden zu rühmen, der, wenn er auch noch nach Windeln rieche, gleichwohl schon gut beschlagen sei im Saufen und Schreien, und der jede gute und ehrbarliche Gemein durch sein säuisches Benehmen in üble Nachred brächte.

Mit offenem Maul saß ich unter solchem Gered da und marterte mein Hirn, ohne daß mir was einfiel. Da half mir der Weidhofer drauf: »Gelt, heut sitzt da, als wenn dir d' Hennen 's Brot gnommen hätten! Aber gestern hat einer plärrt und grehrt wie ein narreter Stier und hat sich aufgmandelt und ein rechlich Maidl verächtlich gmacht! …«

Und da ich ihn ganz verdattert anglotzte, fuhr er fort: »Ja, ja. So hast es trieben, gestern. Aber jetzt hast ausgstänkert, mein ich; jetzt sind dir die Perlen rausgfallen aus der Kron; und deine Jungfer, denk ich, wird wohl auch genug haben an so einem Lüdrian, so einem Hannaken, wie du einer bist.«

Bei einer solchen Kirchweihpredigt wär einem andern auch kaum mehr bsunder geruhig zumut gewesen; mir aber ward so elend dabei, daß ich, weiß Gott, was drum gegeben hätt, wenn ich in diesem Augenblick hätt ein Tarnkäpplein oder Bleßpulver bei mir getragen, mich unsichtbar zu machen, oder einen Meilenstiefel, mich damit an das ander Weltend zu kutschieren; aber ich war verurteilt, zur Predigt auch noch das Amt zu hören, indem sie nun alle zusammenschrien und auf mich einfuhren, bis ich mit einemmal einen greulichen Fluch ausstieß, meinen Stuhl umwarf und hinausstürmte.

Ich riegelte mich in meine Kammer ein und ließ mich nicht mehr sehen, bis die andern auf dem Kirchgang waren; da denn der Kirchweihmontag bei uns als ein guter Feiertag gleich dem Oster- und Pfingstmontag galt. Erst als alles im Haus still geworden, schlich ich aus meiner Kammer und lief durch den Stall hinaus und fort, trieb mich etliche Zeit im Wald herum und ging darnach keck zu einem Sonnenreuther Bauern auf den Kirtaheimgarten; doch hielt ich mich dorten tapfer und sparte den Trunk. Gegen Abend bedankte ich mich sodann und ging heim, drückte mich, während die Unsern in der Stube sangen und spielten, eilig über die Stiegen hinauf in meine Kammer und ließ mich von dem Tag ab nur selten noch bei den Mahlzeiten sehen. Der Jungfer Kathrein aber ging ich nun noch mehr aus dem Weg wie ehvor und tat, wenn wir uns dennoch trafen, wie ein Fremder gegen sie; blieb auch den Winter über wie ein Einsiedel in meiner kalten Klausen, während die andern scherzend und lachend in der warmen Stube bei der Kunkel saßen und die Burschen den Maiden mit dem Kienspan zum Spinnen leuchteten und allerhand Fäden knüpften.

So kam der Auswärts, das Frühjahr, und der Weidhofer schickte mich wieder, wie ehedem, mit dem Vieh auf die Alm; denn, meinte er, zur groben Arbeit taugte mein zerschundener Leib doch nicht viel; womit er auch recht hatte: ich wurde nichts Rechtes mehr seit dem Sturz vom Felsen; mein Körper blieb unscheinbar, meine Füße waren kurz und stumpficht, meine Arme aber dürr und gar lang. Auch zwickte und riß es mich bald da, bald dort, und ich hatte manchen Tag, an dem ich mich kaum rühren konnte.

Ging also mit vieler Freud wieder auf die Berg wie ehvor, hütete das Vieh des Weidhofs und die Kuh samt dem Kalb und den Geißen der Jungfer Kathrein und schnitzelte dabei allerhand Krippenmännlein und Himmelmuttern, bis eines Tages etwas daherkam, das mich wie der gottlos und unbarmherzig Kuckuck aus meinem Nest warf und in eine fremde Welt hinausjagte.

Kindlnot und Brautschau

E s schickte sich um Laurenzi desselben Jahres, da ich wieder auf der
Alm saß, daß unsere Schwaigerin, die Hosennandl, über allerhand
Beschwernisse und Gebresten klagte und mit Schmerzen die Zeit her-
beisehnte, wo wir wieder heimtreiben durften von der Alm.

Und etliche Wochen danach geschah es, daß es mitten in der Nacht
heftig an meine Kammertür klopfte und die Nandl mit Zähnklappern
bat, ich solle doch geschwind hinüberlaufen in die Riedleralm, daß die
Mariandl käm und ihr beistünd.

Ich stand also eilends von meinem Strohsack auf, fuhr in die Hosen
und lief, was ich konnte; denn die Nandl tat so wehleidig und jämmerlich, daß mir ganz angst um sie wurde.

Pochte also ungestüm an die Fenster und Tür der Mariandl, bis sie
endlich aufmachte und mich anhörte.

»Daß 's Gott gsegn!« schrie sie. »Sie wird doch nit die rot Ruhr im
Leib haben oder gar die Pestilenz!«

Eilig legte sie ihren Kittel an, und wir liefen so schnell wir konnten durch die mondhelle Nacht hinüber in die Weidhoferalm zu der
Kranken.

Aber, wer kann unser Staunen und Verwundern beschreiben, als wir
die Tür auftaten und uns ein dünnes Kreischen in die Ohren scholl!
Da lag die Nandl, müd und matt, und neben ihr ein nackends Wuzerlein, nicht größer denn eins von unsern jungen Säulein, so die Alte zu
Pfingsten geworfen hatte.

Mit schwacher Stimm bat mich die Mutter Nandl, daß ich mich ums
Melken bekümmern wolle; die Mariandl, ders Gott danken mög ihre
Lieb, würd schon fertig in der Hütten.

Hätt ja schon gern noch das brennrote Würmlein mit dem feinen,
schwarzen Haarschüppel ein wenig betrachtet; aber ich ging, als man
mir sagte, daß ich darnach noch lang das Kindsmensch machen könnt,
wenn unser lieber Herr den Balg da ließ auf der Welt, und daß ich

ihm, zumal es ein Bub sei, Gevatter stehen und ihn aus der Tauf heben dürft.

Als nun der helle Tag heraufgekommen war, schickten mich die Frauen hinab zum Weidhof, daß ich meiner Ziehmutter die Botschaft brächt von dem Ereignis, auch um eine Aushilf für die Schwaigerin tracht und im Vorbeigehen dem Häuslpauli ans Fenster pumpere und ihm ausricht: Ein Bub wärs, und er sollt an seine Vaterpflicht denken.

Also machte ich mich auf den Weg und traf den Pauli grad auf dem Rübenacker vom Staudenweber, Blätter für seine Stallhasen rupfend. Pfiff ihm also, daß er erschrocken in die Höhe fuhr, und schrie ihm zu: »He, Pauli! Ich soll einen Kinihasen auf d' Weidhoferalm bringen, Kindstauf gibts!« Er kam langsam, wie lauernd, näher: »Ha moanst?«

»Wie ich mein, fragst!« schrie ich ihm da in die Ohren, als wenn er stocktaub wär. »Na, ich mein, und ich weiß und soll dirs sagen, daß d' Vater worden bist heut nacht; 'n Buben hat s', die Hosennandl vom Weidhof; wirst ja schon gutding wissen jetzt, was d' zu tun hast.«

Damit wollte ich gehen; der Pauli aber hielt mich am Ärmel fest: »Daß i net wüßt, Bua! ... Is mir nix bekannt! – Gar nix! ... An Buam, sagst? ... Naa, gar nix bekannt! ... Soo, heunt nacht, sagst? ... Woaßt, mi gehts ja nix o, i kenn mi aa net o als Vatern; naa, gar net! ... Wenn hat s' denn schon? ... Ja so, heunt nacht ... Ja ... no – sagst halt, es is scho recht. I werd mirs überlegn.«

Damit bückte er sich wieder und rupfte weiter, wie wenn nichts gewesen wär; ich aber rief ihm noch zu: »Ist auch gescheider, du überlegst dirs, Pauli! D' Nandl hat ein hübsches Geldl und ist auch sonst gar net übel!«

Dann lief ich weiter und kam gerade in dem Augenblick in den Weidhof, als zwei mit Bändern und Blumen geschmückte Rösser am Brunnengrand vor der Haustür standen und tranken.

Ich trat ins Haus und mit dem Ruf in die Kuchel: »D' Nandl braucht eine Hilf, sie ist krank und hat 'n Buben!«

Aber kein Mensch merkte auf mich; die Ziehmutter stand lachend vor dem Herd und kochte ein fettes Eiergericht, und das Kuchelmensch holte die Schnapskrugel aus der Speiskammer und lief damit in die Stube, wo zwei mit bunten Bändern und Blumen aufgeputzte Mannsleute standen und sich mit dem Ziehvater laut vom Wetter und von der Ernte unterhielten.

Ich folgte der Dirn und trat neugierig ein, als plötzlich der eine von den Bandelnarren die Nase in die Luft reckte und ausrief:

»Was kimmt denn jetzt lei a ein feins Grüchei in d' Stubn daherein?
Meiner Treu! In dem Haus muaß a Bräutl sein!«

Worauf auch der andere herumschnupperte und sagte:

»Bruada, du hast recht, und i werd schaugn gschwind,
Ob i das Bräutl nindatscht find!«

Damit nahm er seinen blumengeschmückten Hut vom Tisch, steckte
sich einen Rosmarinzweig ins Knopfloch und zog einen hölzernen,
bemalten Säbel aus der rot und blaubebänderten Scheide, salutierte
und ging hinaus, während der andere dem Weidhofer mit einem Gläs-
chen Schnaps Bescheid tat.

Derweilen brachte die Ziehmutter das duftende Eierschmalz auf einer
großen Platte herein und stellte es auf den Tisch, indem sie sagte: »I kann
mirs a schier gar nit denken, was uns die groß Ehr verschafft; aber ich
mein, daß ichs erraten hab, wenn i sag, zwegn der Oarspeis!«

»Fehlgraten!« schrie der Bandelnarr und riß einen Rosmarinzweig
aus dem Sack, steckte ihn ins Knopfloch, zog gleich seinem Genossen
einen bemalten Holzsäbel aus der bandgeschmückten Scheide, salutierte und rief:

»Also, meine Leutln, ich tu enk z' wissen und kund,
Daß ich ein Bräutl such in diesem Haus und auf diese Stund,
Das Bräutl soll heißen: Jungfrau Maria Kathrein
Und soll dem Lackenschusteranderl seine Hochzeiterin sein.
Drum, Leutln, teats mi net lang umasprenga und plagn,
Vielmehr teats mir als dem Hochzatlader dem Bräutl
sein Aufenthalt sagn,
Auf daß i hingeh zu der Jungfrau und Braut,
Und lad s' zum Gfesten, in d' Kirch und zum Kraut!«

»Ja, was nit gar!« rief da die Weidhoferin lachend; »unser Kathrein!
Dea fallts net im Traum ein, daß s' in Ehstand geht! ... Da bist gstimmt,
mein Lieber!«

Und sie schob den Widerstrebenden an den Tisch und bat ihn, doch
zu essen, bevor das Gericht kalt sei.

Da setzte sich also der Bandlnarr oder Hochzeitlader nach vielen

Komplimenten und aß, während der Weidhofer ganz leis aus der Stube schlich.

Ich lief ihm nach und sagte draußen: »Vater, ists Euch recht, wenn ich die Stallmagd mitnehm auf d' Schwaig? D' Nandl is krank.«

Dabei überkam mich plötzlich ohne jede Ursach ein Zwang, laut aufzuweinen; unterdrückte ihn aber und tat einen derben Fluch und spaizte giftig auf den Boden, so daß der Meßmer mich zornig und verwundert ansah und rief: »Schlingel, unrespektierlicher! Muß i dir 'n Haselhans oder d' Birkalies zeigen und überstreichen, damitst lernst, was sich ghört?«

Wurde aber gleich wieder gnädig und besann sich auf meine Frage: »D' Stallmagd brauchst? ... Ja, sag ihrs nur! ... Nimm ein etliches paar Flaschen Most oder Wein mit für d' Nandl! ... Wo fehlts denn?«

»Halt am Gsund«, sagte ich; »'n Buben hat s' auf d' Welt bracht heut nacht.«

Aber der Weidhofer hörte schon nichts mehr; eilends schlüpfte er aus seinen Haferlschuhen, sprang die Stiegen hinauf und in die Kammer der Jungfer, steckte den Kopf zur Tür hinein und rief halblaut: »Auf, Maidl, der Hochzatlader is da! Der Anderl möchts richtig machen und d' Hochzat ansetzen. – Wenn paßts dir denn am ehndesten?«

Herrgott! Wie wurd mir da bald warm, bald kalt; und eh ich mich dessen versah, stand ich auch schon droben hinter dem Ziehvater, zitternd und auf die Red der Jungfer harrend, die nun kam.

Mit einem hellen Lachen sagte sie: »Ja, was! Der Lader ist da! Da muß ich mich aber gschwinse verkriechen!«

Sie lachte wieder laut und lustig und sprach weiter. »Sagts eahm halt: In drei Wochen kann er mich haben! Am Samstag 's Stuhlfest, am Sonntag zum ersten verkünden, und derweil, denk ich, wird der Schreiner schon richtig sein mit 'n Kuchelwagen! ... Übrigens, was ich noch sagn möcht, Meßmer: In Glaskasten muß er noch a Spiegelwand einsetzen! – Und der Hausaltar soll bloß drei Heilige kriegen: unser liebe Frau, d' Sankt Kathrein und 'n Sankt Andrä; sonst weiß man ja kaum mehr, wo man hinbetn soll, vor lauter Heilige. So viel übrige Zeit hat man ja auch nit, daß man den ganzen Tag an unsern lieben Herrn sein Freundschaft denken kunnt. – So, und jetzt geh ich nunter hinter d' Stiegen.«

Da kam sie auch schon aus der Kammer; ich aber wollt, ein Mausloch oder Mauerspalt hätt mich in dem Augenblick aufgenommen – mit

68

brennrotem Kopf stand ich auf der obersten Staffel und mußt mich an die Wand lehnen, daß ich nicht herabfiel vor Übelkeit.

Sie aber lachte lustig auf: »Ei, sieht eins! Der Mathiasle! ... Gilt schon, Mathiasle, gilt schon! Hättst nit eigens brauchen den weiten Weg z' kommen! Glaubs schon, daß d' mir nix Schlechts wünschst zu mein Ehstand!«

Sie langte in den Sack: »Da! – Halt – ich hab was anders für dich!« – lief noch einmal zurück in die Kammer und holte eine Schachtel, während der Ziehvater lachend und voll Spott sagte: »Na, Bursch, wo hast denn jetzt auf einmal deine Schneid lassen? Bist doch ehvor noch so anhabisch gwesen!«

O, wie gern wär ich da hinab über die Stiegen und davon! Aber es war, als hätt der Blitz in mich eingeschlagen; ich lehnte ganz schwach und elend an der Mauer und konnte nicht Fuß noch Hand rühren, auch nicht den Mund auftun und hinausschreien, was in mir tobte.

Derweil brachte also die Jungfer eine schöne Kette, aus Haaren zierlich geflochten und mit goldenen Schließen und Schnörkeln geschmückt, und hing sie mir um den Hals, indem sie mit lieblicher Stimm dazu sagte: »So, Bub, die Ketten soll für dich sein; ist noch von der Irschermutter eine. Halt s' gut und in Ehren!«

Dann täschelte sie meine Wange und lief drauf eilig über die Stiegen hinab und hinter dieselbe, wo das große Krautfaß stand. Schlüpfte geschwind hinein, und der Weidhofer deckte eine Wagendecke drüber; ging drauf in die Stuben und lud den Bandelnarren schalkhaft ein, das Bräutl, von dem er red, zu suchen.

Im selben Augenblick kam der andere mit seinem Säbel eilig zur Haustür herein, hielt in einem roten Barchentsack eine schreiende Henne in die Höhe und rief:

»Hui! Auf, Kamerad! Mei Bräutl, dös hab i im Sack!
Lus auf, Bua, wie 's juchazt und schrein tuat: gigg gagg!
Is sauber und mollat und liabli vom Fuaß bis zum Kopf,
Grad schad, daß 's gelbe Augn hat, an rotn Schopf und 'n Kropf!«

Drauf stieß er einen hellen Juchzer aus, schwang seinen Sack, daß die Henne laut schrie und gaggerte, und stampfte mit den Stiefeln und sang:

»Aber Dirnei, was knerrst denn und schreist denn a so!
Balst so ohabisch tuast, nachher kriagst ja koan Mo!
Du muaßt ja schö stad sei und 's Herzerl auftoa,
Muaßt a zuckersüaße Drutschl sei, sunst bleibst alloa!«

Der Hochzeitlader war derweil aus der Stuben gekommen und begann
nun überall nach der Braut zu suchen: in der Kuchel, in der Speis, im
Stall. Dazu sang er:

»Jetz sollt i verkündn, daß a Bräutl da is,
Und kann s' nindatscht findn, wo s' hingeschloffa is!
Is in der Kuchl net, in der Speis net und in Stall nindatscht z' sehgn,
Jatzt muaß i 's Kirzl ozündn und leuchtn a weng!«

Zog also ein Wachs und Zündzeug aus dem Sack und schlug Feuer.
Der andere aber gab ihm einen Rat:

»Schaug in Heubodn auffe, schaud in d' Kammer ei,
Schaug ins Millikastl und ins Krautfaß nei!
Schaug in d' Liegerstatt und hinter d' Kellerstiagn,
Balst es gscheid ohest, werst es scho kriagn!«

Ich lehnte immer noch droben auf der Stiegen, und es war mir, als sei
ich in einem Komödienhaus und hörte da ein närrisches Fastnachts-
spiel; aber es war leider ein trauriges Zuschauen und Hören, da mir
mein liebes Kathreinl für einen andern geworben und gefreit wurde.

Und am End konnte ich nicht mehr Stand halten, kroch an die Tür
zum Heuboden und schlüpfte hinein; stieg an der Leiter hinab zur
Tenne und lief durch den Stall hinaus in den Hof, wo die Stalldirn
kehrte und fegte, daß der Staub aufwirbelte.

Indem fiel mir die Nandl ein, und ich sagte der Dirn, daß sie gleich
mitkommen müßt auf die Schwaigen; sollte auch zwei, drei Flaschen
Wein und ein etliches paar Eier mitnehmen für die Wochnerin.

Unwillig erwiderte sie: »Laß mir nix schaffen vom Kühbuben!«

Dann fuhr sie mir mit dem Besen zornig über die Füße und kehrte
weiter.

Eine Weile noch sah ich ihr gedankenlos zu und blieb auf dem Fleck;
dann aber lief ich kurzerhand hinein ins Haus, wo der Hochzeitla-

der eben das Kathreinl aus dem Krautfaß zog und der Ziehvater und die Mutter lachend dabeistanden; fuhr also grimmig dazwischen und schrie die Weidhoferin an: »Machts einmal ein End mit der Narretei! Ich muß eine Schwaigerin haben! Eine Hilf brauch ich für die Nandl!«

»Oho! Net so gach, Büberl!« erwiderte die Ziehmutter hochfahrend. »Wann die Herrischen handeln, haben die Dienstigen das Maul zu halten! Wir haben jetzt keine Zeit für dich!«

Und der Meßmer rief spöttisch: »Geh nur und such dir dein Sach! Bist ja auch sonst so mannig!«

Himmel! Da kams über mich, und es fuhr mir heraus, was an Gift und Galle in mir steckte, ungeachtet der zu erwartenden Straf; und ich schrie, daß mir die Stimm überschnappte: »Jawohl, das bin ich auch! Und so dumm wär ich auch nit, daß ich so eine nähm, die schon bei einem andern Buben glegen ist! Herrisch oder nit! Aber lieber eine Gänsdirn, als wie so eine!«

Heißa! Das traf! Und ich lief aus dem Haus und dahin auf die Alm; und in den Ohren gellten mir noch immer meine eigenen Worte. Sie ließen mich nimmer aus, hallten mir aus allen Geräuschen entgegen, aus dem Rauschen des Bergbachs, aus dem Keuchen meines Atems – und dazu mischte sich eine harte Anklag meiner selbst: »Du hast sie ehrlos gemacht aus Bosheit.«

Wie ein Feuer brannte es auf mir, daß ich so feig und gemein an dem Mädchen gehandelt hatte, und ich zermarterte mein Hirn, wie ich es wieder gut machen könnte. Planlos lief ich unter diesem dahin; ein leiser Regen begann zu fallen, und die Nebel sanken weit in die Täler hinab. Bald kam ein Frösteln über mich, und ich begann zu fiebern und zu frieren. Unsinnige Gedanken jagten durch meinen Kopf; bald wollte ich wieder zurücklaufen und die Geschmähte um Vergebung bitten, bald zum Wasserfall, mich hinabzustürzen; doch lief ich immerzu den geraden Weg nach der Weidhoferalm und kam endlich ganz durchnäßt an die Hütte.

Wollte also hinein; aber entsetzt fuhr ich zurück – unter der Tür stand grinsend mein Widersacher, der lange Ambros. Sein Gewand war zerfetzt, seine Haare zerwirrt; er war bleich, und in seinen Augen brannte es wie ein Feuer.

»Hab schon eine gute Weil auf dich gewart, Bürscherl!« sagte er und weidete sich an meinem Schreck. »Hab dich aber doch noch erwarten können, wie ich seh!«

Mich schüttelte ein Grausen; aber ich zwang mich zur Schneid und sagte gleichgültig: »Auf mich hast gwart! Ich hab denkt, auf d' Landjager, weil grad zwee daherkommen da vorn!« Dabei wies ich nach einer nahen Wegbiegung, die durch einen mächtigen Felsblock verdeckt war. Der aber hatte kaum das Wort Jager vernommen, rannte er auch schon davon und verschwand hinter der Hütte, während ich eilends hineinging und die Tür verriegelte.

Die Schwaigerin lag schlafend auf ihrer Liegerstatt und hielt das Kind warm an die Brust geschmiegt. Ich durchsuchte die Hütte nach der Mariandl, die mußte aber wohl schon wieder nach der Riedleralm zurück sein; denn ich konnte sie nirgends finden. Überlegte also, was ich nun beginnen sollt, besonder da ich auch ganz allein war und in dem Schelmen, dem Ambros, einen gefährlichen, ja unheimlichen Patron sah.

Mitnichten wollte ich allein in der Hütte bleiben; ich stellte also der Nandl einen Weidling voll Milch auf einen Hocker vors Bett, legte einen Löffel, Brot und Butter dazu und schlich mich leise wieder davon und versperrte die Hütte.

Nun sprang ich also eilends wieder hinab nach Sonnenreuth und war noch vor dem Abend am Weidhof.

Der Meßmer saß gerad mit der Jungfer auf der Hausbank und hatte einen köstlichen Rauchmantel aus der Pfarrkirch vor ihr ausgebreitet, als ich durch den Gadern trat.

»Flickst 'n halt a bißl zsamm, daß mans nimmer gar so stark sieht, das Brandloch«, sagte er und zupfte an einer brüchigen, vermengten Stelle des Mantels; da ging ich auf ihn zu und sagte, ohne lang zu grüßen: »Der Ambros ist in der Schwaigen gwesen, der hat nix Guts im Sinn; laßts wem Handlichen mitgehn, eh was passiert!« Erschrocken fuhr er in die Höhe: »Was – der Lump – in der Schwaigen, sagst?« Auch die Jungfer war aufgesprungen und hatte in dem Augenblick gewiß alles vergessen, was ich ihr zuvor angetan; die Hände zusammenschlagend rief sie aus: »Der Ambros! Weidhofer, das gibt ein Unglück!«

Nun man willig auf mich hörte, berichtete ich alles, auch, daß die Nandl mit einem Bub in der Woch läge und daß wir so schnell wie möglich Hilf brauchten, worauf der Meßmer den Rauchmantel der Jungfer auf den Schoß warf und sagte: »Leg 'n derweil in dei Stuben, Maidl; ich muß Leut zsammentrommeln.«

Dann pfiff er dem Ochsenbuben und der Stalldirn, gab der Weidhoferin Bericht und Befehle, nahm seinen Hut vom Nagel, und wir gingen alle zusammen fort.

Der Tag war längst hinter den Bergen verschwunden, und die Nacht brach dunkel und sternlos herein, als wir auf unserem Almfleck anlangten, von da aus man noch ein guts Stück zu steigen hatte bis zur Schwaighütten. Da gewahrten wir durch den dichten, schwarzen Nebel einen seltsamen, hellen Schein.

»Aber heunt geht der Mondscha wunderlich auf!« meinte der Weidhofer, und auch uns mutete das Licht sonderbar an; da fuhr es mir plötzlich durch den Sinn: Das ist von der Schwaigen. Am End ist die Nandl gar tot oder das Kindl.

Ich glaubte nämlich damals fest daran, daß Leute sich, wenn sie von der Welt scheiden, anmelden oder dies durch Lichter anzeigen.

Indem ich aber noch darüber nachgrüble und den Lichtschimmer mit starren Augen betrachte, deucht es mir plötzlich, als stiege über dem Schein ein dicker Rauch auf; ein jäher Schreck durchfährt mich und ich schreie gellend: »Das brennt! O Gott! D' Nandl – 's Kind!«

Dann stürz ich hin und weiß nichts mehr.

Doch nicht lange dauert diese Ohnmacht; ich raffe mich auf und finde mich allein, die andern sind wohl nach meinem Schrei sogleich dahingestürmt. Ich wende mich gegen die Richtung, wo ich vorhin das Licht gesehen; allgütiger Gott! Die Schwaigen brennt wirklich!

Nun fasse ich alle meine Kräfte zusammen und renne den Berg hinan und komme gerade in dem Augenblick an, wo das Dach über meiner Kammer mit Krachen und Zischen zusammenfällt. Es brennt nur ein Teil der Hütte; der, in dem die Nandl liegt, ist außen noch unversehrt. Da fällt mir die Kranke und das Kind ein. Herrgott! Ich habe ja den Schlüssel abgezogen! Sie kann nicht entweichen, und die Helfer können nicht zu ihr!

Aber da kommt auch schon der Weidhofer und der Ochsenbub von der Seite her, wo die Haustür ist, und sie tragen die Mutter und das Kind samt dem Strohsack; zwar ohne Besinnung, doch von dem Feuer unversehrt.

Ich hocke mich daneben, unvermögend, etwas anderes zu tun, als unter Zähneklappern und Frost für mich hinzusagen: »Gottlob, sie haben s'«, während die andern verzweifelt arbeiten, um zu retten, was noch zu retten ist; denn das Feuer an der hölzernen Hütte zu löschen ist doch unmöglich.

Dazwischen haben sie Müh und Not, die ängstlich gewordenen Tiere vom Feuer wegzubringen; und am End schreit der Meßmer: »Treibt mir eins das Vieh hintern Berg, und nachher tragts alles weg vom Feuer, Leutln. Was jetz no drin is, lassn mir brennen!«

Nun faßte auch ich mit an; denn die Nandl hatte zuvor die Augen ein wenig aufgetan, nach ihrem schlafenden Kindl gegriffen und war mit einem Seufzer wieder zurückgesunken auf ihr Kissen.

Ich lockte und rief also das Vieh und brachte es ziemlich weit vom Feuer weg; der Weidhofer aber faßte den Strohsack der Wochnerin und trug diese mit Hilf des Ochsenbuben nach der Riedleralm.

Darnach blieben wir die Nacht über beim Vieh und berieten, was nun geschehen sollt.

Mit einer großen Ruhe sagte mein Ziehvater: »Heimtreiben muß man halt. D' Hauptsach is, aß nix verbrunnen is an Leut und Vieh. Das ander ist gleich, das baut man halt wieder auf; gibt ja Holz genug. Aber den einen, den Lumpen, laß ich fangen. Der muß mirs büßen, das!«

Immer noch schossen Feuergarben gen Himmel, und ein Stück nach dem andern loderte, krachte und fiel zusammen.

Endlich aber wurden die Flammen kleiner, der Rauch bläulicher; und als der Morgen mit fahlem Schimmer aufstieg, sah man von der Schwaighütte nichts mehr als einen Haufen Asche, verkohlte und verrußte Trümmer und daneben, lustig plätschernd, den Brunnen der Schwaige, der durch einen günstigen Wind unversehrt geblieben war.

Da ging der Weidhofer noch einmal hinauf zur Brandstätte und begoß die rauchenden Überreste mit Wasser; dann eilte er hinab ins Dorf, um seinen Leuten das Unglück zu melden und seine Befehle zu geben, ehe er in die Kirche mußte, den Morgengruß zu läuten und bei der Frühmesse zu dienen.

Und da es Tag war, kamen nacheinander: der Oberknecht, der Mitterknecht, die Oberdirn, die Mitterdirn, das Kuchelmensch und der Hausl, und besahen die abgebrannte Schwaig, fluchten dem Schelmen und nahmen jedes ein paar Trümmer des Geborgenen und trugen es hinab in den Weidhof. Darnach kam auch die Ziehmutter samt der Jungfer Kathrein, klagten über das Unglück und gingen hierauf nach der Riedleralm, die arme Nandl und ihr Kindlein heimzusuchen.

Derweilen richteten wir drei, der Ochsenbub, das Stallmensch und ich, die Kühe zum Abtrieb und schrien und sangen mit rauher Kehl und gebrochener Stimm:

»Kuahlein! Gehn ma hoamazu!
He, Schwoagasbua, der Wendlstoa tragts Hüatl scho voll Schnee!
Dös is a Zoacha, daß ma jetz gent hoamtreibn von der Höh.
Es dauert it lang, so legt er gent sein schneern Mantel o
Und deckt die ganzen Alma zua, drum roas ma frei davo!
Kuahlein! Gehn ma hoamazu! Juchu!
Jetz muaß i meine Küah und Kalm mit Kränz und Buschn ziern,
Daß s' ausschaugn grad wie Hochzatleut,
wo mir von der Alm hoamführn.
Na pack i Pfann und Kübl zsamm und spirr mei Schwoagn zua
Und treib mit meine Küah und Kalm schö schdad gen Weidhof zua!
Kuahlein! Gehn ma hoamazu! Juchu!«

Da wandte erst die Vorderkuh den Kopf nach uns und schüttelte sich, daß die mächtige Glocke, die sie um den Hals trug, durch die Berge hallte, und trabte eilig auf mich zu; und indem ich ihr einen Kranz von wildem Enzian umhängte, kamen auch die andern und ließen sich willig Hals und Hörner mit Tannen und Enzian schmücken, stellten sich auch in schöner Ordnung hintereinander und drängten sich ganz dicht, bis wir drei unsere Hüt geziert und den letzten Juchzer in die Berg geschrien hatten.

Also ging ich, frisch mit meiner Geißel knallend, voran, die Stalldirn hielt zur Seite die Ordnung, und der Ochsenbub trabte hintendrein.

So kamen wir denn gegen Mittag auf den Hof, brachten das Vieh in den Stall und tränkten es und setzten uns darnach an den Tisch, unser Einstandsmahl zu verzehren, während der Weidhofer jedem einen Krug Most an seinen Platz stellte und einen blanken Silbergulden darunterlegte.

Kindstauf und Einstand

Etwa eine Woch nach diesem kam die Mutter Nandl und trug ihr Kindlein in einem dicken Pack von Kissen und Tüchern auf dem Arm; hatte ihm auch etliche Rosenkränz, Amuletten und Ablaß- pfennig um den Hals und die Fingerlein gewunden und ein geweih- tes Wachs auf die Zudeck gebunden, auf daß dem armen Heidenbübl nicht vom bösen Feind oder von einer Hex kunnt was Übles ange- wunschen werden.

Nun gab es ein großes Zulaufen; Knecht und Mägd, Bauer und Bäuerin und auch die Jungfer Kathrein kamen, das Wuzerlein zu be- trachten, bei den winzigen Händlein zu fassen und über die seidigen Härlein zu streichen; worüber ich am End ganz wild wurde; denn ich hatte sogleich das versprochene Amt der Kindsdirn übernommen, den verstäubten Kinderwagen vom Dachboden geholt, einen Haufen Bettzeug und Polster aus dem ganzen Haus zusammengeschleppt und das elendige Dinglein hineingebettet.

Und nachdem ich neue Zwecken in die hölzernen Räder des Wa- gens gesteckt hatte, bracht ich das Büblein sogleich in demselben vor das Haus des Burgermeisters und zeigte es ihm an als das Kind der Weidhoferschwaigerin Nandl Wiesmüller und des Paulus Heckmaier, genannt Häuslpauli von Sonnenreuth. Der hatte sichs nun wirklich überlegt, hatte vier Gulden für das Kindl und einen feisten Stallhasen für die Mutter Nandl geschickt und dazu sagen lassen, daß es mit al- lem seine Richtigkeit hätt, und wenn die Nandl Lust hätt, Häuslerin zu werden, könnten sie's noch vor Kathrein richtig machen.

Worauf ihm die Nandl voller Freud sagen ließ, es müßt wohl gut Häuslerin sein, und – je ehender, desto lieber.

Da sah es nun gerad aus, als sollten in Bäld zwei Hochzeiten statt einer zugericht werden im Weidhof, wie denn auch geschah; denn die Jungfer Kathrein war schon mit ihrem Hochzeiter, dem Lackenschusteranderl, aufs Gfesten, das ist zum Pfarrer wegen des Stuhlfests und der Ehestandslehr, gegangen, waren auch schon zweimal von der Kanzel herab verkündigt worden und hatten bereits beim Sonnenreuther Klinglwirt das Hochzeitsmahl angedungen.

Die Nandl wiederum hatte den Pauli eilig in den Weidhof holen lassen, ihm den Jaschmarren zum Zeichen ihrer Einwilligung vorgesetzt und alles mit ihm richtig gemacht zwegen der Ausricht und dem Heiratsgut. Er war wohl zufrieden mit seinem Bräutl und lief also eilig zum Pfarrer, damit das Büblein ohne Verzug in seine Rechte möcht kommen als ein gut eheliches; worauf ihm der geistliche Herr den Verspruch tat, noch vor der Kirchweih die dritt Verkündigung zu ordnen.

Nun aber mußt noch das kleine Heidlein getauft werden, und ich sollt ihm richtig zum Gevatter stehen; was mich gar stolz und narret machte.

Da wollt ich ihm denn gern ein ansehnliches Godengeschenk geben und beriet mich dessentwegen mit allen vornehmen Leuten, dabei denn die einen meinten: einen silbernen Becher; die andern: einen schönen, guten Frauentaler; wieder eine riet mir zu einem Paar feiner Schühlein und eine andere zu einem Rosenkranz mit vielen Ablaßpfennigen dran.

So wollt ich mir also vom Weidhofer mein Jahrgeld geben lassen für die Tauf, was zu der Zeit war: sieben Gulden und dreißig Kreuzer als Viehbub nebst einem härenen Hemd und ein Paar Schuh; dasselbe, was auch der Ochsenbub Lohnung hatte, doch zwei Hemden. Der Ziehvater aber gab mir eine gute, silberne Uhr samt Kette, einen funkelnden Tauftaler und einen feinen, beinernen Muslöffel, wobei er sagte: »Ghalt dein Geld und hebs gut zsamm! Soviel hat der Weidhofer alleweil, daß er eine Taufgab richten kann!«

Wohl zufrieden mit solcher Rechnung machte ich mich nun geschwind daran, noch allerhand kleine Dinge zu schnitzeln und zu schneiden für mein Godenkind; denn was ich auf der Alm gemacht hatte, war alles bei dem Feuer verbrunnen; wie denn die Nandl auch berichtet hatte, daß der Ambros schon oft gesagt, da er noch auf der Alm war: »Dem Hias, dem scheinheiligen Tropfen, heiz ich noch einmal ein, daß er sein Lebtag mehr kein Feuer braucht! Dem laß ich den roten Gockel noch aus seiner Kammer springen!«

Also schnitt ich vielerlei; ein zierliche Tischzeug für mein Godenkindl, aus Messergriff, Löffel und Gäbelein bestehend, die Gabel mit zwei Zinken; auch ein hübsches Dockenköpflein, woraus mir alsdann die Ziehmutter eine Wickeldocke nähen mußte; dazu noch mancherlei Tiere und Häuser, mit denen es dereinst gut spielen könnt.

So kam der große Tag, an dem ich schon lange vor der Morgensonn auf war, die Angebinde bald hierhin, bald dorthin ordnete, an meinem Festtagshabit umbürstete und stäubte und den Flaum auf meinem Hütl wohl zwanzigmal anders steckte, bis er mir gut genug deuchte.

Mit einer andächtigen Zärtlichkeit fuhr ich dann den kleinen Balg, nachdem ihn seine Mutter gebadet hatte, in der Kammer auf und ab und wickelte sein Schnullerläppchen mit einer ernsten Sorgfalt, während meine Ziehmutter, die Meßmerin, den Taufstaat der Kostkinder aus der Kommodlade nahm und samt dem Wickelkissen mit dem blaugeblümelten Überzug aufs Bett des Kindleins legte und dazu meinte: »Da, stecktsn gleich in das Gwandl; meinerthalben soll ihm ein ordentliche Taufzeug nit mangeln! Es ist das nämliche, indem du schon gschrien hast. Vielleicht schlagts ihm einmal zum Glück aus! Ist keins mehr drinsteckt, seitdem daß du 's anghabt hast selbigsmal zu deiner Tauf!«

Drauf gab sie dem Kind noch einen Weichbrunn und ging wieder; mir aber wurde eine Stund schier zum Tag, bis es endlich Zeit war, daß wir uns richteten.

Da flogs! Auf ja und nein steckt ich in meinem Festgewand und lief darnach aufgeregt in die Stube der Nandl, sie bittend, daß sie mit meinem Godenkind noch ein Augenblicklein in meine Kammer schauen möcht.

Und da sie eingetreten, überreicht ich ihr meine Angebinde und wünscht meinem Täufling einen guten Gsund, worauf die Mutter Nandl feuchte Augen bekam, viel Worte des Danks für mich hatte und dem nobel aufgeputzten Kindl unter zärtlichen Liebkosungen sagte, daß ich ein gar werter Gode sei, und er sollt mir ja einmal danken.

Was mich herzlich lachen machte: denn der Zwack begann bei der Red seiner Mutter plötzlich zu schreien und zu kreischen, als hätt man ihm weiß was übel getan.

Nun nahm die Nandl das Weichbrunnkrügl, segnete und weihte mich und den Täufling und wand sich ein rotes, geweihtes Wachs um die linke Hand und den rechten Fuß, auf daß weder ihr noch uns etwas Böses widerfahren könnt; denn es lagen Beispiele mehr denn genug vor, wo der Teufel, wenn so ein armes Würmlein getauft wurd, darüber, daß ihm wieder eine Seel auskam, also wütig ward, daß er mit der ganzen höllischen Bosheit und Gewalt derweil auf die Wochnerin losfuhr und sie nicht selten um Leib und Leben bracht.

Indem trat die Weidhoferin festlich angetan in die Stuben; denn sie ließ es sich nicht nehmen, das Bürschlein selber aus der Tauf zu heben. »Erstlich«, sagte sie, »bin ich dies Geschäft schon so gewohnt von den Kostkindern; und dann, so ein Bübl, wie der Mathiasle, könnt das Kind doch leicht unrecht angreifen oder gar fallen lassen!«

Verschmachte mir zwar schon recht, solch eine Geringschätzung meiner Person; doch ließ ichs gut sein und dachte, die Meßmerin laß sich nicht anschauen, die gäb gewiß reichlich, und die Nandl könnts wohl brauchen.

Was auch eine richtige Rechnung gewesen; da dann die Weidhoferin ein kleines Trüchlein auskramte und allerhand schöne Silbersachen für das Büblein, eine feine Vorstecknadel für die Mutter und einen Lederbeutel voll blanker Silbergroschen auf den Tisch legte.

Darnach nahm sie den Täufling, und gings also dahin. Da stieg ich wie der welsch Gockel vom Weidhof neben meiner Ziehmutter her und zur Gottsackertür hinein.

Der Meßmer, mein Ziehvater, stand im weißen Chorhemd vor der Sakristei und blies ins Rauchfaß, daß die Funken flogen; nun wir kamen, lief er geschwind hinein, und wir stellten uns vor die Kirchentür; denn mit dem ungetauften Heidenbübl einzutreten wär gegen Brauch und Sitte gewesen.

Nach einer kleinen Weil tat sich die Pforte auf und trat der Frühmeßpriester mit meinem Ziehvater als Diener heraus, machte das Zeichen des Kreuzes über uns und fragte dreimal: »Willst du getauft werden?« worauf die Weidhoferin andächtig sagte: »Ja.«

Kam also allerlei Gefrag: ob er widersag dem bösen Feind und seinem Anhang, ob er glaub an Gott den Allmächtigen und Dreieinigen; und die Kostmutter sagte zu allem ja, daß er widersagt und daß er glaubt, worauf nach vieler Benediktion das Heidlein hineingetragen werden durft.

Ging also die Ziehmutter mit dem Päcklein in die Kirch und an den Taufstein, und ich folgte mit einem brennenden Wachs, das mir der Meßmer in die Hand gegeben.

Da ward denn das schlafende Kindlein wuzelnackend ausgezogen und über das Taufbecken gehalten, mit Wasser begossen, mit Öl beschmiert und mit Salz gefüttert im Namen des Vaters, des Sohnes und des heiligen Geistes, daß es endlich laut zu schreien anfing und, eh man sich dessen versah, in die glänzende Kupferschale brinzelt.

Und wurde also benannt: Mathias Paulus Anton; wurd mit Weihrauch beräuchert, mit Weichbrunn besprengt und darnach wieder in seine Gewändlein und Betten gesteckt und heimgetragen mit großer Freud.

Als wir aber in den Hof traten, stand vor der Haustür ein mächtig aufgetürmter Leiterwagen, mit Bändern, Buschen und Kränzen geziert, mit Krügen und Bildern behangen und mit dem Hausrat der künftigen Lackenschusterin beladen. Da thronte in der Mitten das Himmelbett mit seinem wohlgefüllten Flaumkissen und Ziechen; davor prangte die Wiege und auf ihr der reichgeschnitzte Hausaltar. Hintenauf stand der weitgeöffnete Hausschrein, in dem allerhand Seidenröck und modische Gewänder, schwere Leinenballen und dazwischen mit Bändern durchflochtene Flachszöpfe, seidene Schultertücher, prächtige Gebetbücher und kunstvolle Wachsstöcke prangten. An den Schranktüren hingen Rosenkränze, Skapulier und eine große Zahl heiliger Bildchen. Im obersten Fach aber standen alle die kleinen Schachteln, Trüchlein und Figuren, die ich der Jungfer einstmals geschnitzelt hatte. Alles war mit Bändern zierlich umwickelt und an Nägel geknüpft, damit beim Fahren nichts verloren ginge.

Da stand ich denn und riß die Augen auf und vergaß die Tauf samt dem Kind, starrte auf den Kuchelwagen und konnte weder denken noch entweichen. Eine bemalte Schüsselrahme wurde hinten an den Wagen gehängt, ein zierlich aufgeputztes Spinnrad zuoberst auf das Dach des Himmelbetts gebunden, ein Stuhl dazugestellt – und ich stand noch immer auf demselben Fleck und sah nichts anderes denn diesen Wagen.

Peitschenknallen weckte mich endlich; der Wagen wurde mit sechs Ochsen bespannt, die Nähterin von Sonnenreuth ließ sich zum Spinnrad hinaufheben, die Kuh der seligen Irscherin trabte, mit Kränzen und Buschen geschmückt und geführt vom Zimmermann des Orts, aus dem Stall.

Zwölf Böllerschüsse krachten vom nahen Kreuzberg herab, und ein Häuflein Musikanten kamen mit ihren Fiedeln und Flöten in den Hof.

Da sprang die Jungfer und Hochzeiterin lachend die Stiegen herab und hielt mit der einen Hand das prächtige Gewand gerafft, mit der andern aber die hohe Pelzhaube aus der Stirn. Ihre Wangen waren purpurn, und ihre Augen leuchteten vor großer Freud, da sie um den Wagen ging und alles besah und betrachtete.

Der Weidhofer aber lief geschwind vom Kirchhof herüber, spannte die Kutsche ein, steckte große Buschen daran und hob darnach die Jungfer hinein; packte mich alsdann mit schnellem Griff und setzte mich rittlings auf eins der Rösser, gab mir eine mit Buchsbaum und Bändern geschmückte Peitsche in die Hand und sagte: »Machn Führer! Daß d' mir Achtung hast! Nit, daß was passiert!«

Reichte dann der Hochzeiterin einen Korb hinauf in den Wagen, darin ein Säcklein voll Kreuzer und Groschen, ein Bund Schlüssel zu den Schränken und Laden war samt dem stehenden Angebind für den Hochzeiter, nämlich einem gar feinen, milchweißen Bierkrug, mit Blümlein bemalt, nebst einem selbstgesponnenen Hemd und selbstgestrickten weißen Strümpfen für ihn.

Derweil begannen die Knecht mit ihren Geißeln zu knallen und die Musikanten zu geigen und zu blasen; dann gings dahin. Die Musik machte den Vortrab; juchzend und knallend folgten die Knechte mit dem Kuchelwagen, und dahinter ging der Zimmermann und führte die Kuh. Das End aber machten wir mit dem Brautwagen.

Der Meßmer hatte sich zu der Hochzeiterin gesetzt und schrie mir zu: »He, Bua, schnalz und juchz, daß alles scheppert! – Dreimal um den Hof fahrn und darnach dahin!«

Ach, der hatt ein leichtes Reden! Ich aber saß auf meinem Rößl wie ein angepappter Kripperlmann und sah hilflos bald hierhin, bald dorthin; doch fand sich keiner, der mit mir hätt tauschen mögen. Da gab ich mir endlich selber einen Ansporn, schnalzte mit der Geißel, daß es nur so hallte, und schrie: »Huia, Heißerln! Ziehgts! Huiuh!«

Da liefen alle noch eilig an die Haustür; die Weidhoferin und die Schwaigernandl mit meinem Godenkindl am Arm, die Knecht und Mägd samt den Kostbuben – alle kamen noch herzu und wünschten viel Glück und einen guten Einstand, bis ich endlich am Zügel riß und anfuhr.

Sauste also dreimal um den Weidhof und knallte und plärrte dazu wie ein Schwed und fuhr darnach dahin durch Sonnenreuth. Doch kamen wir nicht weit; schon vor der Schmiede stand eine Schar Kinder, hielten eine Stange über den Weg und wünschten eine frohe Brautfahrt. Da holte die Hochzeiterin das Säcklein mit den Kreuzern aus dem Korb und warf eine Handvoll unter die Hord. Drauf ging die Fahrt weiter, bis abermals die Straße durch einen Haufen Kinder versperrt war.

Also mußte sich das Bräutl wieder loskaufen und das noch etlichemal, eh wir an den Hof des Lackenschusters kamen.

Da krachten wieder die Böller und hallten zwölf Schüsse durch das Tal; und es kam uns der Hochzeiter, ein stämmiger Bauernbursch mit kohlschwarzen Haaren und dunklen Augen, auf einem schön geschmückten Roß juchzend entgegengeritten, begrüßte alle freundlich und reichte dem Bräutl die Hand. Drauf bot er ihr aus einem feingeschliffenen Glaskrug, der mit allerhand Bändern, Perlen und Münzen geziert war, zu trinken, indem er rief: »Hochzeiterin, grüaß di der Himmel und grüaß di Gott dahoam! – Geh, tu mir Bscheid, obst gern und willig hoam gehst zu mir!«

Da nahm die Braut und Jungfer den Krug, und ihre Augen glänzten, als sie ihm den Bescheid tat: »Grüaß di Gott aa! Mit Verlaub – auf dein Gsund – auf unser Glück – auf mein Einstand in der neuen Hoamat!«

Drauf trank sie und gab ihm den Krug wieder zurück; er aber tat bloß noch einen herzhaften Trunk daraus und sagte darnach: »Ghaltn nur! Zum Angedenken auf die Stund!«

Worauf ihm die Hochzeiterin dankte, den Schlüsselbund aus dem Korb holte und, aus der Kutsche springend, sagte: »Also siechst mi zu deinen Füaßen stehn als dein anvertrautes Weib. I kimm mit Freuden – da hast d' Schlüssel, und« – sie nahm das Hemd und die Strümpf – »wannst mir halt die Liab tätst und nahmst es an aus meiner Hand! Reiß 's zsamm in Glück und Gsund!«

Da saß der Hochzeiter ab, faßte sein Bräutl an der Hand und führte sie in sein Haus. Der Weidhofer aber stieg aus dem Wagen, nahm das Roß des Hochzeiters beim Zaum und übergab es einem Knecht desselben; darnach hob er mich aus meinem Sattel und sagte: »Kannst auch mit ins Haus gehn und helfen einräumen, wannst magst!«

Aber ich mochte nicht. Hatt nichts verloren in dem Haus. Ging mich ja nichts an. Sollten nur die andern werken, saufen und Faxen treiben, wie es der Brauch!

Sagte also: »Ja, ja. Werd schon sehen, wie sichs schickt«, ließ den Weidhofer ins Haus gehen und macht mich davon, auf den Heimweg. So von ungefähr begegnete mir der Pfarrer; der fragte, ob ich vom Lackenschuster käm.

»Nein«, sagte ich; »bin vom Weidhof«, zog mein Hütl und lief davon; wußte wohl, daß er kam, um die neue Einricht, das Haus, das Vieh und alles im Lackenschusterhof einzusegnen und zu weihen.

Das aber war seine Sach und ging mich nichts an.

Sprachlos und grimmig sah mir der alte Herr nach und stand, als ich mich nach einer Weil umwandte, noch immer am selbigen Fleck und schüttelte mir die Faust.

Ich kehrte mich aber nicht viel daran. Bin auch mein Lebtag kein bsunderer Freund der Pfaffenröck gewesen, ausgenommen des einen, den ich aber erst nachmals in der Münchnerstadt kennen lernte.

Also trabte ich dahin und kam wieder zu meinem Godenkind. Das lag wohl schlafend im Wagen, und die Mutter Nandl fuhr es leise die Stube auf und ab und sprach mit der Weidhoferin über ihre Hochzeit und den Pauli.

»Ei, was!« sagte die Nandl voller Freud, da sie mich sah; »der Herr Göd ist schon wieder zruck!«

Auch die Ziehmutter belobte mich, und beide dachten nicht anders, als daß dies rein aus Eifer und Lieb für das Wuzerlein geschehen wär, daran ich doch längst nimmer gedacht, vielmehr mein ganzes Herz bei der Kathrein gehabt hatt!

Doch schwieg ich still, ließ mir eine Schale Kaffee geben und aß dazu etliche Taufküchlein. Da gings denn an ein Gefrag und an ein Getue wegen des Einstands der Jungfer; ich sollt sagen, wie sie angekommen, wie er sie empfangen, ob der Pfarrer schon gesegnet hätt, obs recht zuging jetzt – kurzum eine wollt das Knetene wissen, die ander das Bachene. Sagt ihnen aber gar nichts von der ganzen Sach, als daß ich sie wohl hingebracht hätt, und dann sei ich gegangen; den Pfarrer hätt ich am Weg getroffen, wie er zum Segnen ging.

Dazu aß ich meinen Kaffee aus, wischte drauf meinen Löffel ans Tischtuch und wollt gehen; doch sagte die Meßmerin, ich sollt nur sitzen bleiben; an so einem heiligen Tag verlangt kein Mensch, daß ich noch arbeit.

Dann gings Schwatzrädlein wieder munter um, und ich vernahm, daß der Pfarrer, eh er nach dem Lackenhof gegangen, dagewesen sei und der Nandl eine gar frohe Botschaft gebracht hätt; nämlich, daß er sie morgen schon zum drittenmal verkünden wollt, und wenn die Meßmerin nichts dagegen hätt, könnt man ja gleich zwiefache Hochzeit halten.

Also sollt am Irchtag in der kommenden Woch auch die Nandl mit ihrem Hochzeiter vereint werden, und die Weidhoferin versprach, daß sie ihr gleich morgen einen sauberen Kuchelwagen aufrichten wollt; der Wagen und die Ochsen seien ja schon gericht, und die Einricht und den Kastenprunk wollt sie der Nandl gern leihen zum Einstand, auf daß die Leut nit gleich neinschmecken kunnten in ihren Haushalt.

Weiß nicht, ob es noch so ist; damals aber war der Brauch, daß arme Hochzeiterinnen ihre reiche Freundschaft um leihweise Überlassung der Hausschätze angehen mußten, damit ja dem Kammer- oder Kuchelwagen, wenn er so öffentlich durch alle Gassen gefahren wurde, nichts mangelte an Prunk und Pracht. Da waren die Betten hoch und voller Flaum und die Kästen gefüllt mit Leinwand, Flachs und reicher Wäsche; hätt einer aber etlich Wochen nach der Hochzeit nachgewogen, da wär wohl manche Lade gar leicht und gering befunden worden, und hätt es ihn leichtlich kaum mehr gelüst, in dem Himmelbett zu schlafen, das erst so mollig war und weich, nun aber so dünn und mager wie eine Haut.

War also die Mutter Nandl voller Freuden und schickte mich sogleich zum Pauli, daß ers halt wüßt und 's Häusl grecht macht für den Einstand.

Dem wars nicht sonder zuwider; gab mir einen Groschen Botengeld und die Antwort, daß er mit Freud auf sie wart und alles richt.

Also mußte der Wagen sogleich, kaum die Knecht mit ihm zurückgekommen waren, wieder aufgerichtet werden; und die Weidhoferin räumte willig ihre Kinikammer aus und ließ Stück für Stück von den zierlich geschnitzten und fein bemalten Möbeln hinabtragen, stopfte selber den Kasten voll mit Linnen und Flachs, mit Wäsche und Wachs, mit seidenen und wollenen Tüchern und zierlichen Tassen und Gläsern.

»Kannst es ja nach und nach wieder zruckschaffen bei der Nacht!« meinte sie gutherzig; »zu mir kimmt doch kein sterblicher Mensch in d' Herberg!«

Der Kuchelwagen war eben vollendet und wieder aufgerichtet und sollt nun derweilen über Nacht in die Tenne geschoben werden, als der Weidhofer die Jungfer und Braut wieder zurückbrachte mit der Kutsche.

Haha! Machten große Augen alle beid! Glaubten wohl, daß sie ein Blendwerk narrte! Aber die Ziehmutter stand schon eifrig schwatzend da und berichtete, daß nun auch die Nandl am Irchtag ihre Hochzeit mach, und morgen sollt der Einstand sein.

Worauf die Nandl herzukam und sagte, daß sie noch am Montag zum Beichten ging und auch zum Vorsegnen, zumal sie schon aus den Kindlwochen sei.

Herrschte also überall große Lust und Fröhlichkeit und gedachte niemand des Spruchs:

»Große Freud glangt nit weit.«

Brautfahrt

D es Weidhofers alter Hund heulte in langgezogenen Klaglauten, als ich mich an jenem Morgen aus meinem Traum gähnte und mich noch lebend und wohlauf fand, obgleich mich eben mein Widersacher totgeschossen hatte.

Die Sonne stand schon so hoch, daß ihr Schein nur noch ein Ecklein meines Fensterbretts streifte, und ich sprang eilends aus dem Bett.

Da – bumm –, die Scheiben des Fensters klirrten; abermals erschreckte mich ein Schuß, während drunten im Hof ein Knecht den Hund mit lautem Schelten in seine Hütte wies.

Und wieder und wieder krachte es und hallte von den Bergen zurück; draußen vor der Kammer und auf der Stiege gings tripp trapp, der Meßmer gab kurze Befehle, die Ziehmutter lief hustend und schnaufend an meiner Tür vorbei, die Weibsleute schwatzten und lachten, und das Büblein, das Mathiasle, schrie und kreischte als obs im Messer steckt.

Und mit einemmal fiel es mir ein: 's ist ja der Hochzeitstag der Schwaigerin – und der Jungfer, meiner liebsten Kathrein.

Da liefs mir siedigheiß den Rucken hinauf, und eiskalt überkams mich; ich gedacht mit Zittern und brennendem Schmerz jener Nacht, die ich als die glückhafteste meines Daseins gepriesen und da ich die Jungfer als mein liebstes Bräutl gewähnt und ihr mein ganzes armseliges Leben versprochen hatte.

Nun sollt also ein anderer mit ihr hausen und für sie werken und sorgen, dessen ich mir selbsten ehmals so geschmeichelt hatte und darüber mich ein tiefes Schämen ankam. Doch stieg darnach erst leis, dann aber immer mächtiger eine boshafte Freud in mir auf, darob, daß dieser andere, der sie nun heimführen sollt, annoch nicht der erst gewesen.

»Bist ja dennoch der Beschissene!« dachte ich; »ich bin lang vor dir dagewesen und hab sie mein herzliebs Kathreinl geheißen und meine Freud an ihr ghabt!«

Lachte voll bübischer Lust für mich hin: Ha! Jungferlein! Hast gewähnt, ein Kindl wärs gewesen, bei dem du geschlafen; dachtest, ein Kind hätt dir deine roten Zöpf zerzaust, deine Wang gestreichelt und deine Augen und Lippen gebusst! Mich dünkt, es war wohl ein mehrerer gewesen denn ein Kindl!

Ach, da mußt ein jeds Augenblicklein jener Lieb herhalten in dieser Stund für meine schändliche Freud, und ich wähnte, damit alles Schöne und Herzliebe leichtlich in mir totzumachen und nur noch Grimm und Verachtung für die falsche Dirn zu empfinden, da ich doch nachmals noch gar oft jene Zeit mit stiller Freud wieder durchlebte, ja, niemals im Leben hab aufhören können, des Maidls in tiefer, warmer Lieb zu gedenken und mich nach ihr zu sehnen.

Hatt also das Herz voller Gall und Gift und fluchte meiner kläglichen Gestalt und meinem elendigen Aussehen, fluchte dem Schelmen, der es verschuldet, und schwur bei mir selber, daß ichs ihm, so ich ihn einmal unter die Finger bekäm, reichlich ausmessen wollt, was er mir eingemessen.

Derweilen wurde es im Weidhof immer lebendiger; vom Hof drang das Klingeln der Röllein herauf, mit denen die Geschirrung der Hochzeitsgäul geschmückt wurde; pfeifend und singend taten die Knecht ihre Arbeit, putzten und striegelten die Rosse und behingen sie mit Buschen und Bändern. Das Kuchelmensch stand im Festgewand am Brunnen und wusch und schwenkte einen Korb voll Gläser und Krüg für den Eingang und Ausgang, das ist, für die beiden Frühmahlzeiten und den Morgentrunk bei Ankunft der beiden Hochzeiter, und vor der Abfahrt zur Kirche.

Und da ich endlich aus meiner Kammer trat, prasselte und brodelte es mir von der Kuchel herauf entgegen, Geschirr klapperte, des Weidhofers Schnallenschuh knarzten über die Dielen, und die Nandl sang mit weinerlicher Stimme ihr Büblein in den Schlaf und fuhr es in dem hölzernen Karren am Hausflöz hin und her.

Aus der Kammer der Jungfer scholl das helle Lachen der Hochzeiterin und ihrer Nähterin, und von der Wohnstube herauf drang gedämpftes Zitherspiel und die halblauten Gsangln unserer Kostbuben.

Begab mich also zu ihnen hinab und wurde sogleich lustig und mit Scherz empfangen; und es sang mir der ältere von uns Kostbuben, der Hausl, gleich munter entgegen:

»He, Büaberl, geh eina,
He, Büaberl, kehr zua,
Balst a Feirtagwand ohast
Und gnagelte Schuah!
Balst sakrisch tanzen kannst
Und schön hofiern
Und d' Sunnreuther Dirndln
Zum Lebzelter führn!«

Da mußte ich nun wohl oder übel meinen Schmerz und Grimm verbeißen und ein guts Gesicht zum Gespiel machen, auf daß ich nicht
des Spruchs teilhaftig würd: Wer den Schaden hat, braucht ums Gespött nicht zu sorgen.

Aß alsdann meine Morgensuppe und kümmerte mich um das Kindlein, bis das alte Sixnwaberl, ein arms Häuslleut, kam und das Wuzerlein auf etliche Tag zu sich holte, bis die Hochzeit vorüber und die
Nandl wieder in Ordnung wär.

Derweilen kamen die Musikanten ins Haus, gaben den zwei Hochzeiterinnen etliche Weisen als ein Ständchen und machten sich darnach zu den Hochzeitern, um auch ihnen den Tag anzublasen.

In der Wohnstube versammelten sich nun alle Hausgenossen,
Knecht und Mägd, und der Weidhofer, mein Ziehvater, fragte ein jedes auf Treu und Gewissen, ob alles in Haus, Hof und Stall wohl gerichtet und getan sei, ob das Vieh bei gutem Gsund sei und nirgends
was fehle. Und da ihm alle auf Ehr und glaublich die Gewißheit gaben,
daß alles in der Ordnung war, sagte er: »Also, Leutln, nachher will
i enk heunt alle miteinand auf d' Hochzat lassen; und soll ein jeds
auf mein Namen kriegn: vier Speisen zu jeder Mahlzeit und Bier soviel, bis halt ein jeds langt. Aber mit der Bedingnis, daß einer von enk
Bubn auf d' Zeit und unter der Zeit einmal heimschaut zum Vieh, ins
Haus und in Hof. Futtern tut man wie z' Feiertägs und melken auch.
Also, jetzt wißt ihrs!«

Darnach lief er in die Kirche.

Nach diesem kam die Nandl in ihrem schwarzwollenen Brautge-
wand und einem Flitterkränzlein im Haar zur Tür herein und bat die
Stalldirn, ihr die langen Haarbänder und den Rosmarin anzuklufen.

Steckte ihr also die Dirn ein paar himmellange, breite Bandmaschen
hinter den Brautkranz aufs Haarnest und machte ein Rosmarinkränz-

lein um das flitterne drum, behing ihr darnach den Hals mit allerhand silbernen und blechernen Ketten, Kreuzlein und Amuletten und heftete ihr einen langen Rosmarinbuschen auf den Brustfleck.

Unterdessen begann vom Kreuzberg her wieder ein lustigs Schießen; da lief die Weidhoferin, meine Ziehmutter, eilends in ihre Kammer, um sich festtäglich herzurichten und zu schmücken.

Kam auch nach einer geraumen Weil in einem reichgefältelten bläulichen Gewand, mit seidenem Brustfleck und goldenen Litzen besetzt. Auf ihrem Kopf saß eine wunderliche, steife Spitzhaube aus goldenen Börtlein, Bändern und Blonden; ein feines Schleiergewebe bedeckte ihre Stirn und den Scheitel, und ein prächtiger Silberspieß steckte in ihrem geblümten Brokatmieder.

Sie sah also gar gut und fürnehm aus und stund ihr alles so wohl an, daß ich, ungeachtet meines Herzwehs und Grimms, einen großen Gefallen an dieser Tracht fand und mich ein heftiges Verlangen ankam, ein Maler zu sein und die Ziehmutter in solcher Gestalt zu konterfeien. Fragte sie auch, warum man solche herrliche Gewandung nirgends mehr fänd; worauf sie sagte: »Weil das schon gar lang ist, daß solchs modisch gewesen; ist ja mein Brautgwand und meiner Mutter, Gott hab sie selig, ihre Brauthauben. – Gibt ja auch ganz andere schöne Sachen jetz; – bringen ja neumodischs Zeug von überall her: von Welschland, von den Franzosen und von der Münchnerstadt! – Ist auch nit schiach – für die Jungen.«

Ja, da hatte sie recht; denn als nun die Tür aufging und die ander Hochzeiterin, das Kathreinl, hereintrat, da bracht ich das Maul nimmer zu und riß die Augen auf, daß sie mir übergingen. Das flimmerte von Seide und Gold, von Silbergehäng und Geschmeid; Spitzen ums goldene Brautkrönlein, Fransen am Miedertuch, Edelstein in den Fürstecknadeln und Perlen in den Ohrgehängen. Da bauschte sich eine brokatne Schaube und prangte drüber ein weißes, seidenes Fürtuch mit Blonden und Perlen, und klirrte und knisterte es bei jedem Schritt, und schimmerte das Gewand bald silberig, bald grün und rötlich. Das Haar aber trug sie gar kunstvoll aufgesteckt und hatte ein köstlichs Myrtenkränzlein um die steingeschmückte Brautkron.

Mit lieblichem Lächeln ging sie von einem zum andern und dankte für die Wünsch, die ihr ein jedes mitgab; doch wartete sie bei mir vergeblich auf dergleichen Redensart: ich stand vor ihr, wortlos, mit flammendem Gesicht und klopfendem Herzen, faßte ihre beiden

Händ und drückte sie heftig, während mir in meinem Sinn bloß das eine Wort umging: Kathreinl!

Da schrie sie leis auf und sagte bittend: »Mathiasle! 's ist gut!«

Worauf ich ihre Händ losließ und mich umwandte.

Da war alles in den Wind gestreut: mein ganzer Grimm und Schmerz, die Gewißheit ihrer Heirat – alles war vergessen, und ich glich einem Kind, das da glaubt, es müßt seinen Willen durchsetzen um allen Preis der Welt, ich hatte nur noch einen Wunsch und ein Verlangen, daß ich sie wieder wie ehemals um den Hals nehmen durft und mein herzliebes Kathreinl heißen.

Trug mich also mit dem Gedanken und hatte das Herz voller Gier, mein unsinnigs Verlangen zu stillen, dabei ich aber nach außen hin vor den Leuten ein gar ruhigs und ehrbars Wesen zur Schau trug.

Indes fuhren draußen zwei Chaisen vor: dem Weidhofer seine, die den Häuslpauli brachte, und die vom Lackenschuster, darin der Anderl selber kutschierte.

Gleich liefen alle Mannsleut hinaus, und indes die Bräute sich eilends in eine Kammer versteckten, empfingen sie die beiden Hochzeiter mit Juchzen und Schreien und führten sie ins Haus, da es dann abermals an ein Grüßen und Plärren, Glückwünschen und Juchzen ging, daß man sein eigens Wort kaum mehr verstund.

Da kam der Hochzeitlader scharf angeritten, band sein Rößl an den Brunnen und lief hinein in das Haus; und derweilen die beiden Hochzeiter geschwind aus der Stube verschwanden, öffnete er die Tür und rief:

»Grüaß enk der Himmel und grüaß enk Gott!
Heut sechts mi alle in ara großen Not:
I hätt zwee Jungherrn von Sonnareuth epps Wichtigs zum Sagn
Und kunnts um alls in der Welt nindatscht findn oder dafragn;
Drum hätt i halt jetzand a großmächtige Bitt an enk Leut;
Geh, leichts ma zwee Kuahglocken, daß i fleißig damit läut,
Und daß i s' den zwo Hochzeiterinnen um 'n Hals umma bind,
Damit daß a jede no vor der Kopulier ihren Hochzeiter findt!«

Ging also einer der Knechte hinaus, brachte zwei von unsern Kuhglocken und läutete damit durchs Haus.

Da kamen die beiden Hochzeiter lachend wieder in die Stube und führte jeder sein Bräutl an der Hand. Darüber schien der Lader, oder was er mich dünkte, der Bandelnarr, gar erfreut und steckte einen großmächtigen Rosmarinzweig zu seinen vielen Bändern auf den Hut, juchzte und machte allerhand Sprüch und Reime.

Derweil hatten die Weibsleut den Tisch aufgedeckt und die Weidhoferin etliche Schüsseln mit Voressen, Kraut und Würsten hereingetragen, was man den Eingang heißt; und es wurde nun fröhlich gegessen und dazu Bier und Schwarzkirschenschnaps getrunken.

Darnach klopfte der Bandlnarr mit seinem langen, reichverzierten Stab etlichemal auf den Boden; da standen alle vom Tisch auf, und der Lader machte den Abdank. Das ist eine gar schöne Red in guten Reimen, darin auch der dahingegangenen Eltern und lieben Freund gedacht wird. Hab sie aber leider nicht in meinem Sinn gehalten können, denn ich bei diesem Abdank gleich den andern hab so viel schneuzen, krigeln und augenwischen müssen, daß mir davon alles entfallen ist.

Unterdessen begann es von der Kirch zum Amt zu läuten, und alles stellte sich in Ordnung: Die Fuhrwerke wurden vor die Haustür gebracht, und es stiegen die Hochzeiter in die eine, die Bräut in die ander Kutschen; die Knecht und Mägd aber samt der Weidhoferin und den Kostkindern saßen nach gutem Verschluß des Hauses auf den gezierten Leiterwagen, davor vier Rösser gespannt waren.

Und es ritt der Hochzeitlader voran und führte den Zug durch das ganze Dorf, obgleich die Kirch schier an dem Weidhof lehnte; doch gings ohne Juchzen und ohne Musik mit großem Ernst dahin, indes vom Turm alle Glocken läuteten und vom Berg die Böller krachten.

Hochzeit

Unter dem Vordach der Kirche stand schon der alte Pfarrer mit meinem Ziehvater, dem Meßmer, als wir aus den Fuhrwerken stiegen und in den Gottsacker traten.

Da ward nun von dem Priester eine Red im Freien gehalten und darnach gefragt, ob einer aus der Gemeind was anzubringen hätt gegen die Brautleut, das ein Hindernis wär, dessentwegen sie einander nicht heiraten kunnten.

Und da niemand was wußte, wurden die Beiständer oder Zeugen herbeigerufen, was gewesen sind: der alt Vetter vom Lackenschuster, genannt Simmer vom Tal, und der Rumpl von Reuth für den Anderl und die Kathrein, der Jackl, unser Oberknecht, und der Hausl vom Weidhof für den Pauli und die Nandl.

Wie denn nun alles wohl in der Ordnung war, der Hochzeitlader auch allerhand Schreibebriefe aus dem Hutfutter zog und dem Pfarrer übergab, wurde zur Kopulierung geschritten; fragte also der Priester alle vier nacheinander, ob sie in den heiligen Stand der Eh eingehen wollten, darauf dann erst der Anderl, drauf die Jungfer, hernach der Pauli und am End die Nandl antworteten: Ja.

Wurden also alle vier eingesegnet und ihnen das Sakrament der Eh gespendet, darnach die Kirchtür geöffnet und alle hineingeführt; und es begann der Schulmeister die Orgel zu traktieren in forti und fortissimi, der Meßmer schwang das Rauchfaß, daß alle Heiligen samt den Altären in blaue Dünste und Nebel gehüllt wurden, und alle nahmen in den Kirchenstühlen Platz.

Darnach ward ein festliche Amt gehalten, das an die vierzig Gulden kostete, und den Hochzeitsleuten der feierliche und kräftige Brautsegen gespendet, den Abgeschiedenen aber am Friedhof ein Memento und Requiem gesungen und ihre Grabhügel mit Rauch und Weichbrunn gesegnet. Dabei ich der guten Irscherin gedachte, die auch ohne solche Benediktion ihre Ruh gefunden hatte und eine leichte Erde samt dem Frieden.

Mag auch nicht vergessen, daß ich benenn den Opfergang beim Amt, da dann erst die Manner um den Altar gehen mußten, darnach die Frauen, und mußten in vier silberne Teller opfern: am rechten Seitenaltar, zu beiden Seiten des Hochaltars und am linken Seitenaltar. Da war es lustig hinzuhören, wie auf dem Hochaltar die Silbergroschen laut vernehmlich klangen, an den andern aber bloß magere Kreuzer leise klirrten.

Nach dem Amt wurde noch den beiden vermählten Paaren und allen Hochzeitsgästen vom Pfarrer aus einem goldenen Kelch Wein gereicht; und er hatte ein kleins Tüchlein, damit wischte er immer, wenn eins getrunken, den Rand des Kelchs. Dabei durften die Brautleut dreimal trinken, die andern aber bloß einmal, und es sagte der geistliche Herr dazu die Worte: »Trinket die Liebe des heiligen Johannes!«

Mein Ziehvater, der Meßmer, stand daneben und goß drauf, als der Kelch leer wurde, und sagte zu jedem, der sich ans Speisgitter kniete: »Nit stark saufen!« So war denn die Kirchenfeier zu End, und es folgte das weltlich Fest mit Mahl und Trunk, mit Musik, Sang und Tanz, dabei die Gulden sprangen und klangen.

Und der Klinglwirt rieb sich die Händ und freute sich schon auf den andern Tag, da dann gemeiniglich den Tag nach der Hochzeit mit dem Wirt abgeroatet wird. Der hatte sich schon am Hochzeitstag selber den breiten Tiroler Ledergurt mit der Geldkatz umgelegt, damit ein jeder gleich sehen kunnt, daß er wohl genug Ding und Säck hätte, einen gerechten Haufen Münz darin zu verwahren. Stieg auch wie der Gockel im Hanfsamen, reichte jedem der Gäste die Händ und hatte sich dazu einen artigen Spruch als Gruß ausgedacht, den er nun jedem, sei 's Mann oder Weiberts gewesen, zum Eintritt gab: »Gfreut mi, gfreut mi! Wünsch Glück und an Buam!«

Mittlerweil war auch der Weidhofer, mein Ziehvater, seiner Meßmerpflichten ledig geworden und kam nun und setzte sich neben seine Meßmerin, indes die Musikanten anfingen, einen seltsamen Tanz aufzuspielen, den man Hungertanz heißt, da er dem Herkommen gemäß dem Mahl vorausgeht. Dabei war die Ordnung also, daß erst der Anderl mit der Kathrein dreimal herumtanzte, darnach der Pauli mit der Nandl und drauf in guter Folg die Freundschaft; und es währte der Hungertanz so lang, bis die Frau Wirtin die Schüssel mit Kraut hereinbrachte.

Da liefen alle an die Tafel; die Musikanten stellten sich hinter die Gäst und spielten übers Kraut auf, dazu dann ein jedes einen Reim singen mußt und einen Silbergroschen ins Kraut werfen als Waisung oder Trinkgeld für die Spielleut.

Nach diesem wurde für die zwei Bräut der vorderste Jungherr erwählt, was eine große Ehr für denselben bedeutet; denn er darf, solang die Hochzeit währt, zur Rechten der Braut sitzen, ihr die Schüsseln mit der Speis darreichen, hat auch das Recht des Entführens und zu guter Letzt die Gnad, die Vermählten heimzugeleiten und der Braut vor dem Schlafengehen die Strümpf auszuziehen, dafür ihm dann ein ansehnliche Geschenk wird.

Wählte also der Weidhofer für die Nandl einen von meinen Kostbrüdern, den Fritz, der kaum um zwei Jahr älter war denn ich, doch schon einen männlichen Burschen vorstellte; für die Kathrein aber nahm er mich, dabei mir das Blut gach ins Hirn stieg und meine geheimen Wünsch wie ein Feuer schürte, obgleich mich eine Angst und innere Furcht deswegen ankam und mich sagen hieß, der Ziehvater sollt einen andern nehmen, weil ich nicht taugte für die Ehr.

Stand aber schon fest bei allen, und ich konnt nimmer lang nein sagen; mußte mich also neben die Braut setzen und ein ordentlicher Jungherr sein. Ward mir freilich nicht wohl bei diesem Amt, und ich hätt viel lieber in einem Ritt zehn Rosenkränz abgebetet, denn hier die Schüsseln und Platten vor die Braut zu setzen und dabei wie ein nasser Pudelhund zu zittern.

Nun mag ich nicht des langen und breiten reden von dem Mahl, da ein jeder leichtlich ermessen kann, daß es gar hoch und reich hergegangen ist, da der Lackenschusteranderl der alleinige Erbe und Besitzer des besten Hofes zu Sonnenreuth gewesen; das war zu dieser Zeit ein Gut mit sechzig Tagwerk Ackerland und zwölf Scheffel Samen für Getreid und Klee, ungerechnet die vielen fetten Wiesen und Weiden, die Alm und den Wald.

Da gab es also vielerlei Gericht, und es währte das Mahl bis spät in den Nachmittag, da dann der Tanz anging.

Hab auch etlichemal mit der Braut ein Tänzlein machen müssen, wenn ichs gleich nicht recht wohl verstand und wie ein Geißbock lächerliche Sprüng machte oder dem Kathreinl auf die Zehen trat; was sie aber nicht für ungut nahm, vielmehr mit der Zeit gar lieblich und freundlich mit mir tat und sich gerad so wohl benahm wie einstmals, da wir noch im Waldhaus saßen.

Gemach wurde es aber im Tanzsaal immer hitziger, die Luft ward rauchig und das Treiben der Gäst lauter und lärmender, so daß bald ein Paar ums andere hinabging ins Freie, um sich zu erkühlen, was dann auch ich mit dem Kathreinl tat.

Da lag ein dichter Nebel ringsum, daß man kaum zehn Schritt weit vor sich sehen konnt und niemand auf diese Streck erkennen.

Indem wir so standen, faßte mich wieder die unsinnige Lust, dem Kathreinl noch einmal die Händ zu pressen und ihr von meiner Lieb für sie zu sagen. Zog sie also weiter vom Wirtshaus weg und fragte sie, ob sie sich wollt entführen lassen, da es eben eine gute Zeit wär dazu; worauf sie lustig lachte und sagte: »Meinst, daß mich die andern nimmer finden sollten! Wo möchtst denn aus mit mir?«

»Am liebsten in die ander Welt!« fuhr es mir heraus, und ich ergriff ihre beiden Händ; »weißt, so weit fort, daß dich keiner mehr finden kunnt, und daß d' grad noch mir allein ghörn tätst!«

Darauf sie mir, hellauf lachend, eine Hand entzog, mir einen Schlag ins Gesicht gab und ausrief: »Schau, schau! Wie sich das Baunzerl krautrig macht! – Büble, Büble! Sei froh, daß d' noch so ein armselige Gafferl bist, sunst kunnt di leicht heut noch einer erwischen und a bißl abrankeln, fürcht ich!«

Wähnte also immer noch, daß ich ein harmloses Bürschlein wär, und versah sichs nicht, als ich sie plötzlich um den Hals faßte und an mich drückte.

Da machte sie sich unwirsch los und greinte: »Tollpatsch, narreter! Dank Gott, wenn ich dir nit ein etlichs paar Dachteln wisch für dein anhabischs Treiben! – Gell, jetzt wär ich wieder gut für dich! Daß d' mich darnach wieder schlecht machen kunntst!«

Dann ging sie rasch gegen das Haus und ließ mich stehen. Ich aber war wie betäubt und sah ihr nach, wie sie im Nebel verschwand.

In diesem Augenblick huschte eine lange Gestalt an mir vorüber, ohne auf mich zu achten; mir aber fuhrs wie der Blitz durch den Sinn: Das ist der Ambros gewesen! Ich lief also eilends hinein und wollt dem Weidhofer Botschaft geben; doch war er nicht zu sehen, und auch die Meßmerin schien nicht im Saal zu sein.

Indem ich noch also suchend herumging, fragte mich der Vetter vom Lackenschuster, der Simmer, ob ich nicht bald Gelegenheit fänd, das Bräutl auszuführen; der Weidhofer wär mit der Nandl und dem Fritz schon eine gute Zeit dahin.

War mir aber alle Lust dazu vergangen, und ich bat ihn, dies für mich zu besorgen; er sei schon älter und kunnt besser umspringen mit den Weiberleuten denn ich; doch war mein Bitten umsonst, er wollte nicht.

Mußt ich also gehen und die Braut, die an der Kucheltür stand und mit der Wirtin schwatzte, beim Ärmel zupfen und fragen, ob sie nicht auf ein Wort herhören möcht. Worauf sie mich hochmütig mit den Blicken maß und ohne eine Silbe mit mir ging.

Ich führte sie hinaus vors Haus und sagte: »Der Weidhofer ist mit der Nandl schon fort; ich denk, sie sitzen in der Post drüben.«

»Nein«, erwiderte sie voller Kält; »die sind noch da. Bleiben auch da. Sitzen grad in der Wirtsstuben drin.«

Damit wandte sie sich um und ging hinein; und indes ich ihr folgte wie ein geprügelter Hund, öffnete sie die Tür der Gaststube, sah nach mir zurück und sagte: »Da sitzen s'«

Worauf ich mit ihr hineinging und ein lustigs Gesicht machte, obgleich ich viel lieber meinen Kopf hätt an die Wänd rennen mögen vor Ärger und Reu über meine Dummheit und unsinnige Raserei. Doch das Kathreinl tat auch munter und lachte und schwatzte, also daß bald eine laute Fröhlichkeit am Tisch herrschte.

Ich hatte ihr einen Krug süßen Weins hinstellen lassen, und sie tat jedem vergnüglich Bescheid; der Weidhofer brachte einen Schwank um den andern vor, die Nandl wußte allerhand lustige Almgeschichten, der Fritz saß mit gläsernen Augen dabei und stieß alle Augenblick ein schallendes Gelächter aus; kurzum, wie die Ding gerad lagen, vergaß ich am End auf meine klägliche Niederlag bei der Jungfer Braut und auch auf die Erscheinung des Ambros.

Meine Kostmutter, die Weidhoferin, saß derweilen an einem Tisch hinter dem Ofen und unterhielt sich mit dem Grasberger, einem steinalten Bauern, der dem seligen Weidhofer, dem Bichlervater, schon manche Kuh abgekauft und manchen Jahrmarktrausch angehängt hatte zu einer Zeit, da der Klinglwirt noch gar nicht in die Welt gesetzt und der jetzige Weidhofer noch ein Büabl gewesen war, das seiner Mutter die Schüsseln zerschlug und den Stubenboden näßte.

Mocht wohl schon bald seine hundert Jahr alt sein, der Grasberger;

war auch von allen seinen Kameraden und vom ganzen Grasberghof der einzige, der noch auf dieser Erden wandelte, und hatte schon seinem Eheweib, sieben Kindern und leichtlich zwanzig Enkeln in die Gruben schauen und die ewige Ruh wünschen müssen. War aber immer noch wohl beim Zeug und trank sein Häflein Bier oder Most in gutem Gsund.

Mittlerweil hatten sie droben im Hochzeitssaal unser Verschwinden bemerkt und machten sich nun alle samt den Musikanten auf, uns zu suchen, und fanden uns am End in lauter Lustbarkeit.

Da spielten die Manner fröhlich auf; die Hochzeiter nahmen ihre Bräut bei der Hand und juchzten und tanzten dazu; der Wirt aber mußt reichlich Wein auftragen und feine Sträublein, Klauben- oder Früchtebrot und Honigzelten.

Gings also an ein Fressen und Saufen, Stampfen und Schreien, bis die Wirtin in die Gaststube trat und meldete, daß die Abendtafel gericht sei; darauf alles seinen Krug oder Glas leerte und hinaufeilte, als hätt keiner seit drei Tagen einen Bissen mehr im Leib gehabt.

Nun war es lustig anzuschauen, wie einer nach dem andern sein rots oder blaus Binkeltuch aus dem Sack zog, einen Brocken Kälbernes, ein Trumm Schweinernes, eine Hennenbrust oder sonst ein Schmankerl nebst etlichen Schmalznudeln, Bavesen und einem Stück Klaubenbrot dareinband und den also gefüllten Binkel an den hagelbuchernen Stekken knüpfte.

Nach diesem Mahl wurden noch allerhand Tänz aufgeführt, zwiefache und abdrahte, Hirtentänz und der Polsterltanz, welch letzterer mich sehr ergötzte; denn da mußten alle Paar einen Kreis bilden, indes ein Weibsleut mit einem Polster oder Kißlein in der Mitten drin stand. Jetzt begannen die Spielleut in einem schnellen Drehertakt aufzumachen, und das Maidlein tanzte dreimal innerhalb des Kreises wirbelnd herum, warf plötzlich einem Burschen oder Jungherrn den Polster zu Füßen, indes dann die Musik eine andere Weis brachte. Also mußt sich der Bursch vor dem Maidel auf die Knie niederlassen, bis sie ihn wieder aufhob und küßte, dazu dann abermals anders gespielt wurde. Darauf mußte es der Jungherr ebenso machen wie die Jungfrau, und kamen alle dran bis auf eine alte Dirn vom Lackenschuster, die zum End mir überblieb, was mir viel Gespött eintrug.

Unterdessen wurde es Zeit, die Hochzeit zu beschließen, und mein Kostvater, der Meßmer, gab der Wirtin ein geheimes Zeichen.

Da erhob sich in der Kuchel ein wildes Geschrei und Geschirrklappern; die Wirtin kam laut jammernd in den Saal gelaufen und schrie gar jämmerlich: »Aus ists und gfehlt ists, Leutln! Alles ist dahin! Unser alte Gluckhenn ist mitsamt ihre vierazwanzg jungen Heahln zum Kuchelfenster dahereingflogn und hat alles Gschirr und alle Haferln derschlagn!«

Ein großes Gelächter und spaßhaftes Entsetzen folgte dieser Red. Der Hochzeitlader aber stand auf, klopfte mit seinem Stab auf den Boden und rief:

»Dös is a trauriger Bericht, den wo mir da kriagn!
Hochzatleut, jetz hoaßts Barmherzigkeit übn und 'n Beutl ziagn!
Und der Wirtin gent gschwindse ein etlichs paar Kreuzer verehrn,
Daß zu der nachstinga Hochzat wieder aufkocht kann wern!
I gib als erschta an nagelneun Hosenknopf her;
Wer nach mir kimmt, zahlt 'n Gulden und gibt 'n Hochzeiter
d' Ehr!«

Also mußt ein jeder seinen ledernen Zugbeutel auftun und einen Gulden für sich und seine Jungfrau oder Ehefrau als Haferlgeld erlegen und darnach den Brautleuten die Hand geben und seine Danksagung machen, dabei auch an mich die Reihe kam und mein Kostvater mir erst mußt einen Gulden vorgeben, denn ich selber nichts mehr hatte.

Nach diesem hielt der Hochzeitlader den Abdank und sagte:

»Also meine lieben Leut,
Jetz sag i enk halt Dank
Vom Tisch auf d' Bank,
Von der Bank bis auf d' Schinderbruck,
Aufs neu Jahr in der Fastnacht
Kriagts enka Geld wieder zruck!«

Alsdann begann er nach altem Brauch und Herkommen auf alle Hochzeitsgäste lustige Reime zu machen, ihre Schwachheiten aufzudecken und besonders die Verliebten und die Brautleut herunterzumachen, dabei keines aufmucken durft oder sich getroffen fühlen, vielmehr lachen mußte und dem Bandelnarren darnach Bescheid tun mit dem letzten Trunk. Da gings denn erst über den Pauli und die Nandl:

»Wann 's Kind amal schreit
Und 's Muas kocht am Herd,
Hat 's Hausen im ledinga Stand
Nimmer viel Wert!«

Darnach kam er über das ander Paar:

»Der Anderl und sei Kathrein,
Die schaugn si liabli in d' Augn;
I wett, in dreiviertel Jahrn
Hängan d' Windeln am Zaun!«

Trafs auch bei der Stallmagd vom Weidhof nicht schlecht, dann sie
sich mit dem Staudenwebersepp abgegeben hatte.

»A Stallmensch und a Bauernbua
Gengan der Stauden zua,
Gengan ins greane Gras;
Wern scho wissen, zwegn was!«

Da wurde es manchem anders, und er hätt gern ungesehen verschwinden mögen, eh ihn der Bandelnarr erschaut hatte und nun durchlaufen
ließ; doch an der Tür standen die Musikanten und spielten nach jedem
Gsätzlein einen kurzen Landler.

»Ei«, dachte ich, »er wird ja nicht gar viel wissen von dir«, und saß
keck auf meinen Hosen und trank hitzig dahin.

Da hatte er mich aber schon im Maul:

»Der Weidhofer Hias is a Woaslbua,
Is krumpat und gstumpfat und bucklat dazua;
Aber anhabisch dengerst und broglat mitn Mäu,
Und beim Ausrichtn und Schiachredn is er aa glei dabei!«

Ha! Da schluckte einer und druckte und rutschte auf seinem Sitzle-
der hin und her, als hätten ihn die Ameisen besaicht! Da goß einer
seinen Wein hinunter, als hätt er einen Brand zu löschen da drinnen!

Aber es half nichts, daß ich soff und überlaut lachte; die andern hatten mich schon, und die Hochzeiterin an meiner Seite sah verächtlich

auf mich nieder und rückte von mir weg, indem sie ihr Kleid zusammenraffte, daß ja kein Fädchen meinen Körper streifte!

Mittlerweil hatte der Bandelnarr lang etliche andere durchgehechelt, und die Abdankung nahm gemach ihr End.

Nach solchem ward also noch der Ehrentanz gehalten. Den muß die Braut mit dem Hochzeitslader allein aufführen, und es darf niemand außer ihnen den Tanzplatz betreten.

So machten denn die Spielleut auf; der Bandelnarr faßte die zwei Hochzeiterinnen bei den Händen und hielt den Ehrenreihen, bis plötzlich erst die eine und gleich drauf die ander Braut zu hinken anfing und keine mehr vom Fleck kam. Zugleich begannen die Musikanten gänzlich falsch und gar quieksend zu spielen, bis der Hochzeitlader schrie:

> »He, Jungherrn! Schaugts amal,
>   Was daß dös is,
>   I moan alleweil und i schätz,
>   Es is a Natternbiß!«

Worauf der Fritz und ich eilends hinzuliefen, die Schuh der Bräute untersuchten und einen Gulden darin fanden.

Zeigten ihn also überall herum und warfen ihn darnach den Musikleuten in ihre Baßgeige, dazu der Hochzeitlader ein ganz glückseligs Gesicht machte und ausrief:

> »Himmlischer Vater! Is dös a Glück!
>   A so a Jungherr hat do an guatn Blick!
>   A Nagl hat aus 'n Schuach außagschaut,
>   Den hat halt der Schuasterlenz net grecht einighaut!«

Nach diesem faßte er die beiden Hochzeiterinnen wieder und wollte mit ihnen weitertanzen.

Doch in diesem Augenblick hörte man von der Gassen herauf einen wüsten Lärm, und der Wirt lief, weiß wie die Wand, herein und schrie: »Manna! Leut! Brenna tuats!«

Ein wildes Schreien der Weiber, dumpfes Murmeln der Männer – die Lust hatte ein End, und alles rannte hinab und dahin, um zu schauen, wo es sei.

Blutrot war der Himmel; – einer schrie: »Die Kirch!« – da erscholl es ringsum: »Die Kirch brennt – die Kirch!«

In diesem Augenblick stürmte meine Ziehmutter, die Meßmerin, hinter uns drein, rannte gegen die Feuerstatt zu und – o mein Gott – und reckt plötzlich beide Arm gen Himmel und schreit gellend auf: »Jesus! Der Weidhof!« –

Und fällt wie ein Baum zur Erd.

Und da wir sie aufheben wollen, sehen wir, daß es zu End ist: Sie ist tot.

Etliche Frauen nehmen sie auf und tragen sie vom Wege ab, die andern stürmen dahin, den Schrei: Der Weidhof! weitergebend und den Mannen zur Brandstatt folgend.

Mir aber liegts wie Blei auf der Brust; denn ich wußte es: Das war kein anderer denn der Ambros.

Mein Ziehvater und der Lackenschuster waren die vordersten, die in den brennenden Hof eindrangen.

Der Pauli und etliche andere folgten; doch mußt ein jeder eilends wieder umkehren – es brannte überall: unten, oben, im Stall und in der Scheune, in der Stube und in den Kammern.

Da schlug der Meßmer mit furchtbarer Kraft die Stalltür ein, das Vieh zu retten.

Drei – vier – sechs – zehn Kühe sprangen geängstigt ins Freie – Rösser folgten – Hühner flogen schreiend heraus – etliche Ochsen schoben sich brüllend durch den Qualm und Rauch – wie gelähmt standen die Menschen dabei, ohne einen Finger zu rühren.

Endlich faßte einer oder der andere ein Tier bei der Kette und zog es weg vom Feuer – ein Kommando erscholl, und man besann sich, daß man ja löschen sollt.

Aber da tat es einen entsetzlichen Krach, die Feuergarben lohten wild gen Himmel, und ein einziger Schrei ging durch die Menge: »Der Meßmer!«

Das Dach überm Heuboden war eingestürzt und mit ihm die Stalldecke.

»Hilf Himmel!« schrie ich; »er kann ja nimmer heraus!«

Bebend sprang ich hinzu, der Hausl folgte mir; – wir drangen in den rauchenden, prasselnden Trümmerhaufen und suchten und schrien nach dem Meßmer.

Ach Gott! Es war leider ein nutzloses Hin und Her, ein vergebliche

Rufen und Schreien! Nichts mehr zu sehen als Feuer, nichts mehr zu greifen als Glut und Trümmer!

Hätt uns bald auch noch verderbt; denn da wir weiter eindringen wollten, stürzte abermalen ein Flez Weißdecke herab, brennendes Heu und Stroh kam fuderweis nach – und wir mußten in großem Schreck zurückweichen.

Wohl begannen nun die Manner den Eimer zu schwingen, die Weiber geweihte Teller und Kräuterbuschen in die Flammen zu werfen und die Brunst im Namen des dreieinigen Gottes zu beschwören – doch wilder und höher schlug die Lohe, bis endlich der stolze Weidhof in ein kleins Häuflein Schutt und Glut, Asche und Kohle zusammenfiel und meinen herzguten Ziehvater in sich begrub.

Alle Herrlichkeit des Menschen ist wie Staub

In einem Augenblick
Kommt gählings aus ein Schrick,
Der eim die Seel gar tief durchdringet.

Die Zächer übers Gsicht abgehn,
Das Herz wöllt eim schier stille stehn,
Kein Glächter eim nit mehr gelinget.

Wann ich schon auch daheimt
Das Elend hab beweint,
Muß annoch in meim Leid verbleiben.

Wer wollt doch alls genugsam sagen!
Die Not kunnt zur Genüg mit Klagen
Mein Feder nit beschreiben!

Ach, wohl dem Mann, der ein harts Herz hat, daß ihn nicht betrübt ein solches Leid und Unglück! Denn da der frühe Tag mit grauem Nebel anbrach, hatte ich nicht Vater noch Mutter mehr, nicht Heimat noch Liegerstatt.

Saß stumpfsinnig und frierend mit meinem Ziehbruder, dem Fritz, auf den Stufen vor der Gottsackertür, und wir hielten uns bei den Händen und hatten kein Wort mehr und keine Zähre. Drüben stieg ein feiner, bläulicher Rauch aus den Trümmern auf; drei rußige, geborstene Mauern ragten aus dem Schutthaufen, und daneben standen die verkohlten Stümpf der beiden mächtigen Birnbäume, die der alte Bichlervater, Gott hab ihn selig, bei seiner Hochzeit gepflanzt hatte.

Leut kamen und gingen, beschauten und bejammerten das Unglück; und die Knecht und Mägd, die Kostbuben und Freund des Weidhofs standen herum und stierten trübselig ins Leere.

Der Pfarrer war schon in der Nacht zum Brandplatz gekommen, hatte mit lauter Stimme allen die Generalabsolution erteilt und für meine lieben toten Zieheltern auf den Knien das De profundis gebetet. Hatte auch Befehl gegeben, daß man die Kirch gut in Acht nahm und die Funken, so auf ihr Dach flogen, sogleich verlöschte, und, nachdem die Brunst vorüber, meine Kostmutter in den Pfarrhof tragen und dorten aufbahren lassen.

Nun es ganz hell wurd, kamen auch die jungen Ehleut wieder auf den Platz. Waren halt doch heimgegangen in der Nacht, da sie sahen, daß nichts mehr zu retten war.

Hatten ja ohnedies keine glückhafte Brautnacht mehr gehabt und gewißlich auch keine Freud an dem Narrenzeug, das ihnen am Hochzeitstag von den Freunden in der Schlafkammer aufgericht worden war nach altem Brauch und Herkommen.

Indes hatte man begonnen, meines Ziehvaters Leichnam zu suchen und aus den Trümmern zu schaffen. Wurd also viel Wasser auf die heißen, dampfenden Überrest gegossen und darnach mit vieler Müh das Mauerwerk beiseit gehoben, bis man endlich auf den steinernen Futterbarren stieß.

Immer mehr Leut hatten sich währenddessen zusammengefunden; immer lauter und lärmender ging es zu. Jeder Stein, der gehoben wurde, jeder Spatenstich wurd beredet und durch die Reihen fortberichtet.

Da scholl es zu uns herüber: »Ach Gott! Der Weidhofer! Und so zugrund gricht!«

Ein Jammern und Klagen ging durch die Menge, und auch wir standen auf und seufzten und konnten uns vor Leid kaum fassen.

Etliche brachten eine Leiter – ein Tuch; man legte den verbrannten und verstümmelten Leichnam darauf und gedachte, ihn nach dem Kirchhof zu tragen.

Da kam ein Hauf von Kindern die Gasse dahergestürmt, laut rufend und schreiend: »Sie haben ihn! – Man bringt ihn! – Den Ambros habens!«

Ja, sie brachten ihn. Inmitten zweier Schürgen oder Landjäger kam er daher, schlotternd und wankend, von den Kindern mit Steinen beworfen, von den Männern und Weibern verwunschen und verflucht.

Vor der Brandstatt hielten sie an; der Tote ward vor den Schelmen hingetragen, und der wurde gefragt im Namen Gottes und im Angesicht des Toten und der Feuerstatt: ob er sich schuldig bekennen wollt!

Und er stand da mit grauem Gesicht und verhetztem Blick, konnte kaum das Wort aus dem Maul bringen vor Zähnklappern und sagte dennoch: »Nein, nein!«

Da brach ich mir einen Weg durch die Menge; stand bebend vor ihn hin und schrie: »Beim dreieinigen Herrgott, er hats tan! – Ich hab ihn sehen davonschleichen! – Hund! Du hasts tan!«

Ich konnt nimmer. Es wurde mir todübel und ich mußt mich einhalten.

Doch schreckenvoll war die Wirkung meiner Worte: der Teufel – kaum daß er mich ersehen und meine Red vernommen, begann er gotteslästerlich auf mich zu fluchen, gestand unter wildem Rasen die Tat und schäumte vor Wut, daß er mich immer noch lebend sah.

In diesem Augenblick aber stürzten sich die Bauern auf ihn; – vergebens wollten ihm die Schürgen Deckung geben, – sie wurden gleich mir aus dem Knäuel gerissen und der Schelm darnach grausam ums Leben gebracht durch Steinwürfe, Faustschläge und Messerstiche. Sein Heulen hallte grausig durch das Dorf, und sein Blut floß wohl aus hundert Wunden, bis er endlich tot hinfiel.

Hatten ihm also Gerechtigkeit widerfahren lassen; ich aber kann mein Lebenlang nimmer froh werden, daß ich solches mit meiner Red verschuldet, obgleich man mich im Ort deshalben groß belobt hatte.

Da nun die Bauern den Meßmer aufgebahrt, den Frevel genug beschaut und auch gesühnt hatten mit harter Feme, gingen sie wieder heim und die Weiber und Kinder mit ihnen.

Die Schürgen aber nahmen den Leichnam des Gerichteten und trugen ihn auf den Schindanger, wo sie ihn verscharrten.

Mein Ziehbruder, der Fritz, und ich begaben uns darnach zur jungen Häuslerin, der Nandl, und fanden dort auch die andern Kostbuben des Weidhofs; denn es wußt keiner, was er nun sollt anfangen oder ausrichten. Die Älteren, der Hausl und der Hans, hatten zu ihrem guten Glück noch etliche Gulden Zehrgeld und gaben der Nandl willig davon, daß sie ihnen ein Essends gab und ein Lager; wir beide aber waren ohne jeden Kreuzer und mußten zuschauen, was nun würd mit uns.

Da war es denn gar traurig, daß die junge Hausfrau, ehedem meine seelensgute Schwaigerin, mit uns gar leidig tat und sagte, daß sie nicht kunnt jeden Bettelbuben herfüttern; wer was wollt, müss allenthalben zahlen.

Also daß wir uns wieder davonmachten und zu fremden Bauern gingen, da wir dann um Gottswillen etliche Tag bleiben konnten, bis unsere liebsten Zieheltern zur Erden gegraben waren mit großem Gepräng und starkem Zulauf. Muß nun leider gedenken einer gar betrüblichen Zeit, da sich das Sprichwort an mir zum Wahrwort machte:

Freund in der Not gehn hundert auf ein Lot.

Um zwei Gulden

Da nun die Toten in Frieden ruhten, auch der Brandplatz gesäubert war, erscholl eines Tags schon früh am Morgen die Glocke des Gemeindeschreibers durch die Gassen, und der Aktenlippel rief in die Häuser: »Heut wird ausgeboten der Grund und Besitz des Weidhofs! Wer was schuldet, und wer was zu fordern hat, ist hiemit kommandiert, auf die Burgermeisterei zu kommen!«

Eija! Wie ward da mancher vordem Gerechte zum Spitzbuben!

Hatte keiner was zu zahlen, war keiner was schuldig, da doch mein guter Ziehvater vordem als der best und christlichst Geldgeber und Wohltäter gepriesen ward!

Da standen droben beim Klinglwirt etliche Küh im Stall, die er in der Brandnacht gar barmherzig aufgenommen hatte und gesagt: »Ach, des armen Weidhofers Küh!«

Nun aber der Tag gekommen, da er sie billigerweis hätt herausgeben müssen, waren es bei Ehr und Seligkeit seine eigenen!

Wie wars doch mit der Schwaigerin, der Nandl!

Hatte sie nicht einen ganzen Hausrat aus dem Weidhof im Kuchelwagen fortgefahren als eine Leihgab?

Ei, was! Da stand der Pauli und beschwor, daß alles ein Geschenk der Toten gewesen wär, so wahr Gott lebte!

Ach, da kamen die Knecht und Mägd und hatten ein jedes zu fordern seinen Lohn und noch etlichs hundert Gulden aufgehebtes Geld!

Hattens alle angelegt gehabt im Weidhof, da doch keiner hätt mehr zu kriegen gehabt, denn seine zwanzig bis dreißig Gulden Jahrgeld und sein härwenes Hemd dazu!

O, der Schmach und Schand! Da kam der reiche Lackenschuster und verlangte Buß für die fünfhundert Gulden Heiratsgut seiner Ehefrau, der Kathrein! Verlangte Buß für die fünfhundert Gulden vom Verkauf des Waldhauses! Forderte hundert Gulden Buß für das verbrunnene Sach seiner ehelichen Hausfrau!

Ach, indes ich dabeigestanden war, drei Tag vor seiner Heirat, da ihm mein Vater, der Weidhofer, die blanken Gulden auf den Tisch gezählt und alles Glück gewunschen hatte!

Wohl hätt ich können mein Maul auftun und solches offenbaren; allein, wer wollt denn auf einen Spatzen hören! Pfeifen ihrer viel von den Dächern und merkt niemand drauf!

Schwieg also still und wartete, bis alle ihre Wünsch und Gerechtsamen dem Aktenlippel in die Feder diktiert; alsdann trat auch ich vor und bat um meinen Jahrlohn: sieben Gulden und dreißig Kreuzer als Viehbub.

Fuhr mich aber der Lippel rauh an und sagte, solch lumpiger paar Gräten wegen kunnt er nicht noch einen neuen Bogen schöns Papier verschmieren; sollt warten, was überblieb, das könnt ich alsdann unangefochten mein eigen nennen.

Also ward alles aufgeschrieben, der Grund und Besitz zerteilt und jedem sein Sach gegeben nach Maß der Forderung. Da erhielt der eine nen Acker, der ander zwee Wiesen; der dritt den Hausgrund samt dem Anger und der viert ein Kleefeld. Der Lackenschuster aber nahm das Waldhaus, die Alm und die vier Rösser. Ein jeder bekam sein Sach, weil alles wohl aufgeschrieben war; da aber die Reih an mich kommen sollt, war nichts mehr, das sie mir hätten geben können, wie denn auch die andern Kostbuben ein jeder nur eine oder zwei Hennen erhielten als Lohnung und Erb.

Nach solcher Teilung ward wieder mit der Glocke geläutet: Gute Leut sollten sich melden, die einen von uns Waislbuben um Gottswillen aufnehmen wollten.

Aber da war niemand, der sich erboten hätte, und so sollten wir, altem Herkommen gemäß, am Tag darauf als Gemeindelümmel versteigert werden.

In der Gemeindestuben wurde noch ein jeder ausstaffiert mit einem rupfernen Hemd, einem Paar Holzschuhen und einem Tüchlein, darein diese Hab gebunden war.

Nach diesem sollten wir uns auf dem Marktplatz einfinden, um öffentlich ausgeboten zu werden.

Da waren unser aber bloß noch zwei; – die andern hatten sich fein bedankt für die Gab und waren darnach eilends aus Sonnenreuth entwichen, darüber bei den Bauern ein großes Gelächter, beim Aktenlippel aber wilder Zorn ausbrach.

Wurde also erst der Fritz ausgeboten: »Ein großs, handlichs Bürschl ist zu verdingen um den Jahrlohn von fünf Gulden und einem Hemd!« Niemand wollte bieten.

»Um vier Gulden und ein Hemd!« schrie der Lippel wieder; »wer bietet vier Gulden?«

Keiner bot, und dem Fritz liefs blutrot über die Wangen, während ich bei mir dachte: »Lieber Himmel! Wenn sie schon für den baumlangen Burschen nicht vier Gulden wollen bieten – was wird dann wohl mit mir armseligem Häuflein Elend geschehen!«

Da schrie der Lippel voll Gift und Gall: »Geh, schaamts enk do, Manna! Habts denn gar koa Erbarmnis mit dem Bürschl? Magn denn wirkli koana?«

»Zum Hausanzünden!« sagte da ein alter Bauer, schüttelte abwehrend beide Hände und ging weiter.

Der Fritz aber hatte kaum das Wort vernommen, als er auch schon dem Lippel sein Päcklein vor die Füße warf und ohne ein Wort aus dem Kreis ging. Niemand hielt ihn auf, niemand sagte eine Silb des Schimpfs oder Unwillens, und auch der Gemeindeschreiber fand keine Red des Zorns.

Mir aber schnürte es den Hals zu, als ich dieses sah und hörte; wollt auch gern dem andern folgen, wenn mich nur meine Füß hätten tragen mögen.

So aber war ich keiner Bewegung mächtig und mußt es also leiden, daß mich der Lippel um das Gebot von drei Gulden und einem rupfernen Hemd ausrief.

Alle lachten, und etliche Bauern sagten: »Viel Geld für so ein hoalos Krischperl! Is ja zu nix z' brauchen als zum Fressen und Schlafen!«

»Um zwee Gulden fuchzg Kreuzer!« schrie der Lippel dazwischen. »Is niemand da, der das Büabl nimmt! – Kann Vieh hüten, 's Kindsmensch machen, d' Floign ertöten ...«

Wieder lachte die Menge, während ich meine Seligkeit hätt hingeben mögen um ein Mausloch, mich drein zu verkriechen. Hätt mich willig vom Teufel holen lassen, wenn er mich nur in dem Augenblick hätt wegführen wollen.

»Also, Manna, was is 's?« fragte der Schreiber noch einmal; »magn neamd um dös Geld?«

Da trat der Lackenschuster vor: »I nimm 'n auf d' Alm um zwee Gulden dreißig Kreuzer. Gibts mirn um dös, nachher nimm i 'n glei mit.«

Da gab mich der Lippel hin, nahm die dreißig Kreuzer als Drangeld in Verwahrung und schlug mit einem hölzernen Hammer auf sein Tischl: »Also nimmtn der Lackenschuster, was ihm Gott gsegnen mag!«

Wandte sich darnach an mich und fuhr mich an: »Daßd eam dankbarli bist und koa Schand machst, deinem Bauern! – Verstanden!«

Worauf mich der Lackenschuster an der Achsel faßte und sagte: »So, geh nur jetzt! Arbat gibts grad gnua für di!«

Und schob mich also aus dem Haufen, indes die Bauern sagten: »Is a guata Mo, der Anderl, a christlicher Mo.«

Mög mirs vergönnt sein, stillzuschweigen über meine Pein, da ich meiner liebsten Kathrein mußt unter die Augen gehn als ein armseliger Gemeindelümmel; auch fortan ihr Knecht heißen sollt – ja, nicht einmal ihr Knecht, – gar bloß ihr Kühbub!

Und sollt von nun ab diesem Schinder angehören, der gefürcht war bei allem Dienstvolk im ganzen Umkreis wegen seines gachen Zorns.

Nun war die junge Hausfrau freilich gar gut und gnädig zu mir und setzte mich auch nicht gleich zu dem Gesind, um mir Gespött zu ersparen, darum, daß ich erst noch ein stolzer Brautführer und Jungherr gewesen bei ihr, und nun der mindest Dienstbub.

Doch wußt ich ihr keinen Dank dafür und brachte den Tag in trübem Schweigen hin.

Und da die Nacht kam und ich im Stall auf einem harten Strohsack mein armselig Dasein überdacht, da kams mir in den Sinn, daß es besser wär, wenn ich gleich meinen Kostbrüdern die Schuh nach auswärts stellt.

Stand also mitten in der Nacht ganz leise auf, nahm mein Gemeindebündel und machte mich durch den Stall davon.

Lief also immer fort, ohne mich zu besinnen, wohin ich mich wenden sollt, und stand endlich bei Tagesanbruch vor einem dichtbewaldeten Berg, den die Leut den wilden Rohnberg heißen.

Da stieg ich denn hinauf, soweit ich konnte; mußt aber alle Augenblick verschnaufen und mich ausrasten. Und da ich endlich eine halbverfallene Streuhütte fand, kroch ich hinein und schlief darin den ganzen Tag bis zum Abend.

Stand darnach eilends auf und suchte nach einem Weg, auf dem ich wieder weiter wandern kunnt; fand auch schließlich einen Pfad, der mich leichtlich um den Berg führte und auf eine Landstraße.

Derweilen hatte mich aber ein großer Hunger ergriffen, und ich lief, so rasch ich konnte, dahin, um bald in einen Ort zu kommen, da man mir möcht etwas geben; gelangt auch endlich zu einem breiten Bach, einer Brucken und einer Mühl dabei.

Setzte mich also auf einen alten Mahlstein neben dem Haus und wartete sehnsüchtig auf den hellen Tag, da ich alsdann vor die Haustür trat und um ein Stücklein Brot bat, worauf mich die Müllerin eintreten hieß und mit einer guten Brennsuppen und einem Keil Brot speiste, nach meinem Woher und Woaus fragte und, nachdem ich ihr geantwortet: auf die Wanderschaft, mich mit einer wohl gefüllten Schnapsflasch und einem Säcklein Brot versorgte und mir gute Wanderschaft wünschte.

Ich dankte ihr mit frohem Herzen und machte mich darnach wieder auf den Weg, der mich in ein neus Leben und in die weite Welt hineinführen sollt.

Der Bildlmacher

F and mich also der zwanzigst Oktober des Jahres eintausendacht-
hundertzwei, der Tag vor dem Kirchweihfest, auf der Landstraße,
die über Trach und Stauden nach Geitau führt.

Rings um mich erhoben sich die Berg, und drüberhalb dem Wasser,
was die Leizach gewesen, stand der Wendelstein, der Birkenstein und
Fischbachau.

Besann mich eine Weil, ob ich noch einmal sollt hinaufsteigen und
unserer lieben Frau mit dem Kindl ein Grüß Gott sagen; doch dacht
ich, daß sie es mir gewißlich nicht weiter nachtragt, wenn ich, ohne
solches zu vollbringen, auf meinem Weg weiterlief.

Also trabte ich weiter und sagte dabei laut für mich hin:

>>Sei gegrüßt am Gnadenthron
Muetter Gottes hochgeehrt!
Vor dir und deinem liebsten Sohn
Lieg ich flehend ob der Erd.
Hör mein Seufzen und mein Bitt:
Muetter, ach verlaß mich nit!

Sieh, in dieser Not ich stecke,
Schrei um Hilf mit ach und weh,
Zu dir meine Händ aufrecke:
Muetter Gottes, mir beisteh!
Dein göttlichs Kindl für mich bitt,
Muetter, ach verlaß mich nit!<<

Gedacht auch dabei der seligen Weidhoferin, meiner liebsten Ziehmutter, die mir dies Gebet einstmals angelernt und gar oft vorge-
betet hatte; und es dünkte mich gar schwer, zu bedenken, daß ich
sie nun samt dem Ziehvater in Ewigkeit nimmer sollt wiedersehen.

Denn was die Menschen von der Auferstehung des Fleisches sagten, schien mir so furchtbarlich, daß ichs nicht glauben konnt oder wollt.

Wurd auch wieder an das schreckliche End des langen Ambros gemahnt und ging also in trüben Gedanken meinen Weg dahin, immer dem Lauf des Wassers entgegen, vorbei an einschichtigen Bauernhöfen und Mühlen; aß auch von meinem Brot und kam endlich gegen Mittag, da man gerad zum Essen läutete, nach Geitau.

Daselbst lud ich mich bei einem guten Bauern zu Tisch, ließ es mir auch gefallen, daß man mir die Taschen mit Kirchweihkräpflein vollstopfte, bedankte mich wohl und ging darnach wieder weiter in Gottesnamen, durch ein breites Tal, immer dem Weg nach, der mich endlich zu einem gar schönen und lieblichen Ort führte, daselbst es mich gelüstet, etliche Zeit zu verweilen.

War schon herzlich müd und abgeschlagen und wusch mir zum allerersten in dem klaren Bach die Füß, das Gesicht und die Händ, auch meine weißen Feststrümpf, die ich als einzigs Paar seit der traurigen Hochzeitsnacht bei mir trug. In solcher Arbeit fand mich ein alts, bärtigs Männlein, das ein wunderlichs, hölzerns Gestell in der einen Hand hielt und ein gemalts Bild in der andern, darauf das Tal und die Berg, darin ich mich befand, samt dem Dörflein Bayrischzell getreulich abkonterfeit und dargestellt waren.

»Ei, tausad, tausad!« rief der Alt; »mußt wohl deine Kirtastrümpf no gschwinds waschen, ehvorst aufn Tanzboden gehst damit!«

Verlegen sah ich mich um und sagte: »Grüaß Good.«

»Ja, grüaß di Good aa«, erwiderte er lächelnd; »ghörst du auf Boarischzell?«

»Nein«, sagte ich; »i bin drüberhalb die Berg her. Bin auf der Wanderschaft.«

»Ei, tausad, tausad!« rief da das Männlein wieder aus; »no so kloa und haderig, und scho auf d' Wanderschaft gehn! Wie nur grad a Vata so epps zuagebn kann!«

Da sagt ich ihm, daß ich ja keinen mehr hätt, daß ich überhaupt niemand hätt und halt schauen müßt, wie ich fortkäm in der Welt. Erzählte ihm also alles, was ich leichtlich sagen konnte, ohne was Geheims bekennen zu müssen; dabei aber doch dem guten Alten die Augen übergingen.

Hatte gar ein herzliche Mitleiden mit mir und sagte zu guter Letzt: »Wirst wohl kaum schon ein Orts zum Schlafen fürgsprochen haben, denk ich; kannst also mit mir gehen, wennd magst. Hab schon eine Schaw zum Drauflegen und ein Haferl zum Einbrocken; ein Löffel zum Ausessen wird sich nachher schon noch finden!«

»Den kann i mir ja selber schneiden!« rief ich voller Freuden; »und wanns Ös aa no a paar brauchte, nachher schneid i Enk gern aa no a paar! Und ein Rahmerl um dös Bildl da!«

Ging also mit fröhlichem Herzen mit und dachte, daß ich schon weiterfinden würd mit der Hilf Gottes; nahm dem Alten sein Gestell ab und trugs ihm nach, bis er abseits vom Ort an eine gar wunderliche Hütten kam und mich hineinführte als seinen Gast.

Machte wohl große Augen, da ich über die Schwelle dieses Häusleins trat! Es hatte mir zwar schon von außen gar seltsam gedeucht mit seinem niedern Strohdach, darauf allerhand alte Gewandstücke, ein zierlichs, eiserns Gartengitter und ein rostigs Wirtshausschild lagen; doch kann ichs kaum beschreiben, wie mir wurd, als ich mich plötzlich, statt im Hausflöz, in einem winzigen Stall befand, darin drei weiße Geißen lagen und dem Alten sogleich zumeckerten.

Indem ich aber noch gaffte und staunt, öffnete der alt Vater eine niedere, mit einer Landschaft bemalte Tür und sagte: »Tritt eina in mei Klausn, Büabl, und sei gern da!«

Folgte ihm also und trat ein in ein wundersams Stüblein, darinnen alle Wänd mit Bildern behangen, die Fensterscheiben mit Tierköpfen bemalt und die Gesimse mit allerhand Farbtöpfen vollgestellt waren.

In einer Ecke stand ein grüner Sesselofen, dessen Rohr gleich durch die Mauer ins Freie ging; daneben war eine Bank und davor ein wurmstichiger Tisch, auf dem ein hölzerner Teller mit Käs, ein Schmalzhäflein, etliche Pinsel und Farbtiegel sowie ein angeschnittener Brotlaib lagen und standen.

In einem Kasten, dessen ausgehängte Tür, mit dem Bild unserer lieben Frau vom Birkenstein bemalt, über einer kleinen Anricht hing, waren etliche altmodische Gewänder aufgehängt, und in einem Fach desselben lagen ein paar Wäschestück, ein dickes Buch und eine Flasche, darin das Leiden Christi in seinen Werkzeugen bildlich dargestellt und geheimnisvoll verschlossen war.

Inmitten der Stube aber stand eine Hühnerleiter, die zu einem hölzernen Verschlag emporführte, daraus lautes Gackern und Girren scholl, und eine Luke unter der Ofenbank stand als Ein- und Ausgang für die Hennen offen.

Über dem Ofen hingen an einer Stange etliche Tücher oder Hadern, eine eiserne und eine kupferne Pfanne und die Sichel.

Mein Maul stand noch offen vor Verwunderung, als der Alte abermals eine Tür aufsperrte und mir das Schlafgemach wies, darin ein Strohsack auf dem Boden lag mit einem Kissen und einer rauhen Decke. Eine alte Truhe und ein irdener Wasserkrug standen neben dieser Lagerstatt, und zwei Weidlinge voll Milch waren am Fensterbrett aufgesetzt.

Auch hier hingen vielerlei Bilder an den Wänden, die alle die Gegend vorstellten: bald im Sommer, bald im Winter, bald bei blauem Himmel, bald mit schwarzen Wetterwolken oder leuchtendem Abendrot. Manchmal tummelte sich auch eine Viehherde auf dem Bild, und ein Bauer kniete mit gefalteten Händen dabei, während in den Wolken die Jungfrau mit dem Kind thronte; oder eine Familie mit sieben, acht und noch mehr Kindern lag inmitten der Landschaft, dem Geschlecht und Alter nach ordentlich in zwei Reihen geschlichtet, auf den Knien und blickte andächtig gen Himmel, wo die Birkensteiner Mutter Gottes in einem leuchtend gelben Strahlenkranz schwebte.

Mochten wohl leichtlich an die fünfzig Bildertafeln herumhängen in dieser Kammer; lagen auch auf dem Boden noch etliche Stöß in jeglicher Art und Größe.

Hinten in der Ecke aber war ein großer Haufen Heu aufgeschichtet als Winterfutter für die Geißen; ein Sack mit Mehl und eine Kiste mit Kleie standen daneben samt einem Körblein voll Eier.

»Jetzt mußt d' dir halt eine Gruben ins Heu machen als Liegerstatt«, meinte der alt Vater, als ich lang genug alles beschaut und betrachtet hatte; »ich gib dir dann auch noch ein Leilachen dazu und mein Schafpelz als Zudeck, daß di nit friert. – Und jetz wolln mir nachher einmal zallererst epps zu der Nacht essen!«

Nahm also einen Weidling Milch und trug ihn hinaus in die Stube, holte Reisig und machte ein lustigs Feuer in den Ofen, darauf er dann die kupferne Pfann mit der Milch stellte; darnach ging er hinaus hinter die Hütte, wo ein kleiner Röhrlbrunnen stand, holte in einem Schäfflein Wasser und schöpfte die eiserne Pfann damit voll.

»So, das gibt unser Kaffeesupperl«, sagte er; »jetz muß i no gschwinds meinen Goaßln und 'n Hennan dös eahna gebn, nachher koch ma unsern Kaffee, und nachn Essen muß i melchan.«

Mir war gar wohl bei diesem Mann; und da er mir nun seine Arbeit so hersagte, dachte ich: Kannst ihm doch leichtlich was abnehmen!

Half ihm also beim Streubreiten und beim Füttern, nahm ihm auch gleich das Melken ab, dabei sich die Geißen so still hielten, als hätt ich sie schon ihr Lebtag immer gemolken.

Der Alte lachte still und zufrieden und gab mir noch allerhand Befehle und Weisungen, doch nicht wie ein Bauer, vielmehr wie ein guter Vater.

Ich mußt also aus einem Schränklein, das in die Wand gemauert war und ein Bild mit dem Bergglühen als Türl hatte, zwei irdene Schüsseln langen und mir einen Löffel schneiden, was aber derweilen lang geschehen war, bis der Vater ein Häuflein gebrannte Eicheln und Zichorienwurz zwischen zwei flachen Steinen gemahlen und die Kaffeesuppe davon gekocht hatte.

Drauf mußte ich von einem Zuckerhut etliche Brocken abklopfen und in Stücklein zwicken, indes der Vater eine Latern aus der Anricht holte, ein Stümplein Licht hineinsteckte und am Herdfeuer anbrannte.

Nun zog ich meine Kirchweihkräpflein aus den Taschen und teilte sie mit dem Hausvater in Redlichkeit.

Setzten uns also zum Tisch und aßen mit ruhigem Herzen. Hat mir gar wohl geschmeckt in dieser Hütten; gewißlich besser wie dem großen Napoleon seine köstlichsten Mahlzeiten!

Der Alte hatte ein großes Wohlgefallen an mir gefunden und meinte darnach, da wir in der Schlafkammer auf unserer Strohschütt lagen: »Jetzand wirst mi aber do nit scho wieder bald verlassen wollen! – Hab schon lang Weillang ghabt nach so 'm Schlafkameraden, wie du bist! – Grad alloa sein und sein Lebtag alloa sein is aa nix. A bißl a Freundschaft tut halt do not auf der Welt!«

Und so mußt ich ihm also versprechen, daß ich etliche Zeit bei ihm bleiben wolle. Tat es auch gern und willig, zumal mir das Leben in diesem geruhigen Häuslein bei dem wunderlichen alten Vater wohl gefiel.

Der mochte leichtlich seine sechzig Jahr am Rucken haben und war klein und hager, schlohweiß an Haar und Bart und hatte das wetterbraune Gesicht voller Falten und Fältlein, die, wenn er lachte, gar lustig und freundlich aussahen. Zwinkerte schalkhaft mit seinen hellen Augen, wenn er was fragte oder erzählt, und konnt lachen, daß ihm die Tränen kamen.

Als der jüngste von vierzehn Geschwistern war er im Tirolerland geboren; sein Vater war ein Kraxenkrämer gewesen, der mit der Kirm am Buckel landaus, landein zog und den Leuten um etlich Kreuzer allerhand verkaufte. Wunderbalsam, Klufen und Nadeln, Bänder und Litzen, Haarpfeile und Pudelhauben, silberne Fingerringlein und goldene Hutschnüre.

Seine Mutter war ein Kräutlweib und brachte die Zeit, da ihr Ehemann auf der Wanderung war, mit dem Ansetzen von Schnäpsen, Sammeln von Kräutern und Wurzeln hin und gebar dazwischen ihre Kinder zur Welt und erzog sie in der Notdurft und Armseligkeit ihrer Umständ, bis ein jedes selber für sich sorgen konnte.

Kam der Vater von seinen Reisen heim, so brachte er meist jedem was mit aus den fremden Orten und von den Jahrmärkten, oder er wußte irgendein glückhaftes Schanzlein, eine gute Dienststell oder einen Lehrplatz für seine Kinder. Wurde also gemach eins ums ander hinausgeschickt in die Fremde, sein Brot zu suchen, dabei ihnen dann der alt Beham, ihr Vater, noch viel gute Reden und ein kleins Lederbeutlein mit zwölf Kreuzern als Aussteuer mit auf den Weg gab.

Und da nun alle längst dahin und im Land zerstreut waren und nur noch er, als der Nesthocker, der Jüngst, vom Tisch der Eltern aß, so kam endlich auch an ihn die Reih und sagte der alt Vater zu ihm: »Thomas, jetzt werds Zeit, daß du auch ein wengl in der Welt umaschaugst; bist eh schon ein Mordshannacken her und frißt für zwee!«

Schnürte ihm also sein Ränzl, gab ihm als dem Kleinsten seinen väterlichen Segen mit einem Weichbrunn und dafür bloß zehn Kreuzer zur Aussteuer.

Die Mutter aber legte sich auf ihre Lagerstatt, ward krank und serbend und brauchte kurze Weil darnach den Totengraber und drei Schäuflein Erde für die ewig Ruh.

Das war also die Geschicht des alten Thomas Beham, meines gütigen Hausvaters. Ein mehreres war nicht aus ihm zu bringen, und er sagte bloß immer: »Ja, ja. Und nachher bin i halt fort und habs probiert, hab dies gelernt und jenes, dies erlebt und jenes – und bin zguter Letzt vor vielen Jahren da in den Ort und zu der Hütten kommen, wo frühers ein alts Korbflechterweib ganz mutterseelenalleinig ghaust hat. Da hab i nachher ein Hoamatl gefunden – und no was: die schöne Kunst, wie man d' Welt auf an Wischhadern, auf ein Krautbrettl und auf an Hafndeckel hinzaubern kann mit so ein paar Farbhaferln und etliche Goaßpemsel.«

Und er war ein gar fleißiger Maler; Tag für Tag ging er hinaus und stellte sich bald hierhin, bald dorthin, eifrig betrachtend, zeichnend und malend.

Und zu allen diesen Bildern begann ich nun breite und schmale Rahmen zu schneiden und zu schnitzeln, sie mit allerhand Schnörkeln zu verzieren und Rosen in ihre Ecken zu setzen, wie ich es an den Bildertafeln der Kirche zu Sonnenreuth gesehen hatte.

Von Zeit zu Zeit aber wurden die fertigen und gerahmten Tafeln in eine hohe Kirm gepackt; der alte Thomas holte seinen Knotenstock aus der Ecke, setzte einen hohen, spitzigen Hut auf und ging auf die Märkt: bald nach Schliersee oder Miesbach, bald nach Tegernsee oder Tölz, indes ich daheim die Hütte mit den Tieren versorgte und auf das Tägliche acht hatte, bis der Vater nach etlichen Tagen wieder zurückkam und mir ein kleins Angebind auf den Tisch legte.

Doch hätt sich solch ein Reisen wohl nicht ausgetragen und gelohnt, wenn der Vater Thomas nicht schon längst als Exvotomacher einen guten Namen und eine gewisse Kundschaft gehabt hätte. So aber bracht er zu allen Zeiten reichlich Verdingungen heim aus der ganzen Gegend.

Da brauchte die Reiserin von Miesbach eine große Tafel; sollt auf den Birkenstein zu unserer lieben Frau kommen, mußt eine Kindlstuben als Bild haben und drunter die Inschrift:

»Anno 1802 den heiligen Christtag hat Creszentia Reiserin zu Miesbach dies Bild hierher bringen lassen als eine Dankgab unserer lieben Frau für Hilf in schweren Kindsnöten.«

Hatte dem Alten einen Silbergulden dafür gezahlt und ein Häflein mit Honig dazu für seinen kelzenden Husten.

Der Angerer von Hausham brauchte auch ein Taferl, darauf er selber abkonterfeit sein sollte, liegend unter dem Leiterwagen; und sollt ein starks Gewitter sein und die Rosse sich gar wild aufbäumen, drüber die heilig Jungfrau und drunter eine Danksagung zu finden.

Gab dafür einen halben Gulden und einen Ranken gselchts Fleisch von der Christtagsau.

Also kamen unsere Bildertafeln überall hin: nach Altenötting, auf den heiligen Berg zu Andechs, zu unserer lieben Frau vom Birkenstein, ins Mariazell und auf Herrgottsruh; und es zeigte ein jeds Stuck ein anders Leid und Gebrest, Unglück oder Anliegen.

Standen auch allerhand Sprüch und Danksagungen drunter, die das

Unglück meldeten und auch die wunderbare Hilf; und es hat sie alle der gut Vater Thomas selber ausgedacht und draufgemalt auf die Tafeln.

Hab mir ein etlichs paar davon in meinem Gedächtnis aufgeschrieben und kann nicht umhin, sie hierherzusetzen und mich noch einmal daran zu ergötzen und zu erbauen:

»Anno 1803 im Maien ist
  Eine große Plag im Land gewesen,
  Da ham die Mäus das ganz
  Gedraid zsammgfressen,
  Hams abgebutzet auf dem Feld,
  Als wär es abgemaht;
  In solcher Drangsal uns
  Die Muetter Gottes gholfen hat,
  Daß unser Feld und Acker
  Unversehrt blieb,
  Indem sie solche Mäus
  Ins Schwabenland hintrieb.
  Bei uns ist widrum Ruh,
  Indes man z' Augsburg klagt,
  Maria für dein Hilf
  Sei Dank gesagt!«

Diese Tafel wurde gestiftet von den Bauern zu Länggries in die Wallfahrtskirch zu Andechs und wurde dafür dem Vater die Summe von sieben Gulden als Lohnung gegeben.

Eine andere, unserer lieben Frau zu Altenötting geweihte Exvototafel hieß also:

»Sitzen alle daheimt im Haus,
  Grad der Michl ist noch draußt,
  Hat sein Sensen an Eichbaum glaihnt
  Und ein Unglück nit vermeint,
  Da kömmt ein Blitz und Dunnerklapf,
  Der Michl stürzet mit großer Klag.
  Doch hat ihm die schwarz Muetter das Leben gschenkt,
  Deßwegen ist allhier diese Tafel aufghenkt.«

Muß auch noch einer Tafel gedenken, die unserer lieben Gottsmutter zu Ebbs im Tirol gestiftet wurde.

> »Die Steinmüllerin zu Ebbs
> Muß neunzehn Kinder gebärn,
> Heilige Muetter Gottes hilf,
> Daß sie alle selig wern!
> Der Steinmüller hat 22 Frischling
> Von einer Sau,
> Sind all glücklich davonkommen
> Mit Hilf unserer lieben Frau.«

Ein alts Weiblein aus dem Landl ließ für die Mutter vom Birkenstein auch ein Täflein machen, und es sollt dieser Dankspruch drunter kommen:

> »Walburga Märzin verlobt sich mit offenen Füßen,
> Maria hat geholfen – Gott sei gepriesen!«

Zahlte auch willig zwölf Kreuzer Lohnung für das Bild und wünschte noch tausend Vergelts Gott als Dreingab.

So brachte sich also der alt Beham Thomas mit seinem Handwerk gut durch und sagte manchesmal zu mir: »Es is do schad um mi, daß i nit gheirat hab; i woaß wirkli nit, für wen daß i arbat. Kunnt oana leicht amal schön erbn von mir; aber so – so muß i s' halt selber umbringen, meine Kreuzer! – Und du kannst mir dabei helfen!«

Weiß Gott, das hab ich auch getan und hab mirs gut gehenlassen bei dem alten Thomas.

Aber der Lauf dieser Welt bringts halt mit sich, daß es der Mensch, wenns ihm gut geht, noch besser haben möcht, daß den Gaul gar bald der Haber sticht und die Zufriedenheit alle Tag rarer wird und geringer.

Und aus dieser Ursach geschah es auch, daß ich, eh ichs recht bedacht, jenem Esel glich, der, wenns ihm zu wohl wird, aufs Eis geht.

Das Tiroler Katherl

Mochte also ein guts Jahr bei dem Bildlmacher gewesen sein, als mir auf einmal das Rahmerlschneiden und Geißmelken nimmer gefiel; konnt auch die ewig Fastenkost nicht mehr recht vertragen und bekam allerhand Beschwernis, wenn ich bloß an die Geißmilch dachte.

Wollt auch meinen Leib ein bißl besser sich ausgehen lassen; denn des Wegs von der Hütte zum Wald oder nach Bayrischzell war ich gemach überdrüssig worden.

Faßte mir also am End ein Herz und sagte dem alten Thomas, daß ich ein Glusten hätt, mir die Welt anzuschauen und was zu werden.

Nun mochte mich der alt Vater wohl für einen Dummerl halten, der übernacht allen Verstand verloren hatte; denn er schaute mich so erschrocken an und schüttelte so ohne alle Fassung den Kopf, daß er mir ganz erbarmte. Dann aber schrie er mich scharf an: »Nix da! – D' Welt sehgn! – Du brauchst no nit so viel z' wissen von der Welt! – Wirsts wohl aushalten können bei mir!«

War also für diesmal die Sach umsonst.

Doch ich ließ nicht mehr luck und fing alle Tag von neuem damit an, daß ich halt einmal wieder hinaus möcht und ein bißl wandern.

Und zum End mußt er doch nachgeben, der Alt. Versprach mir also, daß ich zur nächsten Jahrmarktreis mittappen dürft auf Kufstein zum Lichtmeßmarkt. Sollt aber zuvor noch auf Bayrischzell hineingehen zum alten Tiroler Katherl und sie bitten, daß sie dem Bildlhomas wieder möcht das Haus versorgen, bis er zurückkäm, wie sie es sonsten immer getan hatte, ehedem ich zu ihm gekommen war.

Froh dieser Botschaft machte ich mich also etwan ein Woch vor Lichtmeß auf den Weg, das alte Weiblein heimzusuchen.

Sie hatte ein armselige Logis im Häusl der Totenpackerin von Bayrischzell, dafür sie dieser die Kindswindeln wusch, den Geißenstall versorgt und etwan auch bei dem einen oder dem andern Abgeschiedenen die Totenwacht hielt, wenn die Packerin nicht der Weil hatte dazu.

Ihr winzige Kammerloch, das man ihr zur ebenen Erd angewiesen hatte, lag neben dem Stall und glich ehender einer alten Rumpelkammer denn einer Altleutstub.

Außer etlichen alten, wurmstichigen Hockern und Bänklein, einem wackligen Tisch und einer niedern Truhe sah man nichts als Gerümpel, zerbrochenes Geschirr und zerrissene Hadern in der Kammer. Im Eck aber stand eine großmächtige Himmelbettstatt, darin statt der flaumigen Federbetten ein Haufen Haderlumpen und ein Geißenfell lag; auf dem Dach des Betthimmels standen allerhand Schachteln, Körb und Gläser, ein zerbrochene Spinnrad und eine mit verblichenen Bändern gezierte Strohkirm oder Kraxe, darin das Katherl in seinen rüstigen Jahren allerlei nützliche und kostbarliche Dinge durch die Land getragen und an gutwillige Bäuerinnen, deren Töchter und Ehhalten verkauft hatte: Haarpomaden, schmeckende Seifen, allerhand Mixturen gegen Leberfleck und Hexenmal, feine Fläschlein mit Wasser, das nach Rosmarin oder Lilien, nach Purpurrosen oder Märzveigerlein roch; zierliche Kettlein an Hals und Mieder, seidene Barben und steife Schmisettlein, und dazu viel kurzweilige Späß, Neuigkeiten, Wundermären und sonst gefällige Reden und Weisen.

Ihre Mutter, eine Marketenderin, welche als eine stattliche, handfeste Dirn mit den Tirolern in alle Kämpfe zog, als es galt, dem österreichischen Kaiser und Herrn Leopold seinem Sohn den Thronsessel und die Kron von Spanien zu gewinnen, hatte als getreue Liebste eines Fahnenträgers ausgehalten an seiner Seiten, magere Kost und elendiges Quartier mit ihm geteilt und ihm endlich, grad als er, von einer Kugel zerschossen, im Sterben lag, das Katherl in den Arm gelegt; hatte ihm nach seinem Abscheiden den kaiserlichen Rock ausgezogen und das arm Wuzerl dareingewickelt, den kaiserlich Fahn in die Hand genommen und war als ein rechts und riegelsams Soldatenweib, das Kind gleich einem Schleppsack auf den Buckel gehängt, den Mannern vorangezogen, bis auch sie, vom Blei getroffen, liegen blieb und ihren Kaiserfahn samt dem zwei Jahr alten Kindl den Tirolern überließ.

Da ward also das armselige Maidlein bald von dem einen, bald von dem andern Siechen oder Verwundeten eine Weil gewartet, bis sich endlich ein christlich Weib im Schwabenland des vater- und mutterlosen Zwacks annahm und etliche Jahr um Gottswillen dafür sorgte.

Aber schon rührte sich auch in dem jungen Blut das unstete und wanderlustige Wesen der Mutter; und da eines Tags ein Karrner durch das Nest gezogen kam und auch im Haus der alten Pflegmutter vorsprach um Schmalz und Eier und sich in liebreicher Weis mit dem kleinen Katherl unterhielt, da hing sich das Kind plötzlich an seinen Hals und bettelte ihn, daß er es doch mitnähm auf seinem Karren. Hörte auch nicht ehender auf zu bitten und betteln, bis es ihr der gut Mann versprach.

Gab sie also die Pflegmutter hin und band ihr ein Hemd, ein Röcklein und ein Paar feuerrote Strümpf in ein Tuch, hing ihr ein Kräglein um mit einer Kapuzen und setzte sie auf den Karren zu den Eierkörben und Schmalzhäfen.

Da lachte das Maidlein und schrie hü hott! und fuhr dahin.

Also wanderte der gute Karrner wohl etliche Jahr mit ihr durchs Schwabenland, durch Bayern und bis gegen die Berge, da es dem nunmehr zehnjährigen Jungferlein dann so wohl gefiel, daß es alle Lieb für den guten Karrner vergaß.

Verkroch sich also etliche Tag in Streuschupfen und Holzlegen, bis der trostlose Alte endlich nach hartem Suchen ohne sie weiterfuhr.

Da fand man sie halb verhungert und ganz ohnmächtig in einem Schupfen und übergab sie der Gemeindemutter, die sie nach langem Sträuben endlich aufnahm und eine kleine Zeit behielt, bis das Maidl wieder wohlauf war; alsdann verdingte man den Balg, den fremden, zu einem Bauern als Gänsdirndl, dabei sich das Kind eine Weil ganz wohl fühlte, bis wieder der Laufteufel über sie kam und sie eines Tags mitten vom Gänshüten davonlief und sich weit ins Gebirge hineinwandte, hungernd und bettelnd und doch munter singend.

Wurde auch bald da, bald dort aufgehalten und zur Arbeit eingespannt, blieb aber nirgends länger denn etliche Wochen und kam endlich bis ins Tirolerland, da sie dann einen Kraxentrager fand, der sie mitnahm, erst als ein Pflegkind, bald aber als sein Lieb und Gespons.

Nun war das Katherl ein gar wilds und ungebändigts Ding, konnt nicht lesen und nicht schreiben und hatte sein Lebtag keinen andern Unterricht gehabt, denn jenen bei dem rauhen, alten Karrner und der guten Pflegmutter; welches Weistum aber mit ein wenig Rechnen und ein paar frommen Bibelsprüchen sein Bewenden hatte.

Mußt also dieser Gesell manchen alten Strauß mit der wilden Katz ausfechten und großen Fleiß brauchen, sie ein wenigs handlicher und manierlicher zu schaffen für das Gewerb, dem er oblag.

Bracht sie also dieser Kraxentrager nach vieler Müh am End dahin, daß sie gleich ihm die Kirm auf den Buckel nahm und den Weibsleuten dies und jenes aufschwatzte.

Und da sie bald einen guten Begriff von solcher Handelschaft bekam, wußte sie dies Geschäft schließlich zu einem ganz einträglichen zu machen, gab den Weibern allerhand Ratschläge in geheimen Anliegen und spielte nicht selten um klingende Münz die Kupplerin und Vermittlerin in Ehe- und Liebessachen.

Am End trennte sie sich von ihrem langjährigen Genossen und zog nun, abenteuerlich gekleidet und herausgeputzt, mit ihrer Kirm durch die Berg, hatte bald diesen, bald jenen Liebhaber, kam wohl auch zu den Schlössern reicher Adliger, bei denen sie als ein fremds Wunder viel beschaut, als bildschöns und kurzweiligs Frauenzimmer wohl auch daselbst etliche Zeit aufgehalten und gar fein gewartet und bedient wurde.

Zog schließlich als Tiroler Katherl von Schloß zu Schloß, ging auch in Städte und führte ein abenteuerlichs Leben, bis sie schließlich in die Jahr kam, da aus der Buhlerin gemeiniglich eine Beterin wird.

Hatte sich im Lauf der Zeit ein schöns Häuflein Gulden erspart und fing also an, dieselben wohl einzuteilen, daß sie, wie sie vermeinte, so ein zwanzig Jährlein davon kunnt zehren, bis sie der Gvatter Sichelmann auf die Totenschragen brächt. Zog also in das bayrische Zell und führte da ein beschaulichs Leben.

Nun aber war sie längst ihre hundert Jahr alt; die Gulden hatten sie alle verlassen, und der Gvatter wollt immer noch keine Freundschaft mit ihr halten; da suchte sie eine andere, schloß sich an die Totenpakkerin von Bayrischzell an und nahm bei dem bleichen, kinderreichen Weib, dessen Ehewirt ein Flickschneider und Säufer war, das armselige Logis, in dem ich sie nun fand.

Sie bot mir einen wackligen Hocker an und setzte sich auf das Bänklein neben dem Himmelbett, wickelte den groben, hölzernen Rosenkranz, den sie grad in der Hand hielt, um die Finger und begann, mich des langen und breiten um mein Herkommen, meine Heimat, meine Eltern zu befragen, schwatzte viel über sich und über den Bildlthomas, den sie vor vielen Jahren schon kennen gelernt hatte, als er noch ein gar sauberer Bursch gewesen war, und sagte zu guter Letzt, daß sie gern und mit Freuden den Tag vor Lichtmeß kommen wollt, worauf ich eilig zurücklief und dem alten Vater diesen fröhlichen Bericht gab.

Der verwunderte sich zwar immer noch über mein narrets Getue und sagte: »Daß dir nur dein Gaul nit durchbrennt, wennstn gar so aufs Rennen schickst! Hätt nit vermeint, daß d' di so schnell 'n Übermacht an meiner Suppe gessen hättst; aber i will di nit aufhalten, wanns di nimmer gfreut bei mir!«

Darnach nahm er ein Stricklein und begann, an mir zu messen; »denn«, meinte er, »mit so einem einsichtigen Klüftl in d' Fremd zu gehen, das taugt nit.«

Worauf ich ihm erwiderte: »Habs doch gar nit im Sinn, in d' Fremd z' gehen! Bloß so ein etliche Ortschaften möcht i sehgn, andere Leut möcht i kennen lernen, und eine Weil fortwandern möcht i. Darnach geh i ja wieder gern zruck zu Enk!«

Der Alte aber schüttelte immerfort den Kopf, und am End sagte er: »Glaub nix mehr! – Dös Eichkatzl, das mir selbigsmal auskommen ist, hab i nimmermehr gsehgn; habs aa scho über fünf Jahr ghabt!«

Ich meinte: »Das ist doch was ganz anderes! Da wird halt ein Raubvogel drüberkommen sein, oder es hat nimmer heimgfunden ausm Holz!«

»Ja, ja«, sagte da der alte Vater seufzend; »kann scho sein; dahin is dahin.«

Damit nahm er seine Pelzhaube und den Stecken, holte etliche Gulden aus der Truhe, hing den Schafpelz um und ging, mir eine Kluft zu bestellen.

Kam also auf den Abend heim und brachte ein schöns Tuch mit, ein oder zwei Ellen, auch etwas zu einem roten Leibstückl, und sagte: »Der Schneiderkaschbar kimmt morgn auf d' Steer.«

Darnach ging er gleich und legte sich schlafen, so daß es mir recht unwirtlich vorkam in der Hütten und ich also auch, ohne ein Bißlein zu essen, in mein Heu kroch.

Kunnt auch den andern Tag nicht recht froh werden, obgleich der Schneiderkaschbar, ein gar loser Spaßmacher, bald ein witzigs Wort, bald eine närrische Gebärde fürbrachte, auch keinen Augenblick das Maul hielt und bei jedem Nadelstich ein anders Grimassengesicht machte; er wußte alle lustigen Schwänk, die man sich im ganzen Umkreis seit undenklichen Zeiten erzählte; er kannte alle Schelmenlieder, die man in den Tälern und auf den Almen sang, und berichtete alle Lächerlichkeiten der Leut, bei denen er gearbeitet hatte.

So wußte er, daß die Strieglerin ihren Ehemann einmal im Schubkarren aus dem Wirtshaus heimgefahren hätt, weil er schon so voll war, daß ihm das Stehen nicht mehr geriet. Er war auch dabeigewesen, wie der Bühlermartl seine Alte bis zum Hals in den Misthaufen eingrub, weil sie das Gicht so plagte. Hatte auch den Strohriegler, jenen Schelmen, noch gekannt, der beim Pfarrer einen raren Schunken aus dem Rauchfang stehlen wollt und dabei in den Backtrog herunterfiel, darin die Köchin den Brotteig auf die Wärm gestellt hatte zum Aufgehen. Durch das Gepolter war diese und auch der Pfarrer erwacht, und sie hatten den Dieb noch brav umgewuzelt in der Mulden und darnach aus dem Haus gejagt, um und um voll Teig.

Indes nun der Schneider solche Schwänk auftischte und Kurzweil trieb, saß der alt Thomas hinterm Ofen und rahmte seine Bilder, leimte und nagelte und hielt sich dazu ernst und schweigsam.

So gingen also die zwei Tag hin, während der mir der Schneider einen gar ordentlichen Habit zusammengezimmert hatte, darin ich aussah wie ein junger Bauer aus Zell, so daß auch der alt Vater wieder ein Lächeln fand und ein guts Wort, als ich mich dafür bei ihm bedankte.

»Ei, tausad, tausad!« rief er aus; »jetzt bist es aber, der Kronabauer von der Sunnaseitn! – Jetzt wern dir aber d' Mentscher nachschauen, wähn i!«

Da fiel mir das Kathreinl ein, das nun schon ein Jahr des Lackenschusters Hausfrau war. Ob sie wohl noch manchesmal an mich dacht? – Ob es ihr wohl gut erging beim Anderl? – Und ich wurde still und nachdenklich und hörte kaum auf die Red des alten Thomas, der mich vor den Weiberkitteln warnte und vor zu vieler Kameradschaft.

Also kam der Tag vor Maria Reinigung oder Lichtmeß, und ich stand schon in aller Früh vor Taggrauen auf, schmierte meine Schnallenschuh, nahm das feine Haarkettlein der seligen Irscherin aus dem Säcklein, darin ich es verwahrt hielt, legte meine weißen Strümpf an und strählte mir das Haar wie ein Herrischer.

Konnte es auch kaum erwarten, bis das Tiroler Katherl angehumpelt kam, und schaute wohl hundertmal nach ihr aus, bis ich endlich ihren roten Kittel hinterm Schneefeld leuchten sah.

Der alte Vater betrachtete mit geheimer Freud meine Erregung; doch sagte er nichts und lächelte nur still in sich hinein, indes er ein Täflein ums andere in die Kirm packte.

Indem fielen mir meine Schnitzmesser ein, und ich steckte sie eilends in den neuen Hosensack, obgleich ich keinen Gedanken trug, länger als der Vater Thomas fortzubleiben.

Unterdessen war es Zeit geworden zum Gehen, und wir aßen noch jeds einen Weidling voll Milchsuppe, banden uns einen Ranken Speck und einen Scherz Brot ins Tüchl, nahmen den Gehstecken und sagten dem Katherl Pfüa Gott.

Trug also der alt Vater seine hochaufgerichtete Bildlkirm am Buk- kel, indes ich ein leichtes Ränzl, darin mein bissel Hab verschlossen war, lustig auf dem Rücken tanzen ließ. Also verließ ich dies geruhige Häuslein, wie ehedem der verlorne Sohn getan und seine gute Heim- statt gegen die fremde Wildnis vertauscht hatte aus reinem Mutwill und Undank.

Die Marktreis

D a wir durch Bayrischzell wanderten, war es eben um die neunte
Morgenstund; die Glocken des alten Klosterkirchleins läuteten
zusammen, und gegen den Gottsacker hin bewegte sich ein langer
Leichenzug.

Sechs Jungfrauen in weißen Gewändern und hohen, schwarzen
Pelzhauben trugen den Sarg, sechs gingen mit brennenden Kerzen ne-
benher; dahinter qualmte und duftete der Weihrauch; ein alter Priester las still in seinem Buch, der Schulmeister schritt gemessen hinter
ihm drein, und dann folgten, gedämpft vorbetend, die Männer und
Jünglinge: »Und gebenedeit ist die Frucht deines Leibes, Jesus, o Herr,
gib ihr die ewig Ruah!«

»Und das ewig Liacht leucht ihr, heilige Maria, bitt für uns arme
Sünder ...«, beteten die Weiber und Kinder nach und ließen ihre Rosenkränze durch die Finger gleiten und schauten mitleidig auf das alte
Weiblein, welches wohl in der Abgestorbenen ihr Kind so kläglich
beweinte; denn sie tat ganz trostlos und übel.

Wir nahmen unsere Hüt ab und blieben stehen, bis der Sarg schwan-
kend durch die Gittertür des Friedhofs getragen war und die Menge
dichtgedrängt die offene Grube umstand, indes der Pfarrer mit dem
Schulmeister die Grabgebete absang.

Dann gingen wir schweigend unsern Weg weiter.

Ringsum leuchteten die schneebedeckten Berge in der Sonn, feine
Eisstäublein flogen in der kalten, klaren Luft, und der festgefrorne
Schnee gurrte und knarzte unter unsern Tritten.

Bald lag das Dorf mit seinen niedern Holzhäusern, Schneedächern
und leise rauchenden Kaminen weit hinter uns, das Glockengeläute
drang nur noch wie ein Hauch im Wind ganz verloren in das Waldtal
herüber, und endlich waren wir einsam und weit weg von allem und
stiegen langsam empor zum Ursprung der Leizach.

Ein kleiner Bergsee lag hier mit einer Fischerhütte am jenseitigen

Ufer; eine dünne Eisdecke spannte sich darüber und knisterte und krachte leise unter der Wärme des Sonnenlichts; aus der Ferne schallte das Schlagen der Holzfälleraxt, eine Schar Raben flog erschreckt von ihrem Fraß auf, als wir uns näherten, und wir sahen ein tots Reh im Gestrüpp liegen.

»Das ist erfroren«, meinte der alt Vater, »ist ein letzer Winter, das; denk lang kein solchen mehr, der so gach einkommen wär und so gruslat und streng gwüat hätt!«

Wir stiegen weiter und waren bald bei der Stockermühl und dem Stockersee, aus dem die Leizach ihre Wasser schöpft. Ein paar Häuslein standen darum, und aus den mit tropfenden Eisblumen überzogenen Fenstern schauten neugierige Gesichter.

Grüßend nickte eins oder 's ander; aus der Mühl aber lief ein kleins Büblein und rief uns zu: »Wart a bißl! Zu meiner Muatta kemma!«

Da hielt der Alte lächelnd inne, wandte sich gegen das Haus und meinte: »Ei, tausad, tausad! Is leicht gar epps Wunderlichs fürkemma bei der Muatta?«

Indem trat die Müllerin aus der Tür und rief: »Grüaß di, Thomas! A Votiv brauch i auf Birkastoa! Zwee Buam ham ma! – Und so guat ganga! – Ganz ohne Kindlweib! – Wie der Müller kemman ist mit der Wunsiedlin, bin i scho firti gwen! – Na, Gott sei Dank und insana liabn Frau!«

Bestellte also ein Täflein, gab dem Vater zwei Gulden dafür und bat ihn, daß ers gleich in den nächsten Tagen machte und ihrem Knecht, wann er hinabkäm, mitgäb.

Darnach wünschte sie uns noch eine gute Weil und Gottes Hut und ging hinein, indes wir uns wieder auf den Weg machten.

Gingen also weiter, vorbei an der Bäckeralp, und gelangten zu einem einsamen Wirtshaus bei Ursprung.

Da kehrten wir ein, aßen ein wenigs von unserm Speck, und der alte Vater ließ ein Krüglein roten Wein auftragen, nannte ihn Tiroler und tat, als hätt er süßen Met, dieweil er mir doch schier wie eine Essigbrüh fürkam; doch wollt ich nicht als ein Schleckermaul gelten und nahm herzhaft etliche Schluck von diesem Schindertrank.

Indem kam die Frau Wirtin und setzte sich zum alten Thomas, fragte dies und erzählte das und kam zum End auf ihre beiden Töchter zu reden.

»Ach, daß ihnen Gott gnad!« jammerte sie; »hast s' ja leicht gut kennt, alle zwo! – Hab s' bei die heilinga Frauen ghabt, z' Chiemsee. – Ja. – Und hat die erst schon d' Profeß gmacht, und die ander ist im Noviz gstanden. – Ach, daß 's Gott erbarm! Alle zwo hab i s' da! – Ach, über den Frevel! Alle Klöster zuaspirrn, die heilinga Leut vertreibn und das schöne Klostergeld einschiabn! – Thomas, mi deucht, es is nimmer weit zum Antichrist!«

So klagte die gut Seel; der Thomas aber schüttelte den Kopf und meinte: »Glaubs nit! Es glangt no nit! Die Welt muß no viel schlechter wern!«

»Ja, was nit gar!« schrie die Wirtin auf. »No schlechter! – Gibts leicht no epps Schlechters als wie dös, wann der Küni und der Kaiser schö stad zuaschaugt und sei Pfeiferl raucht, unterdem daß die andern alle Klöster zuaspirrn, d' Kirchen zuaspirrn, d' Meßgwander stehln und die Allerheiligsten Sachen, und nit amal insan liabn Herrn selm verschonen! – Is das nit schlecht, wann so a arms Trutscherl, wo nixn kennt hat als wie ihra Klosterzelln, ihrn Herrgott und ihrn Rosenkranz, wann die jetzt aufamal in dera sündhaften Welt heraußt umanandapudln muaß, die heilig Unschuld verliern und eppan gar no Kinder kriegn! Wann das nit traurig gnua is, und net schlecht gnua is, Thomas, na woaß i nimmer!«

Sie hatte einen brennroten Kopf aufgesetzt, die Wirtin, und stand wild vor dem Vater, der nachdenklich trank, sich ein Pfeiflein stopfte und dazu bedächtig die Achseln schutzte.

Da ging die Tür auf, und herein traten zwei liebliche Jungfern in schwarzen Wollgewändern; die eine mocht ein paar Jährlein älter sein als die ander, die ich auf etwan zwanzig schätzte.

Die Ältere hatte ein gar schmals, weißes Gsichtlein, große Augen, die ängstlich und versprengt von einem zum andern sahen; um die kurzgeschnittenen Haar trug sie ein feins Netz, das über der Stirn mit einer samtnen Schleife geziert war.

Die Jüngere aber, ein rotbackigs Maidlein mit lustigen Augen und lachendem Wesen, hatte den Kopf ganz voll dunkler Ringellocken; sie lief sogleich an den Tisch, begrüßte uns freundlich, indes die ander sich schweigend in eine Ecke setzte, und sagte: »Grüaß enk Good beinand! – Seids aa scho so weit herobn heut! – Wo gehts denn zu, wenn d Frag verlaubt is?«

»Auf Kufstoa«, erwiderte der Thomas lächelnd, und auch ich brachte ein halblauts Grüaß di Good heraus.

Das Maidl gefiel mir so wohl, daß ich in alle Ewigkeit hätt so sitzen mögen und sie anschauen, indes die Wirtin und sie mit dem Vater schwatzten, über den Handel, über die Märkt, über die Leut und über die Zeit

Frisch gab die Jungfer auf alles Bescheid; und da der alte Thomas sie unversehens fragte, ob sie denn nicht Weillang hätt nach dem Kloster, da lachte sie gar hell und rief: »Naa, Vaterl, gwiß nitta! – Dunkt mi viel schöner dahoamt bei der Muatta jetzand; viel schöner wie ehvor!«

Und sie tat so lieblich mit der Wirtin, daß diese ganz stolz sagte: »Ja, mei Rosl hat mi alleweil scho mögn! – Die halt zu ihrana Muatta, da feit si nixn!«

Dann warf sie einen finstern Blick ins Eck, wo die andere Tochter still in einem Buche las, und fuhr fort: »Die hat si aa glei wieder eingwöhnt dahoamt, mei Rosl; die hilft mir in allem und hängt nit so brüatat umanand, wie dö legate Henn da hinten, d' Resli – Alls zu seiner Zeit! – 's Betn und 's Faulenzn is ganz schön – im Kloster –; aber da herauß in der Welt, da muaß ma si rührn, da muaß ma anpackn und si was anglegn sei lassen! – Sagst es nit aa, Thomas?«

Der Vater war um die Antwort verlegen; er richtete unaufhörlich an seiner Pfeif, trank bedächtig und sagte schließlich, indes die bleiche Dirn gedrückt aus der Stube ging: »Sie wird halt nimmer recht taugn für d' Welt, wähn i. Muaßt es halt wieder wo einisteckn ins Kloster! – Werd scho an Orts wo oans sein, wos d' es einitoa kannst!«

Die Wirtin wollte auffahren, da legte die Rosl ihre Hand vor den Mund der Mutter: »Nit greina, Muatta! – Der Bildlthomas hat scho recht; sie sollt halt wieder wo hin in a Kloster; i bleib ja da bei dir!« Hätt wohl auch haben mögen, daß mir das Maidl hätt also schön getan!

Aber der alt Thomas warf mir gach einen Stein in mein Glashaus: »Was is mei Schuldigkeit?« fragte er, zog den ledernen Zugbeutel mit dem Wieselgebiß an der Ziehschnur aus dem Hosensack und legte seine Kreuzer hin, nachdem ihm die Wirtin geantwortet: »Dös woaßt ja a so, Thomas; 's Krüagl an Sechser!«

Hieß mich also der Alte austrinken, klopfte seine Pfeife aus und schob sie ein, nahm seine Kraxe auf den Buckel und sagte den zwei Frauen Pfüa Gott.

Nun mußt ich wohl oder übel ein gleiches tun; tat aber noch mehr und drückte dem saubern Maidl noch gar fest die Hand zum Abschied, dazu sie freundlich lachte, und sagte mit großem Ernst zu ihr: »Mir wern uns wohl amal wieder sehgn! Pfüa Good derweil!«

Hatte auch einen gar heißen Kopf bekommen bei solchem Abschied; nun ich aber vor die Tür trat in die frische, kalte Winterluft, da wurds bald wieder kühlig in meiner obern Stuben; ich tat einen hellen Juchzer und trabte munter hinter dem alten Vater drein, bis wir hinab ins Landl kamen.

Nun mag ich auch nicht versäumen, zu melden, daß wir unser Sach durchsuchen lassen und unsre schuldige Zollabgabe entrichten mußten, als wir das österreichisch Land betraten; da dann der alt Thomas aus dem linken Hosensack einen neuen Lederbeutel zog und dafür den alten hineinsteckte. Denn jetzund hieß es mit anderer Münz zahlen denn daheim im Bayerland.

Muß aber sagen, daß mir die Füß nit schwerer wurden im Tirolischen; ging ja auch allweil bergab auf der Straß ins Landl, da es mir gar wohl gefiel. Stund ein schöns Jagdschlößl auf einem Hügel, ein kleins Kirchlein darunter und etliche Holzhäuser, deren Fachwerk fein geschnitzt und bemalt war, und kunnt man auch eine gar schöne Inschrift lesen über der Tür eines Wirtshauses, die also hieß

> »Ich leb, weiß nit, wie lang,
> Ich sterb, weiß nit, wann,
> Ich fahr, weiß nit, wohin,
> Mich wundert, daß ich so fröhlich bin.«

Hat mich wohl ein gelinds Schauern erfaßt beim Lesen, und muß auch heut, da ich annoch schon fast betagt bin, dieser Wort gedenken und manchesmal mein Lachen dämpfen, wenn ich gleich mitten in der Lust bin.

Der alt Vater spürte kein Glusten, in diesem Ort zu verweilen; er schnitt sich bloß ein Ränklein von seinem Brot ab und aß es unterm Gehen, indes uns aus den niedern Fenstern die Leut neugierig nachsahen.

Nun wars ein gar schöns Wandern zwischen den schneeglänzenden Bergen; uns zur Seiten rann ein klars Bächlein, das bald hüben, bald drüben mit einem Bergwässerlein zusammenkam, bis es endlich als breite Ach zu unserer Linken hinter den Bergen verschwand, indes wir uns mehr gegen Mittag hielten.

Hier wurde das Tal breiter, und wir kamen etwan ums Zwölfuhrläuten an den Schröcksee, dabei wir ein gastlichs Haus fanden, von einer alten Base des Bildlthomas geführt, die uns sogleich mit einem Gericht von Schöpsenfleisch und Rübenkraut bewirtete, einen Krug Wein auf den Tisch brachte und des langen und breiten von der ganzen Sippschaft des Alten schwatzte.

Darüber verging die Zeit, und ich wurde in der dunklen, heißen Stube bald müd und schläfrig, legte den Kopf auf den Arm und sunselte schön still dahin, bis mich am End der Alt erweckte und zum Weitergehen mahnte, zumal wir noch ein guts Stück bis Kufstein zu wandern hatten.

Da beutelte mich der Frost, und ich klapperte mit den Zähnen, da wir uns auf den verschneiten Weg machten und gegen das Endziel unserer Reis zuhielten.

Die Sonne war lang hinter einem dichten, grauen Nebelberg hinabgesunken; die Mondsichel stand bleich und hoch in einem kleinen klaren Himmelsfleck, und der Nordwind zog beißend und rauh durch mein Gewand.

Der alt Vater war nun ganz schweigsam worden, ging gesenkten Haupts dahin und sah nicht mehr nach mir um; mocht wohl allerhand aus frühern Tagen im Sinn tragen, das die Base wieder ausgegraben hatte aus dem Vergessen. So kamen wir denn ohne viel Lärm und lautes Wesen nach Kufstein, da mir die Mauern und Zinnen der Stadt und die Festung auf dem hohen Felsen gar wunderlich fürkamen in dem Dunkel des Abends.

Hab auch mein Verwundern gehabt an den vielen Häuslein, darin überall die Lichter brannten wie bei einer Kirchen; und es hatten auch die Gassen alle Lichter und glänzten da und dort feine Schilder und Wirtshauszeichen im Schein von roten Laternen.

Und indem wir so dahinstapften, kam aus einem alten Torbogen eine gelbe Kutsche gefahren; zwei feiste Schimmel trabten davor, und ein Postillon saß hoch am Bock und spielte auf seinem Hörndl eine schwermütige Weis und neigte dazu den Kopf bald rechts, bald links, daß der schwarze Buschen auf seinem hohen Hut wie ein Schilfrohr schwankte.

Hab ihm eine gute Weil noch nachgeschaut, da er so traurig spielte, indes die Schimmel gemächlich über die steinige Straß trabten; aber da war das Lied zu End, der Postillon knallte lustig mit der Geißel, und in frischer Fahrt bog der Wagen um die Ecke und rollte dahin und aus der Stadt.

Der alt Thomas war derweil immer weitergegangen, ohne nach mir zu schauen, und ich mußte lange Füß machen, ihm nachzukommen. Erwischte ihn auch grad noch, eh er hinter dem Torbogen verschwand, daraus zuvor die Postkutsche gekommen.

Nun war es gar seltsam in diesem Städtlein, daß die Weg nicht wie in andern Orten eben dahin gingen zwischen den Häusern, vielmehr stark bergauf führten, so daß wir, da wir auf dem Platz standen, wo den andern Tag der Lichtmeßmarkt sollt gehalten werden, das Horn des Postillons gar weit unter uns im Tal verklingen hörten.

Noch eine Weil lauschte ich, indes der Thomas sich unter den aufgeschlagenen Holzständen umsah und nach einem Platz suchte, da er möcht am besten von den Marktbesuchern ersehen werden. Endlich hatte er ein Flecklein gefunden, das ihm günstig schien, und er sagte halblaut zu sich selber: »Alsdann. – Wird schon was gehn. – Das Platzl is nit übel – gar nit übel.«

Dann wandte er sich nach mir um, wies nach einem hochgiebeligen Haus, über dessen erleuchteter Tür ein grüner Reifen hing mit einem goldenen Stiefel darin, und sagte: »So, Bübl, jetzt wiss ma unsere Stand. – Jetzt gehn wir in das Wirtshaus und schauen uns zwegn der Schlafstatt um; wird schon noch epps habn, der Stiefelwirt!«

Und er wandte sich gegen das Haus und stampfte hinein, als hätt er die Schuh voll Schnee.

Ich folgte ihm müd und frierend in die rauchige Gaststube, da er dann seine Kirm abnahm, zum Wirt an die Schenke trat und wegen des Quartiers unterhandelte; darnach schob er mich an einen vollbesetzten Tisch und rief: »Alsdann! Da wärn ma. – Grüaß Good, beinanda! – Gibts noch a Platzerl oder zwee vielleicht?«

»Ah, der Bildlmacher!« schrien da die Manner. »Freili gibts Platz! Freili! – Sitzts Enk nur eina!«

Und sie rückten ganz eng zusammen und schoben ihre Krüg und Gläser vor sich hin, indem sie sich neugierig über mich, das Baunzerl, hermachten: »Was habts denn da für ein dabei, Thomas? – Wo habts denn dös Baunzerl aufklaubt? – Is dös schon ein Sohn?« Bis der alt Vater, der erst eine Weil schmunzelnd hingehört und sich seine Pfeif zugerichtet hatte, unwillig wurde und ihrem Gefrag wehrte: »Nur gmach, Leutln; nur gmach! – Nur nit so gach toa! – Kimmt alls noch mit der Zeit!«

Dann ließ er sich einen Krug Bier bringen, hieß mich antrinken, fragte mich nach meinem Hunger und sagte, da ich nur nach einem Strohsack verlangte aus übergroßer Müdigkeit: »Hat wieder einmal einer d' Augen größer ghabt wie 's Maul! – Mi dunkt, für heunt is dir d' Welt scho groß gnug gwesen! – Wirst nit gar z' weit rumkommen, wann dir d' Füaß nit länger wachsen, wähn i! – Da darf unser Herrgott schon an Zaun rumsetzen um dös Fleckl, dös wos du Welt heißt, damit daß d' nit irr gehst auf deiner Wanderschaft! – So, und jetzand gehst mit der Stasi auffi, na zoagt s' dir dei Lagerstatt!«

Mußt also diese spöttische Red über mich ergehen lassen, darüber die Manner gar lustig lachten; ich sagte aber nichts drauf, als: Guat Nacht beinand! und ging hinaus, fragte nach der Stasi und ließ mich von der feisten Kucheldirn mit den klappernden Holzpantoffeln und dem fettglänzenden Gesicht hinaufführen unters Dach, wo in einer niedern Kammer mit winzigen Guckfenstern etwan zehn Strohsäck auf dem Boden lagen, auf jedem ein dünner Hauptpolster und eine rauhe Zudeck ohne Federn.

Wies mir also die Stasi den letzten Strohsack hinten im Eck an, wünschte mir eine glückhafte Nacht und ging.

Da trat ich an eins der vereisten Fenster, öffnete es und tat noch einen Blick hinaus auf die hohen Giebel und schneebedeckten Dächer, schaute noch hinauf zu der hohen, dunklen Festung und zu dem stillen Nachthimmel mit seinen flimmernden Lichtern und legte mich darnach müd und ohne Nachdenken aufs Stroh, da ich alsdann nach wenig Augenblicken entschlief und keinen von den andern Nachtgästen mehr kommen hörte, als sie nach langer oder kurzer Weil ihren Tag endeten und sich hinlegten: der Lebzelter zum Seifensieder, der Leinweber zum Wurzenkramer, und der Holzschuhmacher zum Nagelschmied, ohne Brotneid und ohne Argwohn, auf Treu des Nachbars bauend und sein Handwerk achtend nach rechter Weis; indes draußen der Nachtwächter durch die Gassen stapfte und sein Stundenlied sang, das ich aber erst vernahm, als er grad vor dem Wirtshaus die vierte Morgenstund anblies und dazu sang:

> »Hört, ihr Herrn, und laßt euch sagen:
> Unsre Glock hat vier geschlagen!
> Vierfach ist das Ackerfeld,
> Mensch, wie ist dein Herz bestellt?

Auf! Ermuntert eure Sinnen,
Denn es weicht die Nacht von hinnen!
Danket Gott, der uns die Nacht
Hat so väterlich bewacht!«

Allerhand um fünf Kreuzer

Gemach wurd es nun in unserer Herberg auch lebendig; der eine hustete, der ander krigelte, der dritt seufzte, und der viert drehte sich raunzend um. Vor der Kammertür gings trab trab die Stiegen auf und ab, und die Stasi klopfte nach einer Weil und stellte eine Latern herein, indem sie rief : »Auf in Gotts Nam! Tagnen tuts gähend!«

Schob also einer nach dem andern die Zudeck zur Seiten; der eine seufzend, der ander fluchend, wie es halt grad in der Natur eines jeden lag, und fuhr jeder in die Hosen mit viel Gekreißte und Gestöhn.

Der alt Thomas hockte schon auf einem Bänklein und mühte sich mit Schelten und Schnaufen, die Füß in seine langen Rohrstiefel zu zwängen, als mir einfiel, daß ich jetzund wohl auch aufstehen müsse.

Kroch also fröstelnd unter meiner Deck heraus, streckte mich gähnend und schlupfte dann eilends in meinen Habit, fuhr mit den Fingern durch die Haar und ging schließlich den andern nach, die grad mit dem Anziehen und Aufbetten fertig waren und nun aus der Kammer traten; und es liefen alle die Stiegen hinab und hinaus in den Hof, da einer aus dem Ziehbrunnen einen Eimer voll Wasser wand. Daraus schöpfte sich jeder die beiden Händ voll, schüttete sichs ins Gesicht und rieb sich gehörig ab; darnach mußte man die feiste Kucheldirn um das rupferne Handtuch bitten, woran sich jeder sein Gesicht und die Händ wischte und der Magd einen Kreuzer verehrte.

Ich tat auch wie die andern und griff in die Hosen, denkend, daß ich ja ganz ohne Geld wär; aber da zog ich einen kleinen Beutel heraus und fand ihn gefüllt mit lauter Silberkreuzern, daß ich erschrak. Gab also der Stasi ihre Lohnung und lief eilends hinauf in die Kammer, dem Vater zu danken für seine gütige Vorsorg; doch fand ich ihn nicht mehr droben und machte nachdenklich mein Bett. Dann öffnete ich ein Fenster und sah hinaus und horchte auf das Brüllen des Viehs, das auf den Markt getrieben wurde und nach seinen Stallgenossen schrie, indes die Treiber fluchten und mit der Geißel knallten.

Gemach verblaßten die Sterne, und ein gelblicher Streif am äußersten Himmel kündete den Tag an; drunten leuchteten Laternen auf, Lichter bewegten sich hin und her zwischen den Marktständen und ein Hammer dröhnte in festem Schlag. Bald wurde es lebendiger, Männer schwatzten, erbrachen Kisten, nagelten an den Ständen; Weiber liefen hin und wider, hingen Tücher um die nackten Holzgestelle und Schautische, und ein wunderlicher Wagen, der einem fahrenden Häuslein glich, hielt auf dem Platz. Eine Drehorgel ertönte, und ein paar Kinderstimmen riefen: »Der Prater kommt! Heut wird Prater gfahren!«

In diesem Augenblick hörte ich den alten Thomas hinter mir rufen: »Ei, tausad! Da steht er ja! – Was loahnst denn lang da uma? Dein Millibrei wird kalt!«

Ich wandte mich nach ihm um und dankte ihm für das schöne Geld, dabei er aber abweisend mit beiden Händen fuchtelte und rief: »Mein Ruah! Mein Ruah! – Wirst s' schon anbringen, die paar Gräten; und balst nit auskommst damit nachher sagst es, daß i dir noch epps gib!«

Ei! So gut hätt ers mit mir gemeint, der alt Vater! Aber mir deuchte allein mein Beutel voll schon ein Heiratsgut in diesem Augenblick, und ich wies seine Lieb gar heftig ab, also, daß er lachen mußte über meinen Eifer.

Nun gingen wir hinab in die Wirtsstuben, da schon allerhand Gäst bei der Frühmahlzeit saßen: die einen bei der Brennsuppe oder Milch, andere bei Schnaps und Käs oder Wurst und Bier.

Ich aß mit gutem Hunger und hing darnach mein Ränzel wieder um; alsdann folgte ich dem Thomas, der etliche Bretter von seinen Genossen erbat und nun an dem Platz, den er sich ausgesucht hatte, seinen luftigen Stand aufrichtete.

Zu seiner Rechten hatte er den Messerschmied als Nachbarn und zur Linken den Lebzelter; die gaben ihm gern einen Schragen ab, darauf er seine Bretter legte und ein rots Tuch darüberbreitete.

Ich half ihm noch beim Auspacken und Aufstellen der Täflein und ließ mir darnach Urlaub geben; denn inzwischen war es heller Tag worden, und mich gelüstete es, die Stadt zu besehen und die hohe Burg.

Der Alte zwinkerte mit den Augen, als er meine Red hörte, und meinte: »Trau dir nur nit z' weit! Kunntst am End nimmer zruckfinden zu mir! – Aber – wie dir halt ist! I red dir nix ein!«

»I komm bald wieder!« sagte ich; »und wann i alloans nimmer zruckfind, wird mich schon einer zruckweisen! Guate Gschäften derweil!«

Und ging also; beschaute mir erst den Platz und die Häuser beim Markt und machte mich darnach weiter auf den Weg, den Burgfelsen zu ersteigen.

Kam aber nicht weit; denn da standen ein paar wilde Soldaten und plärrten mich an, daß ich sollt schleunig umkehren, wenn ich nicht als ein Landsspion wollt verarretiert und erschossen werden!

Hei! Da wandt ich meine Füß gar schnell und lief, als hätten sie mich schon beim Genick!

Hätt bald ein alts Männlein über den Haufen gerannt bei solchem Stürmen; der schaute mich verwundert und voll Schrecken an und rief, indem er ein großes Kreuz schlug: »Ums Christi Bluet! – San s' leicht schon wieder da beim Brennan und Schiaßn?«

Und da ich ihm nichts erwidern konnt, schüttelte er die Faust gegen das flache Land und grollte: »Da san s' draußden, die Tuifeln! Ham uns alles zgrund gricht um und um, die franzesischn Hund! – Aber kriagt hams uns dengerscht nit! – Ha ha ha! – Aber der Boar wenn kimmt – Bua – der Boar –«, er faßte mich an der Schulter und wisperte mir das letzte ins Ohr und sah sich scheu um, – »da – wähn i – hilfts nix mehr! Da nutzt koa Stadtmauer und koa Burgmauer – der frißt uns mitsamt unserner Geroldsburg da drobn! – Bua, i sag dir grad so viel: der Napoli und der Teifi – die zwo san oans. Die ham Arm, so lang, daß s' die ganz Welt daglanga kinnan – und Kufstoa aa!«

Und da er dies gesagt hatte, steckte er den Kopf nachsinnend zwischen die Achseln und ging weiter.

Ich aber hatte nun genug von meiner Reis und betrachtete nachdenklich die himmelhohen schneeigen Bergwänd und Zacken, die aussahen wie eine unbezwingliche Mauer, die unsere zeitliche Welt von der andern, so man das Jenseits nennt, scheidet.

Leichtes Gewölk hing um die Zinken und Berggipfel, und darüber schien die Sonne mit blendend hellem Glanz und löste mit ihrer Wärme die Nebel in den Tälern und Schluchten, daß sie wie Spinnweben wurden und verflogen.

Gemach wandte ich mich um und schaute nieder ins weite Land über die grauen Mauern und Zinnen der Stadt, da der breite Innfluß wie ein silberne Band durchs Gau floß, wo mancherlei Örter zwischen bewaldeten Hügeln und beschneiten Fluren lagen und ringsum hohe Felswänd gen Himmel ragten.

»Ist gar ein schöns Stuck, dies Land!« dacht ich bei mir; »wär schad, wenns der Feind etwan verwüsten möcht!«

Und ging wieder zurück und dem Markt zu, da die Händler hinter ihren Ständen hockten, über schlechte Zeiten jammerten und in die Finger hauchten, um sich zu erwärmen.

Auch der Vater Thomas stand blasend und die Händ reibend da, trippelte und stampfte auf dem hartgefrornen Boden und rief mich an: »He, Bürschl! Hat d' Weltreis schon ein End? Sind dir d' Füaß angniglt, gelt; brauchst epps zum Aufwarmen, wie ich!«

Dabei griff er mit seinen erstarrten Fingern in den Hosensack, gab mir etliche Kreuzer und wies nach dem mit roten Tüchern gezierten Stand einer Schnapsbrennerin: »Lueg! Sell vorn hat d' Enzianlies ihren Stand! Is a guate Kameradin von mir und sehets gar nit ungern, daß ich s' zur Bildlthomaßin machet; also, sagst ihr 'n Gruaß von mir und ich hätts Aufwarmen vonnöten!«

Dazu lachte er lustig und schaute mir nach, indes ich durch die Reih der Händler schritt.

Fand also die alte, wunderlich aufgeputzte Schnapslies, da sie grad ein Sträußlein Rosen aus Goldpapier auf ihren turmhohen, spitzen Hut steckte und dazu mit rauher Stimm das Lied sang:

>   »Schmecker und Rosenblüat
>   Steck i am Huat, am Huat,
>   D' Henn hat a Oarl ausbrüat,
>   Dös is nix für guat!
>   Der Gockl hat koa Schneid it ghabt,
>   Hat si nix traut, nix traut,
>   Sunst waar des sell Oarl epps worn,
>   Und i waar a Braut!«

Ich blieb vor ihren Flaschen und Fäßlein stehen und hörte zu, bis sie sich nach mir umwandte und geschäftig fragte: »Baunzerl, was fehlt dir? Nix a Glaserl gfällig von mein selberbrennten Enzian?«

Da verlangte ich mein Sach und entbot ihr auch den Gruß vom Alten, darüber sie eine närrische Freud bezeigte und sogleich eine dickbauchige Steinkrugel aus einem besonderen Fäßlein füllte und dazu sagte:

»Gfreut mi scho recht, sagst eahm, daß er no auf mi denkt, der Beham! Soll si nur guat aufwärmen, mein alter Kamerad, sagst, und i dank eahm viel und oft fürn Gruaß!«

Und da sie mir die Krugel in die Hand gab, rannen ihr ein paar dikke Tränen über die faltigen, blaugefrorenen Wangen, und sie fragte mit ängstlicher Stimm: »Bist eppa gar schon ein junger Beham? – Hat er leicht gar schon ein Weib, der Thomas? – 's sell waar mir mei Tod, Bua!«

»Naa, naa!« sagte ich lachend; »der is no allweil alloan in seiner Hütten; jammern tut er ja schon hie und da um a Hausfrau – aber –«, ich hielt inne, um die Alte nicht noch närrischer zu machen; denn sie konnt die Augen fast nimmer von meinen Lippen wenden, dieweil ich so redete; »was kost mein Schnaps?« fragte ich und hielt ihr meine Münz hin.

»Fünf Kreuzer für mein Kameraden, sagst!« erwiderte sie mir mit fröhlicher Miene; »und an Gruaß tust mir bstelln an Thomas, und daß der Lies 's Warten nit z' lang wird, und sollts nomal zwanzg Jahrl anstehn, bis er kimmt! ...« Das ander hörte ich nimmer; denn ich lief, ihr ein kurzes Pfüa Gott zurufend, mit meiner Krugel davon.

Der Thomas schaute schon nach mir aus und empfing mich halb lachend und scheltend: »Gar schon! – Hab vermeint, du bleibst glei sell! – Hat di wohl schon als ihren Ziehbuben protokolliert, daß d' so langmächti z' schwatzen ghabt hast mit ihr!«

Ich hatt wohl Lust, dem alten Schelmen sein Getue mit einem losen Wort zu schlagen; sagts aber lieber nicht, indem ich bedacht, der Alt möcht schon seinen guten Grund haben, daß er der liebtollen Schnapslies so spottete.

Und da er mir zu trinken bot, tat ich es willig und trollte mich darnach wieder davon, den Markt weiter zu besehen.

Da standen und lehnten allenthalben die Handwerker und Handelsleut, hatten die Händ im Gewand vergraben und schrien einander ihre Klagen über die unruhigen, schlechten Zeiten zu, belobten, kaum ich an einen Stand trat, ihre War mit vielen Worten und machten, daß ich, noch ehe man von der Sankt Veitskirch drüben zum Mittag läutete, meine Taschen gefüllt hatte mit verschiedentlichen Dingen, indes mein Beutel gemach um vieles lockerer ward.

So hatte ich fünf Kreuzer gezahlt für ein karmisinrotes Halstuch aus florentinischer Seide, und, sagte mir der Händler im Vertrauen, daß der Kaiser von Ninive das nämliche von ihm um zehn Kreuzer gekauft hätt. Fünf Kreuzer gab ich für ein zierlichs Besteck, das man in ein lederns Behältnis schließen und im Hosensack verwahren konnt; fünf Kreuzer für ein feins Büchlein, darin von einem jungen Abt zu lesen war, der eine tiefe Lieb zu einer Maid gefaßt und zum End sich selber den Tod gegeben hatte aus übergroßem Leid, da sie einen andern nahm zum Ehgemahl; dabei ich wieder in heftigem Schmerz an mein liebs Kathreinl denken mußt.

Konnt auch nicht anders – mußt mich auf eine einsame Steinbank hinter dem Gottsacker Sankt Veit setzen und das Büchlein vom Anfang bis zum End lesen, und kam unversehens dabei ins Brüten und Sinnieren, bis mich plötzlich ein lustigs Lachen daraus aufscheuchte und ein abenteuerlich gekleideter Bursch einen roten Zettel in mein Büchlein fallen ließ, darauf eine wunderliche Anzeigung stand: Im Wirtshaus zum Hirschen sollt denselben Abend ein ergötzlichs und feins Theaterstück aufgeführt werden, das den Titel trug: Kätherlein, die schöne Kupferschmiedstochter, und der Teufel. Als besonderer Glanzpunkt der Vorstellung waren hervorgehoben und angepriesen: die wunderseltsamen Zauberkunststücke des Magister Zaranka, der als Teufel die Jungfer Kätherlein auf offener Bühne verzaubern wollte. Jedermann war dazu gar höflich eingeladen gegen ein Eintrittsgeld von fünf Kreuzern, und jeder Gast sollte nach der Vorstellung vom Direktor ein artigs Andenken zum Geschenk erhalten.

Ich überlas die Anzeigung etlichemal, und es kam mich ein Gelüsten an, die also gepriesene Komedie zu sehen und zu hören.

Lief also eilends auf den Markt und zum Vater, ihm von meinem Begehren zu sagen; der aber, da er meine Red vernahm, lachte wieder still vor sich hin, blinzelte lustig mit den Augen und meinte: »So, so! Nach der Komedie verlangte di! – Is schon recht, geh nur. I geh nit hin; i bin lieber bei meine Leut; bin nit so drauf eingsprengt auf die Tausendkünstler und die Komediespieler!«

Darnach suchte er umständlich in seinem Geldbeutel und reichte mir endlich fünf Kreuzer, indem er weiter sagte: »Da, schau her! Nit, daß d' wähnst, i gunn dirs nit! Kimmt mir nit drauf an, auf die paar Gräten, wannst a Freud hast an dem Gschnaks.«

Und da ich meine Händ nicht aus dem Sack zog und trotzend vor mich hinsah, wurde seine Red schier bittend, und er sagte: »Geh nur hin, wanns di glust! Habs schon reichli verdient und profitiert, die fünf Kreuzer, mit deine Rahmerl. – Zwanzg Taferl gibts wieder z' machen für d' Kirch von Ebbs, daß koa Krieg nimmer auskommen sollt. – Alsdann! – Vielleicht helfen s' so viel, daß der Napoli sein Viduz aufs Tirolerland verliert!«

Damit steckte er mir das Geld in die Joppentasche und fragte mich, wo ich schon überall gewesen sei; doch kam ich nimmer zum Antworten, denn die dicke Stasi vom Stiefelwirt kam mit einem dampfenden, kupfernen Kessel daher und schrie: »Heiße Würst! – Wer mag a heiße Kreuzerwurst?«

Ei, da gings! »He, Stasi! Mir ein Paar!« – »I krieg aa zwee Stuck!« – »Halt, Mädla! Mir au e Paar Würschtle!«

Und auch der Thomas gab nochmals fünf von seinen Kreuzern hin und erstand vier von den langen Würsten und einen weißen Weck dazu und teilte es mit mir als Mittagsmahl; darnach tranken wir ein Schlücklein Enzian, und ich machte mich gemächlich wieder durch die Marktreihen, besah mir dies und erhandelte das und wartete mit großem Verlangen auf den Abend, da die wundersame Aufführung sein sollte.

Komedie

Gemach ging der Tag hin; um die Berge zogen dichte Nebelschwaden, und die Marktgäst zündeten ihre Laternen an und trieben ihr Vieh heim mit schwankendem Tritt und fröhlichem Sinn, da leichtlich ein jeder vermeinte, er hätt allein den besten Tausch und wohlfeilsten Kauf gemacht auf diesem Markt, und also in solcher Freud gutding seine sieben, acht Krüg hinabgoß, bis der Wirt eine qualmende Öllampe auf den Tisch stellte, die schwarze Holztafel an das trübe Licht hielt und jedem liebwerten Gast mit großer Bedauernis seine Strichlein abzählte und in Münz umrechnete. Darauf dann einer um den andern den gefalteten Lederbeutel zog und fluchend und kreißend die paar Kreuzer herausklaubte, den hagelbuchernen Stecken mit dem gefüllten Bschaidtüchl dran unter der Bank hervorholte und nach dem Stall schwankte. Also sein Stück Vieh mit Wohlgefallen belastete und tätschelte in dem Bewußtsein, seinen Hof damit um ein guts größer und ansehnlicher gemacht zu haben.

Mittlerweil hatten auch die Händler und Handwerker angefangen, ihre War wieder einzupacken und die Ständ abzubrechen; und ich ging zum Platz des alten Thomas, diesem dabei ein wenigs an die Hand zu gehen.

Doch der war schon lang fertig und dahin, und sein Nachbar, der Lebzelter, rief mir zu, indem er einen Arm voll süßer Herzen in eine Kiste legte: »Der Alt sitzt schon lang beim Stiefel drent! Wohl schon seit zwo Stund! – Der kann lachen! – Hat alls verkauft bis auf ein etliche paar Bildln!«

Da machte ich ihm meinen Dank für die Botschaft und ging darnach eilig hinab zum Hirschen, da schon ein feister Mensch mit blaugefrornem Gesicht und lustigen Augen unter der Haustür stand und jeden, der vorbeiging, anrief: »Treten Sie ein, Euer Gnaden! Kommen Sie herein zu dem weltberühmten und wunderbaren Komedienspiel!«

Und derselbe Bursch, dem ich die Anzeigung des Theaters verdankte, lief in einem vielfarbigen Flecklgewand auf mich zu, klapperte mit zwei blechernen Schüsseln, die mir reich mit Geld gefüllt schienen, und schrie: »Herein, wer noch Platz will! Der letzte Sessel ist nur noch frei! Treten Sie ein, Herr Graf! Die Komedie beginnt!«

Ja, sie begann wohl und gewiß in diesem Augenblick! Eilends zog ich meine fünf Kreuzer aus dem Sack und hielt sie dem Tropfen hin, der sie mit einer Mien und Gebärd annahm, als seiens lautere Goldstück gewesen.

Darauf schob er mich in den Hausgang; der Dicke wies mir eine Tür, und im nächsten Augenblick fand ich mich in einem dunklen Saal, darin wohl leichtlich ein fünfzig Bänk in Reihen aufgestellt waren; doch konnte ich keinen Sterbensmenschen ersehen und wollt fast an der Schwelle wieder umkehren, als ganz vorn im Saal, da ich im Dunkel einen großmächtigen Vorhang erkannte, lautes Schimpfen und Schreien, Trampeln und Hämmern vernehmlich wurde.

In diesem Augenblick brachte ein Knecht etliche Öllampen und hing sie rings an die mit papiernen Girlanden, Rehgeweihen und Schützenscheiben gezierten Wänd; den fragte ich, wo denn die Leut alle wären, welche hier die Komedie anhören wollten. Doch der Tropf lachte und sagte: »Die gehn draußen noch ein wenig Luft schnappen, bis daß 's losgeht!«

Daraus ich leichtlich ersehen konnt, daß der Flecklnarr mich angeschmiert hatte mit seinen Sprüchen. Doch machte ich mir nun, da ich die Sach beim Licht betrachten konnt, nichts mehr draus, sondern setzte mich in eine Bank und besah die grellgemalten Nixen und Teufel auf dem Vorhang und hing dabei meinen Gedanken nach.

Da öffnete sich die Saaltür, und es kamen etliche Gäst: zwei junge Burschen mit ihren Maidlen, ein Bauer und eine alte Ringlmacherin vom Markt, die den Tag über wohl manchen Kreuzer von den Verliebten und Versprochenen gelöst hatte für ihre Ohrgehäng und Fingerring, Silberschnallen und Halsketten.

Nun kam auch ich wieder hervor und setzte mich ganz in die Mitte der ersten Bank und sah unverwandt auf ein dunkles Loch im Vorhang, durch das von Zeit zu Zeit ein glühendes Aug auf die Bänke starrte.

Gemach füllte sich der Saal, und ein lebhaftes Reden und Disputieren entspann sich auf allen Plätzen, bis plötzlich hinter dem Vorhang eine mißtönende Musik erklang, die Lichter verlöscht wurden und die

Nixen und Teufel sich quiksend um eine hölzerne Rolle an der Decke des Saales wanden.

Alles war still, und ich schaute staunend in eine Landschaft aus gemalten Leinwandstreifen, darin sich seltsam gekleidete Menschen in magisch rotem Licht bewegten und eine wunderlich geschnörkelte Sprache redeten.

Alsbald begannen etliche, sich zu schlagen und mit ihren Degen zu durchbohren, dabei dann der leibhaftige Teufel auf die Bretter sprang, einen Juchschrei tat und die Leichen packte, mit denen er verschwand.

Nun erschien ein alter, feister Ritter und sagte, er wär der Kupferschmied und so stark, daß ihm kein Mensch widerstehen kunnt; tat auch gar gewaltig und schrie nach der Weinkanne.

Da kam eine liebliche Jungfrau in himmelblauem Gewand, mit langen, goldroten Haaren, trug eine schwere Zinnkanne und reichte sie dem Ritter mit zierlichen, sittsamen Worten.

Es war das schöne Kätherlein; mich aber bedünkte es in demselben Augenblick, meine Kathrein stünd mit Leib und Seele da vor mir auf den Brettern; und ein Seufzer stieg in mir herauf.

Da blickte mich die Jungfrau an, und es schien, als lächle sie ein wenig, darüber ich gählings rot und bleich wurd, auf meinem Sitz hin und her rückte und nicht geringe Lust verspürte, aufzuspringen und die Jungfrau an mich zu ziehen und zu halsen.

Doch ging derweil das Spiel seinen Gang; der berühmte Magister Zaranka erschien als Teufel mit einem roten Federhut und begann mit dem Kupferschmied ein Geplänkel und dessen Kraft zu spotten.

Die schöne Jungfrau ging hinaus, und der Kupferschmied geriet durch die spitzen Reden des Teufels also in die Hitze, daß er mit lauten Worten einen Eid schwur, er wolle mit ihm seine Kraft messen und ihn durch Sonn und Mond werfen; ja, er verwettete seine eigene Tochter, das Kätherlein, daß er mit dem roten Ritter wollt fertig werden.

Dabei mir ein kalter Schauer den Rücken hinabging; denn ich vermeint nicht anders, als gält es nun in Wahrheit um Leib und Leben des Maidleins, das meiner Kathrein so sehr glich.

Der Rote nahm den Kampf wirklich an, und bald gings ans Ringen und Werfen, daß die Bretter krachten, die gemalten Bäume schwankten und die Weinkanne in den Saal herabkugelte, worauf ein lautes Lachen, Trampeln und Beifallsschreien in den Bänken anhub, das erst verstummte, als der Teufel plötzlich einen wilden Fluch ausstieß, einen

Zauberspruch sagte und mit den haarigen, rotbeschuhten Füßen auf den Boden stampfte, worauf ein weißes Gespenst erschien, einen dicken Rauch und Dampf machte und hinter demselben mitsamt dem lautschreienden Kupferschmied verschwand.

Nun begann Zaranka allerhand Zauberkunststücke zu vollbringen und verwandelte schließlich auf offener Bühne, freilich wieder hinter einer undurchdringlichen Rauchwolke, einen dünnen Stab in den Kupferschmied.

In diesem Augenblick erschien wieder das schöne Kätherlein, gefolgt von einem alten, gelb und rot gekleideten, dicken Weib, das sich ihre Mutter nannte und mit keifender Stimme bald den roten Ritter, bald ihren Ehgemahl, den Schmied, anplärrte.

Hab nicht wohl aufgemerkt auf ihr Getue; vielmehr waren meine Blicke starr auf die Jungfer gerichtet, und mein Geist verglich sie Spann um Spann mit der jungen Lackenschusterin, meiner Kathrein.

Und immer mehr Bekanntes, immer mehr Wesensgleiches fand ich an der goldroten Jungfer; meine Sinne hingen an ihr, und mein Herz schlug laut vor Erregung.

Und da nun das Spiel zu End war und die Gäste lärmend den Saal verließen, da schlüpfte ich behend unter den mächtigen Kachelofen und hielt mich still, bis alle Lichter verlöscht und hinter dem herabgelassenen Vorhang alles ruhig geworden war.

Nun kroch ich langsam hervor und tastete mich an den Bänken entlang bis zur Bühne, da noch die Kanne am Boden lag und im Mondlicht glänzte.

Ich griff mit zitternder Hand und klopfendem Herzen an den Vorhang; er gab dem Druck nach, und ich hielt mein Ohr lauschend an den Spalt.

Nichts regte sich. Da schwang ich mich eilig hinauf, schlüpfte hindurch und stand also bei stockdunkler Nacht an der Stelle, da ehvor die schöne Spielerin gewandelt war.

Noch hielt ich nach jedem Tritt inne und horchte; doch nichts war zu vernehmen als mein eigenes, ungestümes Atmen.

Da tastete ich mich an den gemalten Bäumen weiter und fiel im nächsten Augenblick von den Brettern hinab in einen knisternden, krachenden Korb, der ganz mit Kleidern und Stoffen gefüllt schien.

Ich hatte beim Sturz erschrocken nach einem Halt gegriffen und hielt nun einen dicken Strick in Händen, während es hinter mir plötzlich licht war. Und da ich mich in heftigem Schreck umwandte, sah ich, daß ich den Bühnenvorhang in die Höh gerissen hatte.

Zog also, nachdem ich ängstlich gelauscht, ob niemand meinen Fall gehört hätte, bedächtig am Strick weiter, dabei das Quiksen und Klappern der Rolle geisterhaft wie das Schreien der Nachteulen durch den matterhellten, leeren Raum hallte.

Die großmächtige, bleiche Mondscheibe ließ ihren Schein durch die gefrornen Fenster über die weißgescheuerten Bänke auf die gemalte Landschaft des Hintergrundes und die zerlumpten Teppiche der Bühne fallen und hob die Schatten der Gegenstände gespenstisch von der Helle ab.

Ich stand starr und hielt krampfhaft das Seil in den Händen, indes mich ein plötzliches Grauen schüttelte; und als es im selben Augenblick vom Sankt Veitsturm zwölf Uhr schlug und der Wächter draußen die Mitternacht anblies, da ließ ich gählings los, daß der Vorhang schnallend herabsauste.

Ich hatte genug von dem Abenteuer, und es verlangte mich zurück zu dem alten Thomas. Herrgott! – Was mochte der sich derweil über mein Ausbleiben denken!

Vergessen war der ganze Rausch und die feine Jungfer, und ich suchte nach einem Ausgang.

Doch alles war fest verschlossen, die Tür des Saales, die neben der Bühne und auch die Fenster.

Vergebens wandte ich alle Kraft an, lief bald im Saal von Fenster zu Fenster, sprang auf die Bühne und schlüpfte durch den Vorhang: ich konnts nicht ändern.

In meiner Not begann ich zu rufen und zu schreien; aber kein Mensch hörte oder erschien.

Am End ward ich müd vom Schreien, ein Frost packte mich, und ich verlangte nach dem Schlaf.

Und da mein Fuß eben wieder an den Korb stieß, suchte ich nach einem warmen Stück, wickelte mich darein und legte mich in den hintersten Winkel der Bühne, da ich mir aus dem Inhalt des Korbs ein notdürftigs Lager bereitete.

Also ließ ich den Schlaf über mich kommen, hüllte mich fest in das weiche Stück, von dem ich wähnte, daß es der himmelblaue Mantel des schönen Kätherleins wär, und sagte nur noch gähnend: »Guate Nacht, Himmelvater!« wie ich es von meiner seligen Ziehmutter gelernt hatte.

Dann entschlief ich.

Falsche Lieb

Ein harter Schlag von der Pratze des Bären, der auf dem Markt getanzt hatte und mir nun in meinen Träumen die liebliche Jungfer aus der Komödie, da ich sie eben in meinen Armen hielt, rauben wollt, schreckte mich aus meinem tiefen Schlaf auf, und ich wehrte mit beiden Händen ab, indes mich eine scheltende Stimm noch vollends munter machte.

Da blickte ich in das zornrote Gesicht des Burschen, der mich ehvor zum Besuch der Komödie verführt hatte und mir nun seinen Fuß grimmig in die Seite stieß, also daß ich mit einem Schrei in die Höhe fuhr und nicht übel Lust hatte, ihm etliche zu wischen.

Der aber plärrte: »Hat einer so was schon erlebt! – Liegt der Wicht am hellichten Nachmittag da auf den kostbaren Gewändern und schnarcht wie eine Baumsäg! – Ob er wohl auf und davon gehen will, bevor ich ihm Füße mach, dem Halunken! – Hat wohl stehlen wollen, he! – Ha! – Gewiß hat er stehlen wollen! – Aber wart, Bürschlein! Mein Alter wird dirs austreiben, das Stibitzen!«

Sprachlos stand ich da und wußte nur, daß er vom Nachmittag gesprochen hatte. –

Ja, Himmel! – Es war doch wohl noch nicht schon am andern Tag? – Aber – die Nacht fiel mir ein – es war ja schon zwölf Uhr gewesen, da ich ans Fortgehen gedacht hatte! – O, die verfluchte Komödie! – Was mocht der gut alt Thomas jetzt von mir denken! – Dacht wohl, daß er recht gehabt hätt mit seiner Meinung, ich wollt von ihm weg für immer! – Wie konnt nur dies einschichtige, rothaarige Weibsbild, diese Theatermamsell, meine Sinne so verwirren!

Aber indem ich noch so dachte, trat das Mädchen eben durch die niedere Tür ein und sah mich verwundert an.

»Ei!« rief sie aus; »hast du einen Besuch hier, Joschka?«

»Was, Besuch!« erwiderte da der Bursch grimmig; »wär mir ein sauberer Besuch, das! Schleicht sich bei Nacht und Dunkel ins Haus und will stehlen!«

Und da ich auffahren wollte, plärrte er mich an: »Was! Willst es noch leugnen? – Hab ich dich nicht erwischt mit dem teuern Mantel der Donna hier!«

Erschrocken fragte diese mit einem entsetzten Blick auf mich: »Wie sagst du? Meinen blauen Mantel hat er …!«

»Glaubts doch nicht, Jungfer!« sagte ich bittend mit einem giftigen Blick auf den Kerl. »Er lügt Euch aufs Maul, so wahr Ihr hier steht! – Ich wollt ja nur bloß …« – Da hielt ich inne, indes mir eine heiße Flamme übers Gesicht fuhr: Ich mocht es doch nicht vor diesem Flegel sagen, daß ich bloß aus närrischer Lieb für sie hiergeblieben war!

Der ander aber schrie sogleich, kaum er mich erröten und stocken sah: »Ha! – Fällts dir nimmer ein, jetzt! – Hat dir wohl die Red verschlagen, he! Seht Ihrs nun, Donna! Es ist so, wie ich sagte: stehlen hat er wollen. – Aber ich will ihm schon Mores lernen! Gleich geh ich jetzt zum Alten! Gleich! – Auf der Stell!«

Wirklich ging er, indes die Jungfer ganz erstarrt dastand, das dunkelrote Samtkleid, in dem sie prangte, fest an sich raffte und ihre schwarzen Augen voll Verachtung über meine armselige Gestalt wandern ließ. Da nahm ich mir einen Anlauf und sagte ihr ganz wahrhaftig und einfach, daß sie mir viel gälte, weil sie meiner verlornen Kathrein so ähnlich sei, und daß ich sie in der Nacht gesucht hätte und dabei nicht mehr aus dem Saal gekonnt und also, da ich müd ward, auf ihrem Mantel geschlafen hätt. Bat sie auch gleich, sie mög für mich bitten, daß ich um sie bleiben dürft; denn ich kunnt nimmer von ihr lassen.

Ganz still hatte sie auf meine Red gemerkt und mir so die Schneid gegeben, ihr mein Herz zu offenbaren.

Nun lachte sie leise vor sich hin und sagte zwischen Spott und Mitleiden: »So, so; seine Kathrein hat er verloren! – Der arme Bub!«

Dazu maßen mich abermals ihre Blicke, daß ich mich unwillkürlich auf die Zehen stellte und meinen verkrüppelten Leib streckte, so gut ichs vermochte.

Nach einer Weil fragte sie: »Wem gehörst du denn?«

»Ich ghör gar niemand«, erwiderte ich; »Vater oder Mutter weiß ich keine, und die mich aufgezogen haben, sind tot.«

»Und wo kommst du jetzt her?« forschte sie weiter, indem sie mit einem ihrer langen Zöpfe spielte.

»Von Bayrischzell. Vom Bildlmacher Beham«, sagte ich.

Und plötzlich fiel mirs ein: Der hatte ja einen Haufen Verdingungen für Votivtafeln erhalten! – Ich hätt ja wieder Rahmen schneiden sollen! –

Aber in mir sagte eine Stimm gar trotzig: »Das macht nichts. Der hat ehvor auch niemanden gehabt – also wird er jetzt auch fertig werden, allein.«

Und ich fuhr fort: »Aber ich bin mein eigener Herr und kann hin, wo ich mag. – Und jetz möcht ich halt gern bei Euch bleiben, wann ich Euch nit zwider bin.«

Indem ich noch redete, kam der Tropf schimpfend wieder zurück, gefolgt von dem erzürnten Herrn des Theaters und der keifenden Alten.

»Hat ein Mensch noch Worte!« schrie diese keuchend, und ihre Brust wogte unter dem schmierigen, schleißigen Seidenkittel, »kann man da noch reden! – Das ist ja eine himmelschreiende Bosheit! – Wo ist denn der Teufelsbraten!« Und sie fuhr wütend und mit den Armen fuchtelnd auf mich los, packte mich bei den Schultern und schüttelte mich, daß mir grün und schwarz vor den Augen wurde und ihr die aufgesteckten künstlichen Locken zu Boden fielen.

»Karnalje!« zischte sie dazu; »unverschämte Karnalje! Töten werd ich dich, wenn du nicht Buß gibst für die Büberei!«

Da fiel ihr die Jungfer bittend in den Arm: »Laßt ihn doch, Frau Direktorin! Er hat eigentlich gar nichts Schlimmes vorgehabt, der Kleine! – Er hat mirs gesagt: Die Liebe zur Kunst hat ihn getrieben – ein Spieler wollt er werden!«

»Wers glaubt!« mischte sich der lose Schelm bissig drein und spaizte in weitem Bogen auf die Bühne.

Aber der Direktor sagte, kaum er die Red des Mädchens vernommen, geschwind, indem er mich lauernd ansah: »Liebe hat er, sagst du? – Zur Kunst, sagst du? – Wohl, wohl! – Soll nur mitfahren mit uns, wenn er will! – Kann ihn schon brauchen, den Krischbel!«

Langsam ließen mich die Fäuste der Alten los, langsam beruhigte sich ihre wogende Brust; sie griff nach ihrer Frisur und hob eilig die Locken vom Boden und steckte sie wieder zu dem eigenen, dünnen, schwarzen Haar, indem sie sagte: »Wenn du dich nur nicht täuschst, Fritz! – Wenn er nur nicht wieder so ein Galgenvogel ist wie der Heinz!«

Sie steckte eine Haarnadel zwischen die Zähne und wand ein herabhängendes Flitterband um den Schopf.

»Wo bist du her, und wie heißt du?« fragte sie mich scharf, die Zähne fest zusammenbeißend, daß ihr die Nadel nicht entfiel.

»Mathias Bichler aus Sonnenreuth«, sagte ich tonlos.

»Was sind deine Eltern?« forschte der Direktor weiter.

»Das weiß ich nicht. Hab s' nit kennt. – Hab nie epps ghört davon. Mein Ziehvater, der Meßmer von Sonnenreuth, hat wohl gwähnt, es kunnten Vagierende gwesen sein oder Gaukler. Aber nix gwiß weiß niemand drüber. – Bin ja grad ein Glegter!«

»Wie ich gedacht hab – ein Balg!« höhnte der Rotzlöffel hinter mir; aber die Mamsell verwies ihm sein Schmähen, und auch der Alte sagte: »Halt den Schnabel! – Der Bursch bleibt da!«

Die Frau Direktor aber starrte mich eine Weil wie entgeistert an, ihre Brust begann mit einem Mal, sich wieder stürmisch zu bewegen, und dann breitete sie plötzlich die Arme aus, zog mich an sich und rief unter Tränen mit schmelzender Stimme: »Er ists! … Mein Sohn! … Mein süßes Kind!«

Ei, Teufel! Hab mich wohl grausam gewunden wie ein Wurm, den eine alte Bruthenn aufgepickt hat und verschlingen will; hab auch eine Haut wie ein getupfter Gänserich an mir überlaufen verspürt vor Grausen und Abscheu. Aber die Alt ließ mich nimmer los und drückte meinen Kopf fest an ihren nach alter Lederschmier riechenden Kittel, bis der Herr Direktor und die Jungfer sich von ihrem Erstaunen so viel ermannt hatten, daß sie wieder Worte fanden und also ausriefen: »Sie ist verrückt! – Sie ist vom Verstand kommen!«

Da ließ sie mich seufzend los, die Alte, und schaute mit schwimmenden Augen zum Himmel, indem sie mit bebender Stimme sagte: »Redet nicht! … Ich hab mein Kind wieder! … Es ist kein Traum! … Er ist wahrhaftig mein Sohn!«

Und erzählte also eine gar abenteuerliche Geschichte von meiner Herkunft.

»Ach!« sagte sie und setzte sich auf einen Schemel hinter der Bühne. »Es ist furchtbar traurig gewesen. – Du hast ihn ja gekannt, den Alessandro – nicht wahr, Fritz! – Also, ich war leider damals noch seine Frau; allerdings auch nicht mit dem Segen der Kirche – nur so durch die Umstände des Lebens bedingt; denn ich war zur selben Zeit seine Partnerin auf dem hohen Turmseil. – Ach ja! Damals war ich noch eine Schönheit! Die Männer liefen mir nach wie die Katzen der Maus! – Weißt du, Fritz – wenn ich so mit der größten Grazie …«

Sie stand auf und balancierte kokett auf dem Schemel.

»... so mit Noblesse auf der einen Seite des Seiles stand und Alessandro auf der andern – und wir dann elegant und sicher aufeinander zukamen – aneinander vorbeiglitten – und wieder auseinandergingen über die schwankende Schnur, als wärs ein Spazierweg über die Wiese – Fritz – ich sage dir – da waren die Leute alle hin vor Verwunderung, und ein rasender Beifall erhob sich! – Ach ja! – Damals! ...« Sie hockte sich wieder breit auf ihren Sitz.

»... Aber er war brutal! – Und er hat mich verführt! Und als ich dastand im Elend, da wollt er nichts mehr wissen von mir und dem armen Würmlein.«

Sie brach in Schluchzen aus und tupfte sich die Augen mit einem Zipfel ihres Kittels.

»... O! – Es war entsetzlich! – Er nahm mir das Kind aus meinen Armen – er riß es von meiner Brust und trug es fort! ...«

Sie sprang auf, indes die andern wortlos dastanden, umschlang mich abermals mit theatralischer Gebärde und rief in Verzückung aus: »Aber nun hab ich dich wieder! Mein Engel! Mein Kind! Mein liebster Sohn! – Nun wird dich keine Erdenmacht mehr von mir trennen können!«

Ich litt große Pein, machte mich von ihr los und wollte was erwidern; da aber die andern immer noch wie angenagelt auf ihrem Fleck standen und nicht wußten, wie sie sich verhalten sollten, blieb ich still.

Die Alte aber faßte sich schnell wieder und fragte nach einer Weile lauernd: »Leben sie noch, deine Zieheltern?«

Darauf ich stumm den Kopf schüttelte.

»Sie sind beide schon tot?« fragte sie. »Haben sie dir was vermacht? – Sie waren doch reich ...«

Wieder schüttelte ich bloß den Kopf.

»So bist du ganz ohne Hab und Gut?« kams forschend von ihrem Mund.

»Nein«, sagte ich, ohne recht zu wollen; »ich hab schon ein bißl was.«

Da wollte sie mich abermals umarmen, indes mich die andern wie ein heiliges Bild begafften und die schöne Jungfer ganz nah zu mir trat und mich lieblich ansah; aber ich fuhr fort und sagte: »Drent beim Stiefelwirt hab ich mein Sach. Ich geh und werds holen.«

Und hörte also auf nichts mehr und lief geraden Wegs zur Tür hinaus auf die Gassen.

Ein wüstes Durcheinander von Gedanken stürmte durch mein Hirn; ich rannte ohne Besinnen dahin und fand mich schließlich vor dem Tor des Stiefelwirts.

Da kam es über mich: Kehr um und geh wieder zum Vater Thomas! – Geh nimmer zurück zu der Komödiantenbrut! – Es ist ja unmöglich, daß diese grausliche Alte deine leibhaftige Mutter sein sollt!

Und schon war der Entschluß, wieder zum Bildlmacher zurückzukehren, nahezu in mir fest worden, als mich ein silberns Lachen aufschreckte, ein weicher Arm sich in den meinen schob und die Theatermamsell mit süßer Stimm sagte: »Ich bin dir nachgelaufen, ohne daß es die Alten wissen! – Ich möcht ein wenig allein sein mit dir! – Ich hab dich sehr lieb!«

Ei! Da fuhr ich herum! – Faßte sie bei den Händen, verdrehte meine Augen und war vor Seligkeit und Glück ganz närrisch!

Vergessen war der gut Thomas, vergessen die schreckliche Alte, die sich meine Mutter nannte – ich hatte nur noch einen Gedanken: mit ihr zu gehen – bei ihr zu bleiben!

Und ich sagte mit vor Freuden zitternder Stimm: »Dirndl! – Gern habn tust mich! – Ja, Himmel Herrgott! ... Geh! Wart nur grad a Weil, bis ich mein Ranzl hol; nachher ghör ich dein, so lang als d' mich magst!«

Lief also eilends hinein zum Wirt und fragte um mein Ränzlein. Der aber gab mir auch noch ein verschnürts Päcklein und sagte: »Das hat dir der Beham noch zruckglassen; wirst es wohl brauchen können, meint er! – Und 'n Auftrag soll ich dir noch ausrichten von ihm: Wannst wieder kimmst, hat er gsagt, bist da. Und was sein ghört, das ghört auch dein. Und viel Glück zu der Wanderschaft!« Ach, zu jeder anderen Zeit meines Lebens hätt ich eine solche Red wohl anders hingenommen denn jetzt! – Wär wohl mit beschämtem Herzen wieder eilends zurückgelaufen zu dem herzguten alten Vater und hätt gesagt: »Da bin ich wieder. Nimm mich wieder auf!«

Aber leider Gott war in diesem Augenblick der heilige Geist samt allen seinen Gnaden von mir gewichen, und ich, so voller närrischer Lieb zu der Mamsell, konnt dem Wirt nicht einmal einen gerechten Dank geben für seine Red, geschweige denn ein verständigs Werk vollbringen.

Mein Sinnen und Trachten ging nur noch auf den Besitz der feinen Jungfer, und ich gab mich schon dem Traum hin, mit ihr bald ein lieblichs Eheleben zu führen.

Also nickte ich bloß etlichemal mit dem Kopf, schob das Päcklein geschwind in den Ranzen, hing mir diesen um und lief mit kurzem Gruß hinaus zu dem Mädchen, das mich verwundert ansah und fragte: »Ist das alles, was du hast?«

»Nein, nein!« lachte ich voll Lust. »Hab schon noch was anders auch! – Dich!«

Und wollt sie also gleich auf offener Gassen an mich reißen.

Aber sie schien gar nicht mehr so liebreich wie ehvor und wehrte mir meine Narrheit mit gemessenem Ernst; doch folgte sie mir nach langem Sträuben zu der Steinbank hinter dem Friedhof, daselbst ich ihr sogleich das karmisinrote Seidentuch und auch das Büchlein als Verehrung gab.

Sie dankte mit kargen Worten und sah kaum drauf hin; und über eine Weil fragte sie, ohne mich anzusehen: »Bist du bloß ein Handwerksbursch? Hast du kein Geld?«

»Was? Kein Geld?« rief ich da protzig. »Geld grad gnug hab ich!«

Und zog meinen Beutel und ließ die Kreuzer scheppern. »Mir langts leicht, was ich hab, und für dich verdien ich schon was, wannst mitgehst mit mir!«

Damit steckte ich das Geld wieder ein und kramte in dem Ranzen.

Da griff ich das Päcklein vom Thomas und zog es eilig heraus, indes die Mamsell neugierig fragte: »Was ist denn da drin?«

»Ah, nix Bsunders!« erwiderte ich; denn obgleich ich mir selber gar nicht denken konnt, was es sei, so wollt ich mir doch nicht merken lassen, daß es ein Geschenk des Bildlmachers wär.

Doch öffnete ich es mit Hast und hatte im nächsten Augenblick harte Müh, einen lauten Schrei zu unterdrücken; in dem Päcklein lagen Gulden und Kreuzer, österreichisch und bayerische Münz, ein reichlicher Batzen, und dabei ein Zettel, darauf stand: »Gsegn dirs Gott und komm bald wieder.«

In meine Augen stieg es brennend heiß. Ich starrte auf das Geld und auf das Blättlein Papier und spürte ein Würgen im Hals. Da fuhr die Mamsell kichernd mit der feinen Hand in das Häuflein Münzen und jubelte: »O, wie hell das klingt! – Wie ich mir so was wünschte! – Schenk mir doch ein paar von den herrlichen Stücken!«

Gedankenlos sah ich ihr zu und gab ihr etliche Gulden; dann schob ich alles seufzend in den Ranzen, indes ein Gefühl der Scham in mir heraufkroch.

Die Jungfer aber schlang plötzlich in heißer Zärtlichkeit ihre Arme um meinen Hals und schmiegte ihre weichen Wangen an mein Gesicht, gab mir allerhand Koseworte und tat so lieblich, daß ich gar bald alle Reu und Scham vergaß und mir wie verzaubert vorkam.

Und so hab ich leider Ursach, jene Zeit zu beklagen und ihrer mit Scham und Bitterkeit zu gedenken als einer Zeit der Schand und Untreu gegen meinen herzensguten alten Vater, den Thomas, gegen das Andenken meiner allerliebsten Zieheltern und gegen meine alleinige Lieb, die Kathrein.

Denn jene Dirn erschien mir so holdselig und tat so zärtlich mit mir, daß ich ihr willig folgte, als sie mich mit sich nahm zu ihren Leuten. Und also lebte ich gleich den Zigeunern in einer wilden Ehgemeinschaft mit dem Weibsbild, das mir gemeinsam mit jenem Ungeheuer, so sich meine Mutter nannte, meine Kreuzer bis zum letzten aus dem Sack zog und mir alle Ehr und alle Scham raubte.

Da wurde gezecht und gewürfelt Tag um Tag; wurde gewerkt und gelumpt in dem niedern Wagen, der dieser wandernden Komödiantenbrut Heimat und Besitz, Obdach und Elysium bedeutete; und hatte der Herr des Theaters den Segen eines Pfarrers nicht vonnöten gehabt in seiner Eh, so schien mir dieser noch weit weniger notwendig in meiner Liebschaft, die gegen fleißige Lohnung und Geschenke an die Alten von diesen stillschweigend geduldet wurde, bis mein Beutel endlich leer und damit meine Freigebigkeit zu End war.

Bis dahin aber galt ich überall als ein Mitglied der Komedie und hatte auch etliche leichte Rollen eingelernt, um bei vorkommender Untersuchung durch die Obrigkeit bestehen zu können; denn ich besaß weder einen Paß noch sonst Kundschaft, die mich hätten nötigenfalls ausweisen oder empfehlen können.

Im übrigen aber war ich jetzund der Sohn des Theaterweibs und passierte als solcher unangefochten die Tore der Städte, darin wir spielten.

Somit kam ich also in dieser Zeit gar weit umher und lernte viele Orte kennen, wie: Linz, Innsbruck, Salzburg, Rosenheim, Wasserburg und andere; daselbst wir aber überall nur kurze Zeit verweilten und stets nur drei Komödien aufführten; die vom schönen Kätherlein, eine andere, die den Titel hatte: Bodo und Siglinde, oder das Zauberbild, und eine vom armen Heinrich und der Goldelse.

Nun mocht ich also leichtlich ein halbes Jahr in solchem Lumpenleben zugebracht haben, als meine Buhlin eines Tags in der Früh, da wir eben zu Rosenheim im Wirtshaus zur Sonne den Tanzsaal in ein Theater umwandelten, nicht wie sonst lachend und scherzend um mich herumtanzte, vielmehr sich mißmutig über meine traurige Gestalt, meine Mittellosigkeit und bäuerische Art beklagte, endlich hinauslief und den Tag über kaum mehr sichtbar ward.

Und da wir abends vor dichtgefüllten Bänken wieder das schöne Kätherlein spielten und also die Stelle kam, wo sie nach den Zaubereien des Zaranka mit ihrer Mutter wieder auf den Brettern erscheinen sollte, da warteten sie alle vergeblich: die Mutter, der Kupferschmied und die Zuschauer. Das Kätherlein oder, wie sie sonst hieß, Liane, blieb verschwunden; Zaranka aber verschwand gleichfalls zu dieser Stund.

Mit Müh und Not brachten wir einen kläglichen Schluß der Komödie zustande und durchsuchten darnach alle Winkel des Wirtshauses und des Wagens nach den beiden, doch vergebens.

Und den andern Morgen fand der Direktor auch den Platz in seinem Strohsack, da sonst seine Geldtruhe lag, leer.

Eine furchtbare Aufregung folgte, und nachdem er und die Alte, die Mutter zu nennen ich annoch heute nicht vermag, genugsam getobt und geplärrt hatten, verlangten sie von mir zwanzig Gulden als Notgeld.

Und da ich ihnen nicht beispringen konnt aus dem einen Grund, weil ich selber nichts mehr hatte, so fielen sie beide mit groben Schmähreden über mich her, und die Alte schrie: »Bist du auch noch ein Sohn deiner Mutter! Läßt mich im Unglück hängen wie jener Hund, dein Vater! – Marsch, sag ich! Fort aus meinen Augen! – Entweder du bringst das Frauenzimmer wieder, oder aber zwanzig Gulden! – Möcht doch wissen, wofür ich einen Sohn habe, wenn er mir nichts zu Lieb tut!«

Mußt also mein Ränzl wieder umschnallen und nach dem Stecken greifen, dabei mir aber trotz aller Traurigkeit ein gar kurzweiligs Sprüchlein einfiel:

»Lustig ists auf der Welt,
  Ham die Herrn aa koa Geld,
  Is für mi aa koa Schad,
  Wann i koans hab!«

Auf der Landstraße

Also stand ich an jenem Tag, es war im Erntemond des Jahres 1804, nachdenklich auf der Innbrucken und wußte nicht, wo aus und was tun, als drei Handwerksburschen die Straße daherzogen und fröhlich sangen:

»Steh auf, steh auf, du Handwerksgsell,
Die Zeit hast du verschlafen!
Die Vöglein singen im Grünen,
Die Fuhrleut tun schon blasen.

Was kümmert mich der Vögelein Sang
Und auch der Fuhrleut Blasen!
Ich bin ein fröhlicher Handwerksmann
Und ziehe meiner Straßen.

In der Schlossergassen im roten Hahn,
Da ist eine Herberg zu finden.
Da wollen wir singen und lustig sein,
Da wollen wir singen und trinken!«

Und da sie an mir vorüberkamen, tat einer einen hellen Juchschrei, eilte auf mich zu und schloß mich in seine Arme.

»Mathiasle!« schrie er; »ja, wie kommst denn du da her? – Willst etwan gar ins Wasser hupfen, daß d' so sinnierst?«

Eine heftige Freude durchfuhr mich: Es war mein Ziehbruder, der Fritz; und er lud mich ein, mit ihm und seinen Genossen durchs Bayerland und gegen die Münchnerstadt zu wandern.

Voll Verwunderung fragte ich ihn, wie er zu solcher Wanderschaft und in diese Kameradschaft käm – als Bauernknecht; da lachte er und sagte: »Zwegn der Kost, Bruderherz! Zwegn der Kost! – Allweil oa

Suppen frißt der Bauer nit, dös woaßt ja selm! – No ja, – und dös ewige hausbacherne Brot – dös wachst oan am End aa zum Hals raus! – 's Zunftbrot schmeckt aa nit schlecht, sagt mein Freund, der Loabischmied!«

Zugleich rief er seinen zwei Genossen, die derweil langsam weitergegangen waren, nach: »He, Loabischmied! – He, Magister! – Geh, warts a wengl!«

Und indessen diese zögernd auf uns zukamen, hatte ich ihm mit wenig Worten meine Abenteuer berichtet und gesagt, daß ich gern mit ihm ginge, wenn ich nur etwelche Kundschaft oder einen Paß hätte.

Da ließ sich der älteste von den dreien, ein dicker, glattrasierter Mensch mit feinen Manieren, den sie Magister nannten, vernehmen: »Was? – Er möcht ein Pfiffges sein und durch die Märtine holchen, und hat keine Flebbe?«

Ich sah ihn wie ein blaues Wunder an und konnt mir gar nicht denken, was er meinte; doch der ander, der Bäcker oder Loabischmied, half mir drauf: »Ob du auch als Handwerksbursch durch die Märkt laufen willst, ohne daß du Briefe oder Papiere hast?«

Da sagte ich: »Ich hab noch nie ein Papier besessen; hab auch keins vonnöten gehabt auf meinen Reisen. – Wo kann man denn so was bekommen?«

»Auf der Polizei halt!« erwiderte mir der Fritz.

Der Magister aber wollt nicht viel davon wissen und brummelte: »Narr, einfältiger! Läßt den Kaffer zur Schmiere laufen! – Daß die grünen Hunde von mir Wind bekommen und mich einkasteln! Bist wohl verrückt – he!«

Dabei tat er ganz scheu und sah bald hinter sich, bald vor sich, ob nicht schon ein Schürge käme.

Die andern aber lachten und spotteten über seine Furcht, so daß er wieder munter wurde und mich, nachdem er gefragt, ob ich nichts am dem Kerbholz hätt, ebenfalls einlud, mitzugehen; für meine Papiere wolle er schon sorgen.

»Holch nur mit, Kotem!« sagte er; »brauchst nicht so grandig Bauser scheften! – Wir holchen jetzt durch die Mokum, fechten darnach in die Fede, achlen und schwächen grandig und josten uns darnach aufs Rauscher, bis die Glanzer unterholchen!«

Ich konnte ihn wieder auf keine Weise verstehen und fragte den Fritz, was der Gsell damit gemeint hätt und was das für eine seltsame Sprache wär.

»Das ist welsch«, sagte mein Ziehbruder. »Das versteht bloß der, welcher uns wohl gesinnt ist; für die andern ist die Sprach ausländisch. Ganz ausländisch. – Also, daß du 's weißt: er meint, du sollst nur mitgehen, Kind, und nicht so viel Angst haben! – Wir gehen in die Stadt, betteln, und darnach in die Herberg, essen und trinken tüchtig und legen uns darnach aufs Stroh, bis die Stern untergehn. – Ich versteh ihn ganz gut; aber selber komm ich noch nicht bsunder zrecht mit dem Zeugs!«

»So ists auch bei mir«, fiel ihm der Bäcker ins Wort; »verstehen tu ich ihn gut, den Magister; – aber mit dem Nachsagen – da hats seinen Haken!«

»Nur Geduld!« sagte da der Magister väterlich; »Ihr lernts noch bald genug. Aber vor dem Bürschl da will ich wieder eine Weil deutsch parlen. – Wie heißt er denn, der Kaffer?«

»Mathias«, erwiderte ich; »Mathias Bichler.«

»Seine Profession?« fragte er weiter.

Ich kunnt ihm nichts antworten; denn was verstand ich zu der Zeit von solchen fremdklingenden Namen!

Dafür gab ihm der Fritz den Bescheid, daß ich gleich ihm bei den Bauern gearbeitet hätt und zuletzt bei einem Maler gewesen wär.

»Das ist schon eher was Zünftigs«, meinte auf diesen Bericht hin der Magister; »als Malergsell kann er die ganze Welt durchplatteln! – Kein Teufel schert sich drum! – Bloß muß er hie und da so dergleichen tun, als möcht er gern schanzen. – Braucht ja nicht lang bei einem Meister zu bleiben, wenn ihm grad ein Haar oder sonst was Unlustigs in die Suppen käm. – Aber jetzt wollen wir wieder eins singen, daß die Leut ein gerührts Herz kriegen für uns arme Mucken!«

Damit stimmte er ein frisches Burschenlied an, und wir zogen alle vier durch die Gassen dahin und walzten also den ganzen Tag bis zum Abend durch die ganze Rosenheimerstadt als vier arme, reisende Handwerksburschen und sprachen bald hier, bald da um Arbeit zu; darauf dann die Frau Meisterin oder der Meister in die Tasche griff und einen Zehrkreuzer herfürzog.

Waren eine saubere Gesellschaft, wir vier: der bleiche Loabischmied mit seiner mehlbestäubten Ballonhaube und dem fadenscheinigen Habit, – der Fritz in seinem blauen Fuhrknechtskittel und dem federgeschmückten Spitzhut, – der leichtlich seine vierzig Jahr alte, feiste Magister in seiner städtischen Gewandung, seidenen Strümpfen und dem abgeschabten Dreispitz, den er weit ins Gesicht setzte, ein feins spanischs Rohr in der Hand und ein mageres Felleisen umgehängt; – und dazu ich armseliger, kurzgestiefelter Zwack, der in der gleichen Zeit, da die andern einen Schritt machten, leichtlich seine drei haxelte.

Wo wir gingen, liefen Kinder hinter uns drein und reichten uns kleine Päcklein mit Kupfermünz; Männer nickten uns wohlwollend zu, und die Weiber und jungen Mädchen sahen neugierig aus den Häusern und blickten uns lange nach.

Abends machten wir endlich vor einem grauen, verwitterten Hause Halt, und der Magister führte uns durch einen dunklen Gang in ein niederes Lokal, das von Rauch und Qualm, von Lärmen und Geschrei erfüllt war.

Bei unserm Eintreten wandten sich die meisten der an langen, schmutzigen Tischen sitzenden Gäste blitzschnell nach uns um; etliche zogen sich eilends in einen dämmerigen Winkel hinter dem mächtigen Ofen zurück und blickten scheu und forschend nach uns.

Der Magister aber begann sogleich, diesen oder jenen in seiner welschen Sprache zu begrüßen, schob uns eine Bank zurecht und verlangte vom Herbergsvater befehlend Speis und Trank.

Warf auch gleich einen Gulden auf den zinnernen Teller am Schanktisch und begehrte ein Nachtlager für alle vier. Der Wirt, ein buckliger, alter Tropf mit rinnenden Augen und langen Krallen an den Fingern, kam schlürfend in einem schmierigen Leinenkittel aus seinem Verschlag und stellte jedem von uns ein Glas Branntwein hin, langte einen Brotlaib aus dem Wandschrank und sagte: »Was is gfällig, meine lieben Leut? – Frische Gselchte hab i, oder Fleischknödl; a Voressen oder a Bröckerl Käs is aa no da. – Geht wohl so alles auf eine Rechnung, Herr Magister?«

»Aber freilich, Vater Kaspar!« rief da der Gsell; »solang wir grandig Kis scheften, ist jeder unser Brißger!«

Da stieß mich der Bäcker an: »Hast es ghört, Hiasl! Solange er hübsch Geld hat, sagt er, ist jeder sein Bruder! – Alle Hochachtung vor unserm Kameraden! – Alle Hochachtung!«

Mein Ziehbruder, der Fritz, aber sagte gar nichts, betrachtete die Gesichter der Burschen, die hier herumsaßen und standen, aßen und tranken, schwatzten, würfelten oder sich sonst unterhielten, und aß danach mit gutem Hunger etliche Würste.

Also tat ich auch desgleichen, nachdem ich noch jedem gesagt hatte, daß ich ganz ohne Kreuzer Gelds wär; darauf aber alle drei nur ein lustigs Lachen hören ließen und mich ermahnten, gut zuzugreifen.

Nach solchem Mahl reckte der Magister behaglich seine Beine unter den Tisch, zündete sich eine kurze Pfeife an und schloß die Augen; doch verlor er kein Wort der Unterhaltung und gab jedem, der über den Tisch was fragte, sogleich Bescheid.

Da schwirrten die welschen Reden durchs Lokal, daß selbst meine Kameraden Müh hatten, sie zu verstehen und mir zu verdeutschen.

Endlich aber wurden wir müd und ließen uns das Nachtlager zeigen, dabei uns der Magister noch wohl ermahnte, nichts von Wert unverwahrt liegen zu lassen; so ein lakerer Koluf hätt seine Scheinling die ganze Zeit über bei uns herüben gehabt. Was soviel bedeuten sollt, als daß so ein falscher Hund seine Augen auf unsere Ranzen geworfen hätte.

Also legte jeder sein Sach unters Haupt, und ich konnt nicht umhin, einen Stoßseufzer zu unserer lieben Frau vom Birkenstein zu schikken, ehe ich die Glieder streckte und entschlief.

Hab nicht gar bsunder wohl geruht, die selbige Nacht; denn da wimmelte es in meinem Strohsack von allerlei Getier, so daß ich den andern Morgen am ganzen Leib voller Binkel und roter Fladen war und mir vor Jucken und Beißen kaum mehr zu helfen wußte.

Wär auch gern in ein Schaff kalts Wasser gesprungen, um mich darin eine Weil zu baden, eh ich wieder in meinen Habit schloff; das aber leider nicht geschehen kunnt, weil bloß ein armseligs Näpflein für alle Gäst bereit stand zum Waschen.

Waren ihrer nicht allzu viel, die sich in der trüben Brüh abwuschen, und der Magister riet mir, auch damit zu warten, bis wir unterwegs ein Orts einen Bach fänden; denn für Krätz und Läus sei ich noch zu jung. Die wären besser für die älteren Lumpen und Strolche.

Darnach gab er mir insgeheim ein schmals Büchlein und ein Päcklein Papiere, indem er sagte: »Hab gut acht drauf und weis sie nur vor, wanns gar nicht anders geht! Ich hab sie gestern noch für dich eingehandelt!«

Ich besah mir die Papiere darnach an einem geheimen Ort und erschrak nicht wenig, als ich las, daß ich der zwanzigjährige Malergesell Johannes Schröckh aus Traunstein sein sollt.

Ging also hinein und sagte zum Magister: »Ihr müßt Euch geirrt haben! Ich heiß Mathias Bichler und bin aus …«

Aber der alt Spitzbub hielt mir sogleich das Maul zu und fuhr mich halblaut an: »Haarbogen, dummer! – Halt dein Bonum! – Sei froh, daß du überhaupt was bist! – Ohne Kundschaft kommst du nicht weit im Land herum, das merk dir! – Da werden sie dich bald krank zopfen, und du kannst etliche Wochen hinter Schloß und Riegel brummen. – Oder sie fegen dich aus und schieben dich nach dem Nest ab, aus dem du stammst! – Die werden ja schauen, wenn du wieder kommst als ausgefegter Pfiffges!«

Damit ließ er mich stehen, ordnete sein Felleisen und mahnte den Bäcker und meinen Ziehbruder, die eine braune Zwiebelsuppe auslöffelten und Branntwein dazu tranken, zum Aufbruch.

»Avanti!« sagte er. »Schmust nicht lang; holcht, daß wir bald aus dem Bais und ins Flach stieben! – Mir ists, als sei die Schmier im Anzug! Ich habs nicht mit der kistigen Kontrolle!«

Da machten sich die beiden geschwind fertig, indessen ich einen harten Kampf mit mir ausfocht, ob ich sollt unter falschem Namen weiter wandern oder aber als der, welcher ich wirklich war, in Not und Elend kommen, von den Schürgen aufgegriffen und nach Sonnenreuth abgeschubt werden.

War mir gar nicht wohl bei solchem Überlegen, und ich hätt gern gewünscht, daß ich wieder bei dem alten Fegfeuer in dem Zigeunerwagen gesessen wär als ihr Sohn.

Aber in dem Augenblick faßte der Fritz meinen Arm, schüttelte mich und sagte: »Also, Hiasl, wannst mitwillst, mußt gleich gehen! Über eine Weil ists schon zu spät, – die Wach kommt um Sechse zum Visitieren!«

Da raffte ich mich auf, schnallte mein Ränzel um und folgte ihnen, ohne mich noch viel zu bedenken; darüber der Magister sehr erfreut schien und mir bei allen Zufällen seine Hilfe versprach.

Also zogen wir hinaus zum Tor und dahin durchs Gau, kamen in allerlei Ortschaften, da man uns mißtrauisch betrachtete, die Häuser verriegelte oder aber uns scheltend von der Tür jagte; besuchten Dörfer und Märkte, daselbst einer oder der ander auf eine Zeit Arbeit und Lohnung fand oder von guten Bauern mit Zehrung reich versehen wurd, und hielten dabei fest zusammen als gute Kameraden, die gern und willig miteinander teilen, was sie haben; sei 's nun Geld oder Speis, Quartier oder Unterstand, oder der magere Inhalt des Felleisens.

Der Magister insbesondere tat mit uns gar brüderlich; hatte auch immer Geld, oder, wie er es nannte, Kis, obgleich er am wenigsten sich plagte oder lange wo arbeitete.

Doch dacht ich auch über dies nicht viel nach und vertraute ihm als einem weitgereisten und welterfahrenen Mann, der mir zwar als ein Vagabundus, niemals aber als ein wirklicher Spitzbub fürkam und grad für mich eine schier zärtliche Neigung hegte.

Er stammte aus gutem Hause und war der Sohn eines rheinischen Gutsbesitzers. Die harte Zucht im elterlichen Haus ließ ihn schon als vierzehnjährigen Knaben den Entschluß fassen, heimlich davonzugehen. Er packte also einen Anzug, Geld und sonstige notwendige Dinge zusammen, versteckte den Pack in einem alten Boot am Rheinufer und ließ nach solchen Vorbereitungen noch einige Zeit verstreichen, ehe er verschwand.

Man wähnte, daß er im Rhein beim Baden ertrunken wäre, weil man nachher seine alten Kleider daselbst gefunden hatte, und ließ ihn aus der Liste der Lebenden streichen, dieweil er mit einem Kaufschiff rheinaufwärts fuhr und schließlich in Basel längeren Aufenthalt nahm, ein Student wurde und durch seine Geniestreiche bald unter der Burschenschaft großen Ruhms und Ansehens genoß.

Lebte also flott und in Saus und Braus, machte Schulden, bis ihm kein Mensch mehr borgte, und kehrte schließlich im Jahr 1790 als ein etwa fünfundzwanzigjähriger Studiosus der schönen Wissenschaften Basel den Rücken; doch nicht, ohne noch seine Hauswirtin, eine mannstolle Wittib, durch das Märchen, er sei als Hofrat zu der Fürstin von Taxis nach Regensburg beordert worden und brauche dazu Geld und anständige Kleider, um ein schöns Sümmchen Geldes zu prellen. Sie gab ihm willig fünfhundert Gulden, nachdem er sie seine liebe Braut genannt und ihr versprochen hatte, sie zur Frau Hofrätin zu machen.

Darnach zog er lange Zeit in der Welt herum, tat gar fein und anhabisch, so daß man ihn überall als einen großen Herrn mit Hochachtung und Ehrfurcht behandelte, bis er eines Tages unter Rücklassung großer Schulden und etlicher trauernder Mädchen wieder verschwand.

Im Jahr 1800, da er eben ohne jeden Kreuzer Gelds in der ärmlichen Dachstube einer Vorstadt Wiens saß, fiel ihm ein Gedicht in die Hände, das auf einem Fetzen Papier stand, darein ihm die Mamsell vom Krämerladen sein Stück Speck gewickelt hatte. Es war eine Lobhymne auf den großen Fritz, den Preußenkönig.

Sogleich ging er nun daran, etwas Ähnliches auf einen österreichischen Herzog zu machen, widmete es »Seiner Durchlaucht alleruntertänigst« und erhielt dafür von dem alten Herrn, der sich durch den schwülstigen Lobgesang nicht wenig geschmeichelt fühlte, ein ansehnliches Geldgeschenk, ein huldvolles Handschreiben und eine silberne Dose mit fürstlicher Widmung.

Da ihm also solches so wohl geglückt war, machte er das Lumpenstück sogleich auch in Deutschland und dichtete bald diesen, bald jenen hohen Herrn an; doch folgte dieser einen großen Auszeichnung leider keine zweite mehr, und die deutschen Fürsten hatten höchstens einen Ordensstern oder ein paar trockene Dankesworte für ihn.

Noch einmal kehrte er nach Wien zurück, empfahl sich aber nach verschiedenen Streichen bald wieder, und schließlich erwischte ihn die Polizei, als er eben ohne Bezahlung seiner Zechschuld aus einem Gasthof zu Nürnberg verschwinden wollte.

Im Polizeigewahrsam hingen sich bald etliche zünftige Gauner an ihn; er lernte ihre welsche Sprache, und nachdem er wieder in Freiheit gesetzt war, zog er mit allerhand reisendem Gesindel durch die Gaue, um sich schließlich doch wieder von ihnen zu trennen.

Und so war er am End bis in die Berge gekommen und hatte in der Gegend von Kufstein den Bäcker und meinen Ziehbruder getroffen, mit denen er nun der Münchnerstadt zu wollte, um daselbst als Schreiber irgendwo unterzukommen.

Also tappte ich mit ihm und den beiden andern dahin, indes die Felder kahl wurden, die Obstbäume überall voll schwerer Früchte hingen und ein scharfer Wind durch die Äste der fahlen Buchen und Birken strich und auch uns durch die leichte Kluft fuhr.

Aus den Scheunen aber erscholl wieder das gleichmäßige Lied der Drischeln und gemahnte mich an jene glückhaften Tage im Weidhof, also daß ich gemach immer stiller wurd und im Innersten meines Herzens ein tiefes Weh nach jener Zeit und Weil verspürte.

Da schickte es sich, daß wir eines Abends so um Kirchweih durch ein größeres Bauerndorf nahe bei Ebersberg zogen und daselbst um Speis und Nachtquartier herumbettelten, als ein großmächtiger Blachenwagen aus dem Schupfen eines Wirtshauses gezogen, mit allerhand Kisten, Körben und Säcken beladen und mit zwei starken Rössern bespannt wurde.

Der Magister war sogleich zu dem Fuhrknecht hingegangen, sah ihm eine Weil zu und fragte ihn dann herablassend: »Wo aus noch mit der Fuhr, lieber Freund?«

Darauf der Bursch, ohne aufzuschauen, erwiderte: »Auf Münga. – Dös is 's Botenfuhrwerk.«

Nun stand der Magister noch eine Zeit, ohne ein Wort zu reden, sah dem andern beim Eingeschirren zu und wandte sich darnach an uns, die wir gleich ihm um das Fuhrwerk herumstanden.

»Freilich wohl!« erwiderten wir frisch und machten, daß uns der Knecht plötzlich erstaunt und mißtrauisch ansah.

»Nix da!« sagte er unwirsch; »da kunnt jeder kommen und mitfahren wollen! – Habs nit mit solchen Gästen, wies ihr seids!«

»Das kann ich mir denken«, meinte der Magister halb lächelnd, halb mitleidig; »Ihr wollt halt auch nicht grad umsonst jeden fahren, der kommt. – Jawohl. – Da habt Ihr auch nicht so unrecht, lieber Mann! – Aber – wie wärs, wenn Ihr – natürlich gegen gutes Fahrgeld – mich mitnehmen würdet? – Ich habe droben beim Herrn Pfarrer amtshalber zu tun gehabt und hab leider die Post versäumt.«

Er tat, als sähe er auf seine Taschenuhr, dabei er doch nur eine Zwiebel an dem Band hängen hatte, und wiederholte: »Jawohl. – Leider. – Viel zu spät!«

Der Knecht geschirrte ruhig weiter, indes er ab und zu einen schnellen Blick auf den Magister warf und gleichmütig sagte: »So – beim Herr Pfarrer, sagts! – Mhm. – Ja, müaßts halt aufsitzen, wanns Euch nit z' hart is. – Mhm. – Dees kost nachher nit viel für Euch ... Dees wißts ja selber! ...«

Da zog der Magister mit fürnehmer Gebärde einen Gulden, den letzten, den er noch hatte, aus dem Sack und hielt ihn dem Knecht hin.

Der aber wollt von solchem reichen Fuhrlohn nichts wissen: »Naa, naa, gnädiger Herr!« sagte er; »a so tean ma nit! Um dees fahr i ja den ganzen Pfarrhof bis auf Münga! – Naa, so viel nimm i nit o! – So viel scho überhaupts nit!«

Da blinzelte der Magister zu uns herüber und meinte gutherzig: »Ihr seid ein braver Kerl. – Aber ich will Euch was sagen: ich geb Euch den Gulden, und dafür erbarmt Ihr Euch über die armen Brüder da und nehmt sie um Gottswillen mit in die Stadt. – Ich werde nicht versäumen, dem Herrn Pfarrer von Eurer Gutherzigkeit zu schreiben! ...«

Da lag er drin – der Gimpel! – »No ja«, sagte er wieder langsam und gleichmütig; »nachher laß i s' halt aufsitzen, die drei.- Aber i hoff, daß Enk koan Unmuß nit machen!«

Und wandte sich an uns: »Also – nachher kinnts scho aufhocken!«

Gab ihm also der Magister den Gulden, – der Knecht bedankte sich untertänigst, – und wir stiegen fröhlich ein und freuten uns über die Keckheit des Magisters.

Der aber ließ sich fein »Gnädiger Herr« titulieren, setzte sich auf die weiche Decke, die ihm der Knecht noch gegeben hatte, und wünschte sich und uns eine gute Reis, indes der ander draußen den Handgaul beim Zaum faßte, lustig mit der Geißel knallte und aus dem Dorf fuhr.

Unterwegs, da die Pferde gemächlich in der einbrechenden Nacht dahinstapften und der Knecht pfeifend und singend nebenherschritt, lachten wir noch viel über diesen wohlgelungenen Streich und lobten die Schlauheit des Magisters.

Der aber erwiderte schmunzelnd: »O, das ist noch gar nichts! Da hab ich früher schon feinere Stückln geliefert!«

Und erzählte uns also die verschiedensten Streiche, die er als Studiosus, als Reisender und als Vagabund schon ausgeführt.

So ging er einmal bei Sturm und Regen, ohne einen Knopf im Sack, hungrig und durstig der Stadt Wien zu und dachte darüber nach, wie er es anstellen möcht, daß er sich ohne größere Ausgaben einmal wieder ordentlich satt essen und seinen äußeren Menschen ein wenig vorteilhafter gestalten kunnt, als ihm etwas einfiel.

Er lief also eilends zum Tor hinein, indem er dem Wächter eins jener huldvollen Handschreiben aus fürstlicher Feder unter die Nase hielt und sagte: »Es eilt, mein Lieber! Seine Durchlaucht wollen mich sprechen!«

War also glücklich drinnen in der Stadt und begab sich sogleich in einen Gasthof, daselbst er ein Zimmer begehrte, den Brief mit dem herzoglichen Siegel vorwies und sagte: »Wenn seine Durchlaucht nach mir senden sollte, dann meldet, daß ich momentan unpäßlich sei. Ich werde in zwei, drei Tagen kommen!«

Fragte auch gleich, wann die Wechselbank geöffnet sei, und befahl, man möchte sofort nach einem Schneider und zwei Schustern schikken; denn er sei unterwegs in den Platzregen gekommen und hätte im Augenblick kein Gepäck bei sich.

Man beeilte sich sogleich respektvollste die Wünsche »Seiner Gnaden« zu erfüllen, wies ihm ein nobles Zimmer mit Kabinett an und bewirtete ihn reichlich; ja – der Besitzer des Gasthofs ließ ihm sogar ein Paar feiner Staatshosen, neue Strümpfe und trockene Wäsche bringen, damit dem »Herrn Baron« nichts Unpäßliches zustoße.

Nacheinander kamen nun die Meister, und er ließ sich einen feinen Anzug nebst zwei Paar Schuhen anmessen, sagte, daß er die Sachen bestimmt in zwei Tagen haben müßte, holte aus dem alten Rock die Briefe der Fürstlichkeiten und legte sie offen auf den Tisch; sein altes Gewand aber schenkte er einem Armen.

Am übernächsten Tag kam zur bestimmten Stunde erst der Schneider; der Magister probierte die feinen Stücke und bemerkte, daß ihn die Hosen ziemlich spannten; darum sagte er: »Ich glaube, Ihr müßt die hintere Naht seichter nehmen, lieber Freund! Bedenkt doch, daß ich als Gast des Herzogs viel Komplimente machen muß! – Aber bringt mir die Hosen ganz bestimmt um sechs Uhr wieder! – Den Rock und das Leibstück könnt Ihr hier lassen – das paßt.«

Mit tiefen Verbeugungen verschwand der Schneider. Nun trat der erste Schuster ein.

Sogleich probierte der Magister die vornehmen Staatsschuhe und fand, daß ihn die linke kleine Zehe schmerze.

»Ach«, sagte er zu dem devot vor ihm knienden Meister; »schlagt ihn doch noch zwei Stunden über den Leist, den linken! – Und um drei Uhr bringt Ihr ihn wieder; der andere paßt wie angegossen!«

Unter vielen Entschuldigungen ging der gute Mann, und gleich darauf erschien der andere Schuster.

Wieder probierte der Magister und gab den rechten Schuh mit dem Wunsch zurück, daß er noch ein wenig ausgeraspelt werden sollte; denn beim Auftreten steche ihn ein Stiften in die große Zehe. Doch müsse er den Schuh bestimmt bis zwei Uhr wieder haben, da er beim Herzog zur Tafel geladen sei.

»Gewiß, Euer Gnaden! – Schamster Diener!« sagte der Meister und ging.

Nun begab sich der Magister wohlausstaffiert hinab zum Wirt und fragte, ob die Bank jetzt offen sei, er müsse sich Geld holen.

»Jawohl, Herr Baron! Gerade gehts noch!« sagte der Wirt; »aber ich will Euer Gnaden doch lieber ein Pferd geben. Reiten geht schneller denn gehen, und der Bankportier kann ihn ja derweilen halten, den Gaul, bis Euer Gnaden fertig sind!«

Ließ also einen sauberen Fuchsen satteln, – und der Magister ritt fröhlichen Herzens zum Tor hinaus und bedauerte nur, daß er die

Gesichter der Geprellten nicht mehr sehen konnte, wann sie es merkten, daß der Vogel ausgeflogen war mit ihren Federn. –

Unter solchen Erzählungen des Magisters waren wir schier die halbe Nacht gefahren, als uns endlich der Schlaf überfiel und wir uns auf die harten Kisten und Säcke streckten.

Da gab es dem Wagen plötzlich einen Ruck. Wir rissen die Augen auf, sahen uns schlaftrunken an und krochen dann neugierig unter der Blache hervor.

Da stand das Fuhrwerk vor dem Haus des Zolleinnehmers, und der Knecht klopfte eben ans Fenster des Beamten.

»Holla!« sagte da der Magister halblaut; »jetzt ists aber Zeit, daß wir verschwinden; sonst kommts auf, was ich für ein Vogel bin!«

Damit sprang er vom Wagen und rief dem Knecht zu: »Die armen Kerle suchen Arbeit; nun will ich sie einmal schnell zu meinem Vetter, dem Pfarrer von Maria Hilf, führen; der hat hübsch Holz zum Machen. – Also adjes, guter Freund! – Ich werde nicht versäumen!«

Der Knecht zog ehrfürchtig seine Haube und grüßte den Magister devot; wir aber liefen frisch dahin.

Es war ein schöner Morgen; über den Fluren und Wiesen lag ein glitzernder Reif, feine Nebel stiegen auf und nieder, und unter uns in einem Tal lag die Münchnerstadt wie ein Schattenriß mit ihren Türmen und Giebeln, Mauern und Zinnen.

Ein breites, dampfendes Wasser, das der Isarfluß war, floß rauschend zwischen herbstlich buntgefärbten Bäumen und Büschen dahin, und aus dem Nebelschleier ragten die mächtigen, grünlich schimmernden Kuppeln der Türme vom Dom unserer lieben Frau.

Glockengeläut tönte zu uns herüber, das Rufen und Juchzen der Flößer drang vom Fluß herauf, und allerhand Fuhrwerke und Leut bewegten sich auf den zwei Brucken, die unter uns über die Isar nach dem Tor der Münchnerstadt führten.

Also trabten wir den Rosenheimer Berg hinab, vorbei an niedern Häusern mit kleinen Gärten und geraniengeschmückten Fenstern, und schritten über die Brucken, darunter der Fluß mit wilden, grüngelben Wassern dahinfloß.

Vor dem Tor waren überall noch grüne Wiesen mit Schafherden; Gänse und Enten tummelten sich in Bächen, aus einer Kaserne ritten bunte Soldaten, im Wirtshaus zum Postgarten blies ein Postillon etliche Landlermelodien, und unter dem Isartor hobelte und schnitzte der Stadtwagner an der Deichsel einer fürstlichen Karosse; der Messerschmied daneben ließ die Funken von seinem Schleifstein sprühen, und ein Schlosser stieß eben seine glühende Eisenstange ins kalte Wasser und schlug und hämmerte sie zur kunstvollen Schnecke.

Vor dem Zollwächterhaus aber stand ein alter Soldat der Polizei, fragte nach unsern Papieren und machte, daß ich mich in diesem Augenblick elender fühlte als zu jener Stund, da ich alles verloren hatte.

Johannes Schröckh

Mit zitternden Fingern und großer Kümmernis und Angst im Herzen schnallte ich mein Ränzl ab und holte umständlich die Kundschaft und das Wanderbuch heraus, unsere liebe Frau wieder einmal brünstig um Hilf angehend und den Magister, der grad anstandslos als Karl Ludwig Harold, Geheimschreiber aus Darmstadt, das Tor passierte, in alle Höllen und Verdammnisse verfluchend.

Eben gab der Bäcker seine Papiere hin, sagte, daß er Philipp Leber heiße und in München Arbeit suche, und folgte darauf ebenfalls ohne Hindernis dem Magister; darnach kam mein Ziehbruder, der Fritz. Der Beamte las laut: »Friedrich Glotz, Stallknecht aus Sonnenreuth, – Ihr sucht Arbeit? – Wird schon was geben. – Könnt passieren.«

Nun war also die Reih an mir, und ich stand allein und verlassen von der ganzen Welt vor dem gestrengen Gendarm, darauf gefaßt, daß er im nächsten Augenblick die Häscher rufe, mich in Fesseln lege und in den nächstbesten Turm sperre als gemeinen Betrüger.

Aber er sagte bloß: »Stimmt. – Könnt passieren.«

Und gab mir den üblichen Gegenschein für meinen Reisepaß.

Noch umständlicher, als ich meine Judasfetzen ehvor ausgepackt, tat ich den empfangenen Wisch jetzt hinein in den Ranzen, sagte dem Alten mit bebender Stimm Pfüa Gott und ging mit schlotternden Knien hinein durchs Tor in die Stadt und ins Tal Mariä.

Lachend standen meine Gefährten vor dem Haus eines Bäckers und empfingen mich mit üblem Spott, darüber ich mich so stark erzürnte, daß ich von ihnen weglief.

Der Magister aber eilte mir nach und redete mir zu, bis ich wieder umkehrte und also mit ihnen beriet, was wir nun anheben wollten.

»Ich weiß schon mein Teil!« sagte der Bäck; »ich geh jetzt zu dem Wecklmeister da hinein, – vielleicht hab ich Glück!«

Und trat also ins Haus, über dessen Tür ein fein geschmiedeter

Kranz mit dem Zunftzeichen der Bäcker hing und ein Schild: »Zum Dirnbäcken«.

Indessen er drin verhandelte, gingen wir heraußen langsam auf und ab und lugten dabei verstohlen durch die Scheibe des Schiebfensters, dahinter der feiste, mehlbestäubte Meister neben seiner himmellangen Hausfrau stand und dem Philipp seine Kundschaften abverlangte.

Es dauerte eine geraume Weil, eh der Kamerad wieder aus dem Haus trat; da er aber endlich erschien, lachte er voll Freuden und nahm von uns Abschied.

»Bin schon gedungen!« sagte er. »Ist ein guter Herr, der Meister. – Drei Tag Prob ums Essen, – darnach fix auf drei Jahr, wann ich mich gut halt. – Herrgott, bin ich froh drüber! – Ich wünsch euch das gleiche Glück! – Und ...«

Er langte in den Sack und zog alle seine zusammengefochtenen Groschen und Kreuzer hervor: »Da – teilts es fröhlich miteinander! – Und jetzt bhüt euch der Himmel!«

Wir wünschten ihm alles Glück und nahmen sein Geschenk gern an. Dann versprachen wir ihm, zum nächsten Sonntag vor dem Haus zu stehen und auf ihn zu warten.

Und also gingen wir, indes er seine Ballonhaube schwenkte und wieder ins Haus trat.

Im Tal Mariä war schon lautes Leben und Treiben, da wir so durchmarschierten. Schwerbeladene und mit feisten Ochsen bespannte Bierwägen kamen aus einem Bräuhaus, aus der Hufschmiede daneben drang beißender Rauch und das Fluchen der Gesellen. Vor der Werkstatt eines Sattlers hielt eine Staatskarosse, während daneben aus der Hochbruckenmühl die weißen Mahlburschen mit schweren Säcken aus dem Tor keuchten und einen Wagen beluden. Kraxenweiber und feine Kochmamsellen, alte Bauern und junge Gecken liefen durch die Gassen; prunkvoll in Samt und Seide gekleidete Bürgersfrauen und silberstrotzende Männer kamen aus einer Kirchen. Ein Tändler stand unter seiner Ladentür, hatte eine endsgroße Brille auf der Nase und stäubte und blies an einem alten Ministerrock und schimpfte nebenzu grimmig auf den Gestank, welchen der Weißgerber mit seinen Häuten und Fellen um sich verbreitete, da er sie vom Karren hob und ins Haus trug. Ein Fuhrwerk mit feinem weißen Sand zum Fegen der Böden und Bänk stand vor dem Wirtshaus zum Löffelwirt, und der Lenker des alten, hinkenden Schimmels schrie in langgezogenen Tönen:

»Weiß Saand!« Dabei er aber von einer buntgewandeten Jungfer, die zwo Fäßlein in einer Kraxe am Rucken trug, überschrien wurde; denn sie lockte die Frauen und Kochdirnen ringsum aus den Häusern mit ihrem Ruf: »Rührmilli und Butter!«

Ein alter, zusammengeschrumpfter Salzstößler mit erfrornen Backen und tröpfelnder Nase stand hinter der trüben Scheibe seines Ladenfensters und sah neidig auf die schweren Kisten und Ballen, die daneben vor dem Tor des reichen Handelsmannes und Seidenhändlers abgeladen wurden, indes ein Gendarm dabei Wache hielt, daß nichts gestohlen wurde. Zwei Diener liefen mit einer Sänfte, darin ein steinalts Männlein mit langstieligem Spekulierglas und gepuderter Perücke saß, dem Ratstor zu und stießen dabei schier einem Burschen seine zwei großmächtigen Käsräder vom Kopf, die er eben aus einem Gewölb trug.

Vor dem Haus eines Branntweinbrenners hielt der Magister an und sagte: »Jetzt gehn wir einmal zuerst da hinein auf ein Glas Bittern. Und dann reden wir weiter!«

Also traten wir ins Haus, das man den Heiliggeistbranntweiner hieß, und darin schon männiglich Leut beieinander saßen und standen: Alte und Junge, Bauern, Händler, Handwerker und Bürger, ihr Stamperl tranken oder etliche Krüg füllen ließen und daneben sich mit jedermann anließen und unterhielten.

Und da wir also unsere himmelblauen und grünen, gepreßten Gläslein nahmen und auf gut Glück anstießen, trat einer zu uns, ein aufgeblähter, rotkopfichter Mensch mit schweren Silberknöpfen an seinem braunen Rock, und fragte leutselig, wo wir herkämen.

Sagten wir: »Von den Bergen – Arbeit suchen.«

Darauf er unser Gewerb wissen wollt und jeden drum fragte.

Der Magister aber nannte ihm willig statt unser alles: »Der ist ein guter Stallknecht für Ochsen und Küh, Rindvieh und Roß«, sagte er vom Fritz; »der da ist ein Maler oder Anstreichritter – zwar nicht groß, aber ein firmer Gsell«, rühmte er von mir und meinte dann von sich selber: »und ich bin ein alter Schreiber, Sekretär und Stiefelzreißer.«

Der ander betrachtete uns eine Weile prüfend; dann fragte er meinen Ziehbruder: »Kann er melchen?«

»Freilich!« sagte der Fritz; »melken und buttern, füttern und stallräumen. Und in der Feldarbeit da fehlt sich auch nix.«

Worauf sich der Alt noch ein Glas Schnaps einschänken ließ und die Papiere des Bruders zum Durchschauen verlangte.

»I bin Millihandler«, sagte er darnach; »i kunnt di schon ganz gut brauchen; – was verlangst denn?«

»Was halt der Brauch ist«, erwiderte der Fritz; »ich mach mein Sach richtig und laß nix über mein Vieh kommen. – Was zahlts denn?«

»No ja«, meinte der Milchhändler bedächtig und trank; »no ja. I gib dir, was recht is: vierazwanzg Gulden im Jahr und ein Paar Schuh. Nach zwo Jahr vier Gulden mehr, und den Drangulden extra.«

»Jawohl«, sagte der Fritz; »so, wies halt der Brauch ist. Um das möcht ich schon anfangen bei Euch!«

»No ja, nachher is ja alles recht und richti!« erwiderte der Alt und zog einen gestrickten Geldbeutel aus der Hose. »Nachher gib i dir also glei dein Drangeld, und du gehst auf der Stell mit.«

Also war auch der Fritz gut unter Dach. Der Magister aber sagte: »Kann man vielleicht inne werden, wo Euer Sach ist, Herr? – Er bekümmert mich, der junge Kampel!«

»Dees kinnts scho inne werden«, erwiderte ihm der Alt. »I bin in der Salzgassen und hab a schöns Sacherl. Bei mir hoaßt mans zum Fischer Simmerl; könnts schon amal kommen zu eahm auf d' Nacht nachn Feierabend.«

Ach Gott, wie war mir in dieser Stund elend in meinem Gewissen! Denn ich gedacht mit Angst und Grausen des Augenblicks, da auch an mich die Frage käm: »Wer und was – woher und wohin?«

Er kam leider nur zu schnell, dieser Augenblick! Denn der Milchhändler wandte sich an einen hageren, weißhaarigen Mann, der hinter dem Schanktisch beim Branntweiner stand und ein gemaltes Schild in Händen hielt, mit den Worten: »Behringer! – He, Behringer! – Geh amal her! – Hast nit du gsagt, daß dir a Junggsell mangelt in deiner Werkstatt?«

Der Angeredete ging auf uns zu und fragte: »Warum? Hast leicht oan?«

»Jawohl, Euer Gnaden!« rief da geschwind der Magister und nahm mich bei den Schultern: »Wenn Euer Gnaden geruhen wollten, den Burschen auf eine Probe zu dingen! – Er ist ein Vetter von mir, – versteht sein Sach von Grund aus, – kann bloß mit den Leuten nicht recht umspringen. – War ja auch sein Lebtag immer bei der eigenen Freundschaft; – gewöhnt sich aber schon noch an die fremden Leut. – Welchen Zweig der edlen Malerei pflegen Euer Gnaden, wenn man fragen darf?«

»Mir tean vergolden und Figuren von die Herrn Bildschnitzer bemaln«, erwiderte der Meister; »der Dreßler in der Hackenstraß und i – mir san die oanzign von dem Fach. I hab halt zwoa Altgselln und vier Junggselln in der Werkstatt, ohne die Lehrbubn. – Wie heißt er denn, der Krowat? – Hat er Kundschaft?«

»Schröckh, Euer Gnaden!« beeilte sich der Magister statt meiner, der ich dastand wie Sankt Sebastian mit den fünfzig Pfeilen im Leib; »Johannes Schröckh. – Hallo – geschwind deine Flebben, Bursch! – Nur nicht so verdattert mein Lieber! – Der Meister wird bald genug Respekt vor dir kriegen!«

Langsam, als tät ich mein Halstüchl ab, damit mir der Scharfrichter den Kopf leichter abhauen kunnt, holte ich die verfluchten Hadern heraus und gab sie dem Magister hin, denkend, es wär wohl das Best, wenn mir unser lieber Herr in dem Augenblick geschwind einen sanften Tod schenkte.

Aber ich blieb lebend und gesund und hatte eine Weil darnach einen brennenden Dinggulden in der Hand.

Der Magister aber bedankte sich mit geschraubter Red bei dem Meister und fragte, ob er mich einmal aufsuchen dürft mit Verlaub Seiner Gnaden.

»Aber gwiß!« sagte dieser. »Kommts nur, wenns Euch beliebt! – Ich habs gar nit ungern, wann hie und da eins von der Freundschaft ein bißl dahinter steht mit der Fuchtel! – Sie schlagn dann nit so leicht über d' Sträng, find ich!«

»So ists!« sagte der Erzgauner, der scheinheilige. »Und wo sind Euer Gnaden zu finden, wenn man fragen darf?«

»Ja so«, erwiderte ihm mein Meister; »also, wenn Ihr Euch merken wollt: Christian Behringer is mein Nam; Mal- und Vergolderwerkstatt, – glei da drüben im Hackenviertel; – Brunngassen. Es erste Haus linker Hand, wenn man von der Hundskugel rein kommt. – Unser liebe Frau steht groß über der Haustür in der Nischen.«

Da bedankte er sich noch einmal, der Magister, gab mir gute Lehren und schöne Wort und versprach, mich am Sonntag nach dem Essen zu besuchen, mit Verlaub.

Ich aber wußt nicht Red noch Antwort, fühlte nicht Schmerz noch Lust und stand auf meinem Fleck, indes in meinem Hirn der eine Gedanke umging: »Gfehlt ists! Aus ists! – Du bist ein Lump!«

Mittlerweil hatte sich der Milchbauer mit dem Fritz auf den Weg gemacht, und der Magister nahm nun ebenfalls von uns Abschied, trank sein Glas aus und ging.

Da gab ich mir einen Ruck und dachte, wenn ich erst einmal eine Weil bei dem Meister wär und er keine Klag über mich hätt, dann kunnt ich ihm ja leichtlich alles erzählen.

Und bis dahin würd es schon gehen mit der Hilf Gottes.

Ging also mit ihm und trat hinaus in die sonnbeschienenen Gassen und folgte meinem Meister durch das feinbemalte Ratstor über den Marktplatz mit der lieben Frau auf der Säulen, vorbei an den Ständen der Händler und hinein in schmale Gassen und enge Winkel, bis wir endlich zu dem Haus mit der großen Madonna kamen.

Aufrecht ging ich durchs Tor und hinein in die Werkstatt, da der Meister mir meinen Platz neben einem Altgesellen anwies und sagte: »Also, Hans, probiern wirs halt in Gottsnam.«

Nun hatte ich also eine Arbeit, einen Meister, einen Platz beim Altgesellen – aber kein Gewand, wie es die zünftigen Maler gemeiniglich bei ihrem Schaffen tragen.

Sagte also deshalben zum Meister: »Es wär mir lieb, Meister, wann ich gleich meine Kluft ablegen kunnt und ein anders Gwand anlegen. Auch hab ich mir noch um kein Logis gschaut.«

»Das kannst im Haus haben«, erwiderte der Meister; »bei mir loschiern alle im Haus, die bei mir werken! – Habs nit mit den Auswärtsschlafern! – Hängt sich leicht allerhand an! Und – was ich sagen will, – Kittel und Schawer findst da hint, in dem Kasten, was d' brauchst.«

Also suchte ich mir meinen Habit aus und folgte darnach dem Meister hinauf unters Dach, da drei niedere Kammern für die Gesellen gerichtet waren mit sauberen Betten, blechernen Waschschüsseln und steinernen Wasserkrügen.

Vor jedem Bett stand ein blank gescheuerter Hocker und eine niedere Truhe, und an der Wand hing ein einfacher Herrgott, mit Palmbüscheln und Antlaskränzlein geschmückt. In den geblümten Zeugvorhängen steckten allerhand Zunftzeichen und Anhängsel, Blumensträußlein und bunte Bänder, und auf einem Fensterbrett stand einschichtig ein magerer Rosmarinstock.

Der Meister hatte derweil seine Ehefrau gerufen; und die lächelnde, rundliche Meisterin mit ihrem blonden Haarschopf, darin ein großmächtiger, geschnitzter Hornkamm steckte, rief mit heller Stimm, indem sie eilig ihre blumenbestickte Leinenschürze zurückschlug und glättend über die Kissen eines Bettes strich: »Ja, was is dees, Vater! – Ham ma scho wieder oan! – So so! – Na, dees is recht. – Wie heißt er denn? – Is er auch brav und ordentlich? – Und gsund? – Kennt er unsern Herrgott noch? – Geht er schön in d' Kirch? – Er hat doch hoffentlich kein Schatz? – Gwiß nit? – Also – dann ists recht. – – Acht gebn aufs Bett! – Kein unnützen Dreck machen! – 's Bettgwand nit zreißen! – Öfters beichten gehen! – Den Boden nit vollspaizen und es Waschwasser nit in d' Dachrinn gießen! – Und nit streiten! – Und im Haus Filztapperln tragen! – Also.«

Und sie nickte mir freundlich zu, ließ die Schürze wieder fallen und lief die Stiegen hinab, daß ihr Schlüsselbund rasselte.

Da zog ich mich eilig um, tat einen Stoßseufzer und folgte darnach dem Meister wieder in die große, lichte Werkstatt, in der überall Engel und Heilige, Madonnen und Wandherrgotte umeinanderlagen und standen; bald aus Holz bald aus Gips, alabasterne und steinerne, bemalte und vergoldete.

Hier strich einer frisch an dem lichtblauen Mantel der Himmelskönigin, dort malte einer die Schuhriemen des heiligen Florian; der rieb auf einer gläsernen Platte emsig die Farbe an, und jener setzte eben goldene Sterne auf das Gewand eines Cherubs.

Der Altgesell aber, dem ich zur Hilf zugeteilt ward, malte kunstvoll das Antlitz eines Herrgotts am Kreuz; bleich, mit bläulichem Unterton, die halboffenen Augen voll Schmerz und Leid im Ausdruck.

Etliche Lehrlinge liefen geschäftig mit Farbtöpfen und Goldlackhäfen herum, wuschen Pinsel, trugen den Gesellen Öle oder Paletten, Töpfe oder Näpfe zu und machten dabei ihre Späße und Umtriebe.

Der Meister holte derweil einen Pack leerer Wandkreuze, legte sie für mich hin und sagte: »So, die müssen sauber schwarz gstrichen werdn. – Der Benno soll dirs Farbhaferl bringen und Pinsel! – Gregori, schaugst ihm halt hie und da auf d' Finger, daß ers recht macht, sein Sach!«

Mein Altgesell nickte, und ein Lehrbub brachte mir alles, was ich brauchte.

Also begann ich meine Arbeit, die ich wohl begriff; denn ich hatte schon beim Bildlthomas viele Rahmen bemalt, gestrichen und vergoldet.

Der Gregori brauchte kein Wort zu reden und war mit dem Anfang so wohl zufrieden, daß er am Mittag zum Meister sagte: »Schafft gar nit schlecht, der Binkel! – I denk, mir lassen ihn morgen bei den Birchmayer-Aposteln 's Grundiern anfangen.«

Was mir einen wohlgefälligen Blick vom Meister eintrug.

Um die Essenszeit begann es in der stillen Werkstatt plötzlich lebendig zu werden und die schweigsamen Gesellen fingen an zu scherzen und zu singen, zu lachen und zu pfeifen, bis es ringsum von den Kirchen und Kapellen zum Mittag läutete.

Da stellten sich alle auf einen Haufen zusammen, wandten sich gegen Aufgang der Sonne, da in der Ecken ein mattes Öllicht vor einem dornengekrönten Herrgott an der Geißelsäule brannte, und beteten laut den Angelus Domini und das Tischgebet.

Darnach rief einer dem andern einen guten Tag zu, wünschte ihm einen gesegneten Appetit und wusch sich in einem Schaff voll Lauge die Händ, worauf man sich der Arbeitskleider entledigte und zum Tisch ging.

Da trat man zu ebener Erd in eine geräumige Stuben, darin in der Mitte ein endsgroßer Tisch aufgedeckt war. Ringsum standen schwarze Lederstühle, und an der Wand neben dem Kachelofen war ein ledernes Kanapee, darauf der Meister saß und in der Zeitung blätterte.

Ein Kommodkasten, darauf eine Stockuhr, ein Christkind unter einem Glassturz, ein Arbeitskorb und ein Zinnkrug standen, ein Wandschränklein und ein Spinett machten die Einrichtung fertig.

Man wünschte also dem Meister guten Appetit und setzte sich, nachdem er zuerst Platz genommen, rings um die Tafel.

Lächelnd trug die Frau Meisterin eine endsgroße Schüssel voll aufgeschmelzter Brotsuppe mit Zwiebeln auf, wünschte, man möcht sichs schmecken lassen, und schöpfte sich darnach ein wenigs in einen zinnernen Teller, während der Meister mit uns gleich aus der Schüssel aß.

Da gings in schönem Takt und guter Ordnung: erst der Meister, dann der Gregori; darnach der zweit Altgsell, die Junggsellen, dann ich und drauf die Lehrbuben. Den letzten Löffel hatte noch der Meister.

Nun brachte die Meisterin jedem einen hölzernen Teller und stellte eine Schüssel voll Knödel, eine Platte mit dünnen Fleischschnitzeln und einen Hafen voll Kraut auf den Tisch.

Dazu ging der Brotlaib und der Wasserkrug die Runde, und schweigend hielt man seine Mahlzeit, bis der Meister das Wort ergriff und etwas über den Tisch fragte. Da durfte ein jeder schwatzen und wohl auch einen Spaß treiben, bis die Hausfrau an ihren Teller klopfte, aufstand und mit singender Stimme den Dank für Gottes Gaben betete.

Nach diesem sagte ein jeds »Gelts Gott« und begab sich gemächlich wieder in die Werkstatt, da dann geschafft wurde bis um drei Uhr. Drauf wurde gevespert und darnach der Tag mit fleißigem Tun beendet.

Nach Feierabend gings an ein großes Waschen und Kämmen; denn die Meisterin als eine adrette Frau liebte nichts Ungepflegtes und hätte gewißlich jeden, der unsauber zum Nachtkaffee gekommen wär, vom Tisch gewiesen.

Mein Altgsell, der Gregori, hatte gleich Freundschaft mit mir geschlossen und schlug mir nun einen kleinen Spaziergang vor, dazu ich gern ja sagte.

Noch etliche waren dabei, und so gingen wir unter heiteren Gesprächen ein wenig hinters Haus, durch einen schönen Garten mit barokken Sandsteinfiguren, Brunnen und Bänken, vorbei an einem kleinen Pavillon mit einem Eisengitter um den Balkon, wie Filigran so fein und durchsichtig; über einen schmalen Fußweg durch eine Wiese und zu einem Bach, daselbst wir die Füß ins eisige Wasser hingen und die andern mein bisherigs Leben und Treiben aus mir herausfragen wollten. Da wurde leider mein eingeschlafens Gewissen wieder erweckt, und ich gedacht mit großer Trauer meines Leichtsinns, diese Schwindelfetzen vom Magister angenommen zu haben.

Kunnt auch in der Folg nicht gar froh werden trotz aller Lieb des Meisters und der Freundschaft meiner Kameraden; denn es bedrückte mich, daß alles dies nicht mir, sondern einem Fremden galt, der vielleicht in Wirklichkeit irgendwo am Galgen baumelte oder noch gar nicht zur Erden geboren war.

Und ich nahm mir wohl hundertmal vor, dem Meister alles zu beichten; dazu es aber leider Gottes niemals kam aus feiger Furcht, es möcht mich die Achtung der andern und die Lieb des Meisters kosten.

Zudem arbeitete ich mich täglich besser ein in mein Handwerk und tat es schier dem Gregori gleich. Hatte auch wieder angefangen zu schnitzen und schenkte bald dem einen, bald dem andern ein geschnittenes Schächtlein, einen Rahmen oder ein Figürl.

Und da ich einst mit dem Gregori zu einem Bildhauer in der Hundskugel kam, betrachtete ich mit heißer Gier die Werkstatt und die Geräte, die Modelle und Zeichnungen und bat schließlich den Meister Birchmayer, der eben aus einem Haufen Lindenstöck etliche aussuchte, er mög mir doch ein Scheitlein schenken, weil ich auch diese Kunst probieren möcht.

Worauf mich der Künstler einen Augenblick streng prüfend ansah, darnach lächelte und sagte: »Gerne! – Wenn du glaubst, du kannst es, so mach nur einmal was Rechtes! Aber ich fürcht, es wird dir doch nicht so fein von der Hand gehen, wie du es im Kopf hast!«

Damit gab er mir verschiedene weiche Hölzer, fragte, ob ich auch Werkzeug hätt, und meinte zum End: sehen möcht ers aber doch schon ganz gern, was ich zustand brächt.

Heißa! Da saß einer von nun ab jeden Tag nach Feierabend bei seinen Klötzen, schnitzte und schabte, linste und paßte und hielt sein Werk alle Augenblick prüfend vor sich hin, ob alles recht würd!

Und nach Verlauf etlicher Wochen stand ich mit klopfendem Herzen wieder beim Meister Birchmayer und hielt ihm das Tuch hin, darein ich meine Schöpfungen sorglich gewickelt hatte: eine Statuette der Madonna, einen Christus am Kreuz und zwei Leuchter.

Starr sah mich der Meister an, schüttelte nachdenklich den Kopf, betrachtete die Dinge lange und sagte schließlich, indem er den Christus in der Linken hielt und leise mit den Fingerspitzen der Rechten darüberstrich: »Wer hat dich denn das gelehrt?«

»Niemand«, erwiderte ich ihm; »ich hab schon als kleiner Bub geschnitzelt; – und mein Kathreinl ...«

Erschreckt hielt ich inne, und eine heiße Röte stieg mir ins Gesicht. Der Künstler aber sagte lachend: »So so! Auch schon verliebt! – Na – ist ja deine Sache! – Also – dein Kathreinl ...?«

Voller Verlegenheit sagte ich ihm nun, daß die schon einen Haufen solcher Dinge von mir hätt und daß ich schon oft gedacht hätt, ich möcht einmal auch was ganz Großes, Gutes zuwegbringen.

Da legte der Meister meinen Christus wieder hin und sagte: »Ich will dir dazu helfen. Laß die Stücke hier liegen, bis mein Freund Boos hier war, dann sehen wir weiter. Und komm am Sonntag wieder. – Übrigens: wie heißt du denn eigentlich, und wer sind deine Eltern?«

Mir war, als hätt mich ein Schlag gerührt bei dieser Frag. – Starr und hilflos blickte ich auf meinen Herrgott und die Madonna, – und dann kams mir plötzlich wie Wasser von den Lippen: »Eltern hab ich keine. Mathias Bichler heiß ich und aus Sonnenreuth bin ich. Meine

Zieheltern waren die Meßmersleut von Sonnenreuth. Beim Weidhofer hat mans gheißen. Und mein Kathreinl ist jetzt die Lackenschusterin von Sonnenreuth. Bei der hätt ich als Viehbub dienen sollen und bin davon.«

Und erzählte ihm meine Schicksale bis dahin, wo ich die Komödiantenbrut kennengelernt hatte.

Aber da kam ein hochbetagter Herr mit einer ältlichen Mamsell, ein Freund des Meisters, wie es schien, und ich mußte gehen.

Mit herzlichen Worten reichte er mir noch die Hand und sagte zuletzt: »Komm ja wieder! Du freust mich. – Und nimm dir wieder ein paar Holzklötze mit!«

Band mir also etliche in mein Tuch und geleitete mich hinaus.

Leichten Herzens lief ich heim und tat, was ich seit langem nicht mehr getan, – sang und jodelte, juchzte und pfiff aus übergroßer Freud.

In den nächsten Wochen aber schnitzte ich meiner Meisterin eine zierliche Madonna und dem Meister einen feinen, verschnörkelten Rahmen zu seinem Bild, das ihm der Gregori als Silhouette geschnitten hatte; darüber groß Lob und eitel Freud im Hause herrschte.

Es mocht jetzt so ein halbs Jahr sein, daß ich in dem Haus des Malers lebte und die Heiligen anstrich; hatte auch eine fröhliche Weihnacht daselbst gefeiert und mich gut eingewöhnt.

Da rief mich eines Sonntags der Bildhauer Birchmayer zu sich und erklärte, ich kunnt bei ihm ohne jedes Lehrgeld als Jünger eintreten, sobald ich wollt. Seine Freunde Muxl und Kobell sowie der alte Professor Boos, der neulich mit seiner Tochter grad dazugekommen wär, als ich ihm meine Werke überbracht hätte, seien gern bereit, mich zu unterstützen, damit was Ordentlichs aus mir würd.

Mit Tränen in den Augen erfaßte ich seine Händ und brachte doch kein Wort des Danks hervor.

Und dann lief ich davon und eilte heim, meinem Meister sogleich die Botschaft zu bringen und ihm zugleich die Wahrheit über meine Person zu sagen.

Aber es war leider kein Mensch zu Hause, und ich mußts bleiben lassen.

Ging also langsam durch die Stadt, bis mir mein Ziehbruder und die andern zwei Gesellen einfielen; denn der Magister hatte sich noch nicht einmal bei mir blicken lassen, und auch ich war die ganze Zeit über niemals mit einem oder dem andern zusammengekommen aus eben der Ursach, mein wirklicher Name möcht dadurch an den Tag kommen.

Und so überlegte ich grad vor dem Kaffeehaus zum schönen Turm, ob ich nicht einen von ihnen – etwan den Fritz – aufsuchen sollt, als mir unser Gregori auf die Schulter klopfte und sagte: »He, Hansl! – Bist auch alleinig? – Magst nit mitgehen in die Tanzschul? – Menuett und Deutsch lernen? – Kost bloß zwei Gulden fürs Jahr!«

War mir nicht bsunder angenehm, daß ich sollt da mitgehen; aber ich fragte doch, wo es wäre, darauf der Gregori sagte: »Drunten beim Kosttor, – in der Arch Noe. – Gibt allerhand Leut und Madeln dort: Bäcken, Müller, Knecht und Mägd, Kocherln, Nahterinnen und halt allerhand. – Is ganz lustig dort; – der Gerstenegger Hiasl, ein Schustergsell, hat die Gschicht über sich. – Also, was ists? – Gehst mit?«

Und schob also seinen Arm in den meinen und nahm mich mit durch die Stadt, da wir hinab zur Kosttorkasern mußten, wo auch der Falkenturm, ein hartes Zuchthaus, und die churfürstlichen Hofställe standen.

Auch hier floß ein Wasser durch, der Kainzmüllerbach geheißen; eine Brucken führte grad vor dem Wirtsgarten drüber, und über eine kleine Stiegen hinab kam man in das Haus, auf dessen Fassade eine gut gemalte Arche Noe prangte.

Wir begaben uns erst in die vollbesetzte, allgemeine Wirtsstube, einen dunklen, verräucherten Raum, über dessen Wände sich uralter Epheu hinspannte und den vielen Heiligenbildern samt dem Gemäld des verstorbenen Churfürsten Carl Theodor eine feine Zierde gab. Von der Weißdecke hingen an Ketten etliche Glaskästen, darin die Wahrzeichen verschiedener Zünfte in überaus zierlicher Darstellung prangten. So sah man in dem einen die getreue Nachbildung eines churfürstlichen Prunkwagens samt Pferden und Kutschern, Dienern und Lakaien. In einem andern waren eine Menge winziger Hüte aller Zeiten und in allen Formen und Farben aufgeschichtet, und wieder ein anderer enthielt einen ganzen Bienenkorb aus Wachs, mit feinen wächsernen Blumen verziert, darauf Bienen von der gleichen Materie saßen.

Rings an den Wänden waren Rehköpfe aufgemacht, daran die Gäst ihre Hüt und Hauben hingen.

An einem der niederen Fenster saß ein kleiner Affe mit einer Miene wie ein alter, verkümmerter Schulmeister, wiegte sich auf der schaukelnden Stange und klopfte dazu, so oft er draußen jemand kommen sah, an die Scheiben.

Ab und zu sprang er von seiner Stange, kletterte, so weit ihn seine Kette ließ, am Epheu entlang und schaute neugierig und interessiert hinüber zum andern Fenster, da wohl leichtlich an die dreißig Vögel in einem geschnitzten, mit Türmen und Fähnlein gezierten Flughaus sangen und lärmten.

Plötzlich stieß er einen quiksenden Schrei aus und kehrte hastig wieder zurück auf seinen Platz.

Indem ich den wunderlichen Burschen noch betrachtete, zupfte mich der Gregori am Ärmel und sagte: »Gehn wir wieder, – es ist niemand da, den ich kenn.«

Und führte mich also hinauf über eine Stiege in den Tanzsaal, wo männiglich beieinanderstand, fein in Paare gericht und auf den Beginn der Musik harrend.

Nun gab der Tanzmeister mit seinem langen, bandgeschmückten Stab ein Zeichen in die Ecke, wo auf einem Podium zwei Bläser und ein Geiger saßen, zählte: »Eins – zwei – drei – eins!« und der Reigen begann.

Wir drückten uns unbemerkt in einen Winkel und sahen zu, indes die Paare stampfend oder schleifend, wirbelnd oder drehend an uns vorübertanzten und der Meister bald diesem, bald jenem Paar einen Wink gab.

Nach beendetem Reigen rief der Lehrmeister etliche Tänzer beim Namen und sagte: »Oh! Oh! – Was war das für ein Gehopse, Jungfer Gertraud! – Sag ich Euch nicht immer, Ihr sollt nicht so konfus herumhüpfen! – Und Ihr, Mosjö Engelbert! – Wo habt Ihr denn Euern linken Arm wieder hinplaziert! – Mamsell Kuni! – Nicht doch – nicht doch! – Ihr verdreht ja die Augen beim Walzen, als seien sie Wagenräder! – Und Ihr da hinten – Mosjö Benno! Nicht so stampfen, sag ich! – Muß denn wirklich alle Welt wissen, daß Ihr ein Bräuknecht seid! – Eleganter, sag ich, – eleganter! – Nun noch einmal!«

Und der ganze Reigen wurde wiederholt.

Diesmal gings zur Zufriedenheit des Meisters; denn er lächelte freundlich, nickte beifällig bald diesem, bald jenem Paar zu und rief entzückt: »Scharmant! – Ich applaudiere! – Admirabel! – Grandios! – Es ist gut, – wir wollen pausieren!«

Während der Pause stellte mich der Gregori dem Meister Gerstenegger vor und sagte, daß ich die Absicht hätte, bei ihm das Tanzen zu lernen; darüber der Geck schier krumm wurd vor lauter Katzbuckeln und sagte: »Ah! Scharmant! – ich habe die Ehre, Mosjö, Herr Baron! – Meine Referenz! – Freut mich, freut mich! – Mit Vergnügen zu dienen, Euer Gnaden! – Aber – pardon – für heute, bitte ich, bloß gefälligst zuzusehen! – Pardon! – Gehorsamster Diener, meine Herren!«

Er verbeugte sich noch einmal und schwänzelte darnach durch den Saal an einen kleinen Tisch, daselbst er sich mit Bier und Käs erfrischte. Wir machten uns nun an eine der Gruppen an, die längs der Wand auf ledergepolsterten Bänken Platz genommen hatten, aßen und tranken und sich lachend und scherzend unterhielten.

Hier packte eben ein schwarzhaariges Kocherl ein feistes Ganshaxl aus und legte es ihrem Tänzer mit süßem Lächeln auf die Knie; dort steckte ein Bäcker in lichtblauer Uniform seiner Partnerin eine feuerrote Nelke aus Papier an die Brust; wieder andere stießen auf ihre Gesundheit an und machten allerhand Witze, die der Gregori münchnerisch nannte.

Eine große, blasse Jungfer aber saß ganz allein bei einem Gläslein Met und hatte niemand, der sich mit ihr unterhielt.

Zu dieser setzte ich mich nun und wünschte ihr einen guten Tag.

»Seid Ihr ganz allein da, Jungfer?« fragte ich.

»Jawohl«, erwiderte sie; »meine Freundin, die sonst immer mit mir hergeht, ist leider Gott krank.«

»Lernt Ihr auch tanzen – mit Verlaub?« kam ich wieder.

»Ei freilich!« lachte sie; »sonst wär ich wohl nicht da!«

»Ganz richtig«, meinte ich verlegen; »darf man vielleicht wissen, – wer und was? ...«

»Ei, sieh da!« rief das Mädchen auf solche Red hin aus,»wie kommt Ihr mir vor, Mosjö! – Hat eins schon so was erlebt! – Fragt mich der Gimpel um meine Privatsachen und sagt nicht einmal, wie er heißt! – Ein sauberer Kavalier!«

Und machte also, daß ich vor Verlegenheit nicht mehr aus noch ein wußte.

Aber mein Kamerad war derweil wieder zu mir getreten und half mir aus der Klemm: »Oho! Jungfer Lisbeth! Nit so aufbegehrn! – Der Jungherr ist mein Kamerad – ist ein zermer Künstler und ein feiner Bursch! – Der kriegt andere auch noch, wie so eine einschichtige Flickmamsell! Gell, hat dich dein Schorschl heut versetzt! – Da drüben hockt er, – schau! – Bei der schönen Christl – bei deiner Freundin!«

Nun erbarmte sie mir doch; denn sie wurde erst rot, dann bleich und sagte bloß halblaut: »Geh zu, – boshafter Mensch!«

Worauf sie der Gregori noch einmal spöttisch ansah und dann zu einer der Gruppen trat, bei denen es am lautesten zuging.

Ich aber blieb nun bei der traurigen Jungfer, setzte mich neben sie und fing ein Gespräch mit ihr an.

Sie war nun recht freundlich und wir unterhielten uns gar gut, indes ihre bleichen Wangen langsam wieder Farbe bekamen.

Und ehe der Tanz wieder begann, fragte ich sie noch schnell um ihre Häuslichkeit und versprach, sie zum nächsten Sonntagskurs ab-zuholen; darüber sie gar nicht ungehalten war. Mittlerweil wurde es gemach Zeit, daß wir ans Heimgehen dachten, und der Gregori nahm meinen Arm und zog mich aus dem Saal.

Und also trabten wir gemütlich durch die matt erleuchteten Gassen und gingen heim, da schon die andern in weißen Hemdsärmeln um den Tisch in der Eßstube saßen und diskutierten, bis die Frau Meiste-rin im Sonntagsstaat mit Locken und silbernen Nadeln, mit gestick-tem Mieder und goldener Riegelhaube eintrat und eine große Platte mit Würsten auftrug, jeden fragte, ob er auch in der Vesper oder im Rosenkranz gewesen wär, und daneben eine Schüssel voll Kraut her-umreichte, indes der Meister am Kanapee lag, die Stirn in Falten zog und nach dem Bierkrug rief. Darauf ihm die Meisterin sein gottslä-sterliches Saufen vorhielt und ihn zu Bett brachte.

So ging also der Tag um, der letzte, den ich als ein Malergsell ver-lebte; denn schon der ander Morgen brachte mir ein Ereignis, das die Wahrheit des Sprichworts wieder einmal klar bewies: So sich einer die Suppen einbrockt, soll er sie auch auslöffeln.

Im Turm

Die Frau Meisterin hatte mir grad noch eine extrige Butterbretzel zu meinem Kaffeeweckl gelegt, nachdem ich ihr und dem Meister als erster einen guten Morgen gewunschen, da wurde draußen der schwere Türklopfer dreimal laut vernehmbar, und ins Haus traten zwei Gendarmen und ein Polizeidiener.

»Mit Verlaub, Meister Behringer!« sagte der Diener, da ihnen der Meister aufmachte. »Gut Morgen. – Haben was Fatals heut, – mit Respekt zu melden – ganz was Fatals. – Es soll nämlich – mit Verlaub – in Euerm Haus ein ganz gefährliches Individium – respektive – Subjekt sein, ein Erzspitzbub, Einbrecher, Straßenräuber und – mit Respekt zu melden – ein ganz gemeingefährliches Galgenfutter!«

Sprachlos starrte mein Meister die drei an, indes die Meisterin einen schwachen Schrei ausstieß und mit dem Seufzer: »Heiland! I stirb!« ohnmächtig mir in den Arm sank, der ich doch selber vor Schreck und Entsetzen wie ein Halm im Sturmwind schwankte; denn ich hatte es im ersten Augenblick schon gewußt: die sind wegen deiner da, – jetzt kommt die Straf Gottes!

Ganz gebrochen und mit bebenden Händen half mir der fassungslose Meister seine Ehefrau aufs Kanapee legen und brachte nur die Worte heraus: »In mein Haus! – In mein Haus! – A Räuber in mein Haus!«

In diesem Augenblick kamen die Gesellen die Stiege herab, und einer um den andern trat in die Stube – starr und verwundert.

In jener Stund hab ich auch 's Beten vergessen und 's Wünschen; denn mein Schicksal schien mir besiegelt.

Jetzt ists aus, – sagte ich mir; – jetzt gehts dahin, und der Scharfrichter mißt dir jetzt gähend ein rots Halsbindl an, – anstatt daß d' ein Künstler wirst und ein großer Herr!

Und überlegte also nur noch, wie ich meinem Meister die große Kümmernis ein wenigs abnehmen und mir die Schand ersparen kunnt, so vor dem ganzen Haus in Ketten gelegt und verarretiert zu werden.

Nahm also meine Kraft zusammen und wandte mich an die Gendarmen: »Verschonts doch die armen Leut! – Kommts da raus, – ich will euch über alles Aussag geben!« Sie mußten mich für den Sohn des Hauses halten; denn sogleich gab der Diener den beiden Gendarmen einen Wink, befahl, daß jeder Gsell in der Stube bleibe, und folgte mir auf den Gang hinaus.

»Ihr kennt wohl alle, die hier in Arbeit stehen?« fragte er mich alsdann.

»Ja!« erwiderte ich bebend. »Nennt den Namen!«

Da kams auch schon wie die Posaun vom Jüngsten Tag: »Johannes Schröckh, Malergesell, geboren und katholisch getauft im Jänner des Jahres 1786 zu Traunstein in Baiern.«

Alles Blut war aus meinem Gesicht gewichen; eine Schwäche faßte mich, und ich mußte mich an das Stiegengeländer lehnen, um nicht zu sinken.

Und sagte weiter nichts, als: »Es stimmt schon; nehmts mi nur gleich mit! – Ich bin der Johannes Schröckh gewesen.«

Verblüfft sahen mich alle drei an; aber ich hielt ihnen meine Händ hin zum Fesseln und sagte: »Es ist schon so. Ich heiß zwar Mathias Bichler, – aber ich bin unter dem Namen Schröckh da in Arbeit gestanden. – Warum, – das kann ich euch nit sagen!«

»Das kann man glauben und nicht glauben!« meinte nun der Polizeidiener. »Da muß ich schon eine Gwißheit drüber kriegen!«

»Die sollts gleich haben!« erwiderte ich und wollte hinaufgehen in die Kammer, meinen Passierschein aus dem Ranzen zu holen.

Aber in eben dem Augenblick trat der Meister aus der Stube, blickte wild von einem zum andern und sagte endlich grollend: »Ihr werdts wohl irr gangen sein! – In mein Haus arbeiten bloß ehrliche Leut, – koane Spitzbuben! – Und jetz möcht i nachher wieder an Ruah in meiner Hütten! – Verstanden, meine Herrn! – I bin ein Bürger! – Ein Münchner Bürger! – Verstanden!«

»Ho, ho ho! Meister!« ließ sich da einer von den Gendarmen hören. »Teans Eahna fein net so auslassen! – Mir san die hohe Obrigkeit – und das Gesetz – verstanden! – Mir tean ganz einfach unser Pflicht – verstanden!«

»Jawohl – ganz richtig!« pflichtete ihm der Diener bei. »Vor dem Gsetz und der Polizei hat jeder zu schweigen! – Wie heißen Eure Gesellen? – Vor- und Zunamen!«

Der gute Meister zitterte noch immer vor Zorn, und seine Stimme klang heiser, als er sagte: »Meine Gselln? – Dees kinnts glei von jeden selber hörn! – I sags Euch nachher schon, obs stimmt!«

Da sagte ich noch einmal: »Ich heiß Johannes Schröckh und bin aus Traunstein. – Moaster, – stimmts?«

»Jawohl, Hansl, – du bist es schon!« erwiderte der gute Alte und sah mich schier zärtlich an. »Und was die andern betrifft, so derfts es grad fragn! – I geh!«

Und spuckte also giftig aus, murmelte einen Fluch und ging in die Werkstatt, indes aus der Stube das laute Durcheinanderreden der Gesellen und klägliches Weinen der Frau Meisterin vernehmbar ward.

Noch einmal hielt ich meine Hände hin; die Gendarmen schlossen mich in Ketten und führten mich ab, wie ich ging und stand.

Der Polizeidiener aber rief zur Stubentür hinein: »Ihr könnt an euer Gschäft gehn! – Wir sind fertig!«

Ging und schlug das Haustor hinter sich zu, daß es krachte.

Also ward ich als ein übler Verbrecher unter großem Zulauf des Volks durch die Gassen geführt und hinter der Kirch Sankt Peter in ein Gebäud und vor den Kriminalrichter gewiesen, der mir eine Stunde lang alle erdenklichen Kreuz- und Querfragen vorlegte, ohne doch was anderes zu erfahren als die Wahrheit, die ihn aber leider als die ärgste Lug dünkte.

»Schade!« sagte er am End ingrimmig. »Schade, daß wir die Folter nicht mehr so brauchen dürfen wie vordem! – Aber du wirst schon bekennen, wenn man dich morgen einmal ein wenig auf die lange Bank legt, – deine Glieder streckt und dir so ein zwanzig, dreißig Streiche gibt! – Ab jetzt – in die Keuchen! – Wir finden schon was, um dich zur Wahrheit zu bringen, – Bürschlein! – Deinen Kragen kostets dich so oder so! – Morgen kommst du in den Falkenturm!«

Worauf mich einer abführte und in die Keuchen des Ratsturms sperrte.

Da saß schon einer auf einem Schemel, hatte den Kopf in beide Hände gestützt und rührte sich nicht, da ich eintrat; wandte auch den Kopf nicht, als der Schürg zu ihm sagte: »He, da! Bruet wohl wieder neue Bosheiten aus, der Gauner!« und ihm dazu einen Rippenstoß gab, worauf er brummend wieder hinausging und hinter uns abschloß.

Nun erst wandte der Gefangene langsam den Kopf und sah mich an; – aber da stieß ich einen Schrei aus: es war der Magister.

Auch er starrte mich ohne alle Fassung an, packte mich an den Armen und rief dann aus: »Mathiasl! Ja zum Teufel! Wie kommst denn du da rein?«

»Wie werd ich reinkommen sein!« sagte ich bitter. »Zwegn deine verfluchten Malefizfetzen! – Dein Herr Johannes Schröckh ist heut aufgabelt worden! – Das hab ich bloß dir zu verdanken, daß ich jetz dasitz in der Schand! – Der Richter redt gar schon von der Tortur, und daß s' mich köpfen wolln oder hängen!«

»Ach was, Unsinn! – Köpfen!« sagte der Magister. »Wenns bei mir weiter nichts wär, wie bei dir, so könnt ich billig lachen! – Dein Fall kann doch sofort geklärt werden! – Für was bin denn ich noch da! – Nur Kopf hoch und nicht gleich so verzwazelt sein! – Ich halt, was ich versprochen hab!«

Dies gab mir wieder etwas Hoffnung in mein traurigs Gemüt; auch wars mir trotz meines Grolls auf den Magister um vieles leichter, daß ich nicht ganz allein war in meiner Gefangenschaft; daher erschrak ich nicht wenig, als der Diener nach einer Weil wiederkam und den Magister fortholte; denn ich wähnte, man würde ihn jetzt wo anders unterbringen.

Eine große Beklemmung kam über mich, und ich lief ruhelos zwischen den grauen Wänden hin und her, betrachtete scheu die elende Lagerstatt im Eck und den Stein, darauf ein Wasserkrug stand.

Ein armseliges vergittertes Fensterloch ließ kaum ein wenig Tageslicht durch seine blinde Scheibe herein, und ein Unratkübel verbreitete einen bestialischen Gestank in der winzigen Keuchen.

Mein Hirn brannte, und eine harte Angst schnürte mir die Brust zusammen, da ich der Drohung des Richters gedachte.

Nun wußten es die Gesellen und der Meister schon, daß ich der Verbrecher war, den die Schürgen geholt!

Und der Meister Eberhard, der Birchmayer, erfuhr es wohl auch bald! Ach Gott! – Und alles bloß wegen dieses Leichtsinns! –

Wer weiß, was dieser Magister alles geliefert hatte, daß er hier saß! – Er wollt mir helfen! – Wie wollt er mir denn helfen? – Dem schenkte ja doch niemand Glauben!

Und dacht also dies und jenes, dacht zurück in der Zeit und Weil und war schließlich am End, da ich in jener Nacht aus dem Haus der Lakkenschusterin, meiner Kathrein, entwichen war.

Da stieg es mir heiß auf; – ich ließ mich auf die hölzerne Lagerstatt fallen und weinte bitterlich.

Schäme mich annoch jetzund dieser Tränen nicht, da sie doch mein Herz erleichterten und meine Sinne willfährig machten einer tiefen Reu über alle Leichtfertigkeit meines Lebens.

In solcher Zerknirschung fand mich nach einer geraumen Weil der Magister, als er wieder in das Loch gebracht wurde; und er verwunderte sich höchlich darüber, da es doch gar nicht schlecht um mich stünd, wie er meinte.

»Ich glaub gar, du flennst!« sagte er. »Möcht mich wohl schämen an deiner Stell, zu heulen! – Man hat mich geholt und mir befohlen, dich auszufragen über dein ganzes Leben, um dir die Tortur zu ersparen. – Ich werde mich also noch heut abends melden und über dich reden, wie sichs gehört. So. Und jetzt wird nimmer geheult! – Pfui Deibel!«

Er spuckte giftig an die Wand und sagte nach einer Weil vertraulich: »Habs auch nicht gut gemacht, mein Sach; hab einem Milchbauern seiner Kuh die Maulseuch abbeten wollen um zehn Taler. – Derweil zeigt mich der Hund an! – Weils nichts geholfen hat! – Jetzt kann ich zehn Tag brummen und darnach die Staup kriegen!«

Nach Verlauf etlicher Stunden ward ich abermals vor den Richter gestellt und mit vielen und beweglichen Worten ermahnt, doch zu gestehen: daß ich erstlich wirklich der Johannes Schröckh sei, zweitens, daß ich drüben bei Augsburg einem Handelsmann seine Barschaft geraubt und ihn durch Schläge mißhandelt und drittens das Gewölb eines Geschmeidhändlers erbrochen und ausgeraubt hätte.

Und da ich auf meinen alten Angaben, also bei der Wahrheit, bestehen blieb, ließ der würdige alte Herr einen Schreiber kommen, der mir den Gang der Tortur von einem Bogen Pergament ablesen mußte.

»Ist jemand vor dem Gesetz hinreichend verdächtig«, begann er, »ein Verbrechen begangen zu haben, und laugnet trotz aller Ermahnungen, so muß mit ihm zur üblichen Tortur geschritten werden.

Diese besteht darin: daß erstens der Verdächtige in die Torturkammer geführt werde.

Hier sind alle Wände ganz schwarz, rings mit Lichtern behangen, der Raum überall mit peinlichen Werkzeugen vollgestellt, so daß das Auge des Verbrechers keinen Ruhepunkt findet. – Nichts als Martergeräte.

Dort wird er ausgekleidet, ihm das Torturhemd, welches rückwärts offen ist, angelegt, und er auf die Streckbank geworfen, Händ und Füß mit Stricken angebunden und sein Leib auf alle Weis gedehnt und gestrecket.

Darnach dreißig harte Streiche mit der Rueten gegeben, daß ihm das Fleisch vom Gebein fallet.

So das nicht nützet und der Verbrecher noch laugnet, zweitens:

Den folgenden Tag Wiederholung der ersten Tortur, doch diesmal sechzig Streiche mit der Rueten.

Bekennt er auch dann nicht, so wird er drittens, über Nacht in einen eisernen Leibring gespannt, die Händ in eiserne Handschuh gestecket und den dritten Tag also vorbereitet in die Marterkammer geführt, vom Nachrichter in den Stachelstuhl geworfen, daß sich die eisernen Zinken ins Fleisch bohren, und darnach sechzig Streiche.

Hierauf werden ihm die Daumen und großen Zehen kreuzweis mit Schnüren gebunden und eine Walze voll eiserner Spitzen unter die auf den Rucken gebundenen Arme geschoben; alsdann schnellet der Nachrichter von Zeit zu Zeit an den Schnüren, daß es den Körper heftig durchzuckt.

Dazwischen noch einmal sechzig bis siebenzig Streiche, dabei aber der Medikus Acht haben soll, ob der Verbrecher solches ohne Gefahr des Lebens bis zum End vertrage.«

Also las der Schreiber dies erschreckliche Schriftstück, dabei mich ein kalter Schauer schüttelte und ich für eine Weil die Sprach verlor.

In solchem elendigen Zustand fragte mich nun der Richter aufs neue, ob ich der besagte Johannes Schröckh sei oder nicht.

Da sagte ich noch: »Bei Gott, nein! – Mathias Bichler ...«

Dann fiel ich wie ein Klotz zur Erden und wurde ohnmächtig in die Keuchen und zu dem Magister verbracht.

Der bebte vor Zorn, da ich wieder zu mir kam, und versicherte mir hoch und heilig, daß er mich retten wollt um jeden Preis.

Und da der Mittag kam und wir ein Schüsselchen Suppe zur Mahlzeit erhielten, sagte er zum Schürgen: »Sagt dem Richter, ich hätt was zu melden.«

Dann forschte er mein ganzes Leben aus mir heraus, nannte besonders die Namen des Lackenschusters und des Meisters Eberhard Birchmayer etwan zwanzigmal und wiederholte das, was ich ihm erzählt, so lange halblaut, bis er zum Richter geholt wurde, daselbst er leichtlich eine Stunde verblieb.

Hab eine harte Weil gehabt in jener Stund und billig unsers Herrn gedacht und seiner Not, da er vor seinem Sterben am Ölberg kniete und Blut schwitzte.

Und es kam mir wieder das alte Gebet auf die Lippen, das meine Ziehmutter, die Weidhoferin selig, jeden Donnerstag beim Nachtläuten gebetet hatte:

»O du liebster Herr Jesu Christ,
  Traurig zum Ölberg gangen bist;
  Denn du erkanntest in deinem Herzen,
  Daß du leiden müssest große Schmerzen,
  Den Vater batest mit Begier,
  Daß er nähm den Kelch von dir.
  Vor Todesangst war dir so heiß,
  Daß dir ausging der blutge Schweiß;
  Und als du solchen überwunden,
  Hast deine Jünger schlafend funden.
  Als sie vor Traurigkeit dalagen,
  Tätst du mit großer Liebe sagen:
  Wachen und beten sollet ihr,
  Daß keine Versuchung euch verführ!«

Nach solchem Beten setzt ich mich auf den Schemel, hielt die Händ gefaltet und überdachte noch einmal den Gang der Tortur und meine Lage. Und da ich so stumpf vor mich hinstarrte, fiel mir eine Schrift in die Augen, die mit einem scharfen, spitzen Ding in das Holz der Liegerstatt geritzt war. Mühselig entzifferte ich bei dem dämmerigen Licht das Gekritzel und las:

»Drei Röslein im Garten, –
  Drei Enten im See, –
  Mein Everl mueß warten, –
  Bis i wieder außi geh!«

Darunter stand: »Heiliger Peterl mit den Himmelschlüsseln, spirr meine Keuchen auf und führ mi naus!«
  Da ich dies gelesen hatte, wurde ich wieder gefaßter; denn ich bedachte, daß auch vor mir schon mancher hier gebrummt und gezwirnt hatte, vielleicht mit noch geringerer Schuldigkeit – mit größerer Pein.
  Stand also auf und suchte an Tür und Wänden überall nach Zeichen

von solchen, die das gleiche Unglück wie ich oder vielleicht ein größeres gehabt.

Ach, da war schier kein Flecklein an der dicken Eichentür – kein Flecklein längs der grauen Wand, das nicht irgendein Mal, ein Zeichen oder sonst eine Inschrift gezeigt hätte!

Hier war ein Herz mit verschlungenen Buchstaben; darunter stand das Verslein:

>>Du hast ein falsches Herz,
  Das hab ich geprügelt,
  Jetzt sitz ich voll Schmerz
  Beim Wasserkrügel.<<

Dort war ein Talerstück getreulich nachgezeichnet, darum die Worte standen:

>>Die Daler waren gar zu scheen,
  Deswegen mueß ich ins Zuchthaus gehn.<<

Wieder eine Inschrift hieß also:

>>Katherl, i kimm, wann i außi kimm;
  Führ di in Gansbühl numero siem!<<

Dazwischen waren allerhand Diebs- und Gaunerzeichen zu finden sowie geheime Zahlen und Zinken.

An der Tür aber standen in Rotwelsch etliche Sätze und darunter die Worte: >>Kamerusche, noppelt für den Jahrler Toni! – Heut holchts in Falkenturm, morgen zur Inne, und in drei Jumen scheft ich kapore! – Memento more!<<

Indem ich noch las und buchstabierte, kam der Schürg mit dem Magister wieder zurück und ließ ihn ein.

Der schmunzelte, sah nach der Tür zurück und sagte: >>Haarbogen!<<

Dann tat er einen Schluck aus dem Wasserkrug, streckte sich auf das hölzerne Lager, schob die Arme als Polster unter den Kopf und sah nachdenklich zur Weißdecke empor.

Ich war aber nun neugierig geworden, was die Inschrift an der Tür zu bedeuten hätte, und sagte: >>Magister, was heißt das?<<

Und las ihm den ganzen Schmarren vor, worauf er ihn mir verdeutschte und sagte:

»Das war einer von der Zunft; der klagt: Die Streifer haben mich gefangen, mich dummen Hund! – Jetzt bin ich Narr im Gefängnis ohne Kameraden. – Die Richter machen mir große Angst mit Stockschlägen und Tortur, wenn ich nicht gestehe. – Aber ich gestehe niemals! – Wenn ich nur ausbrechen könnt! – Ich fürcht, daß sie mich hängen oder köpfen, wenn sie meinen wahren Namen in die Nase kriegen. –

Und das andere heißt: Kameraden, betet für den Waldler Toni! – Heut gehts in den Falkenturm, morgen zur Tortur, – und in drei Tagen bin ich tot – kapore – memento more!«

Dann stand er auf, streckte sich und sagte: »Dem ist ganz recht geschehen, – das war ein wilder Bursch; – der hat nicht wenig Bauern kalt gemacht und dazu genommen, was er erwischt hat. – Ist ein teuflischer Kerl gewesen – aber – hin ist hin.«

Unter solchem Reden fiel mir mein eigenes Unglück wieder ein, und ich fragte den Magister, was er ausgericht hätt beim Richter; doch war nicht um alles in der Welt eine Antwort aus ihm zu bringen.

Er schob die Händ in den Sack, zuckte die Achseln und sagte bloß das eine Wort: »Abwarten!«

Also, daß ich aufs neue in große Kümmernis kam und nichts Gutes für den andere Morgen erwartete.

Zugleich aber stieg nun mein Groll gegen den Magister, als den Urheber meines Unglücks, heftig in mir auf; ich nannte ihn im stillen einen scheinheiligen Hund und sprach den ganzen Tag kein Wort mehr mit ihm.

Und den Abend, da von den Türmen Sankt Peters und Heilig Geists das Angelusläuten ertönte, warf ich mich auf mein Lager, schlug die Händ vors Gesicht und würgte die heftig aufquellenden Tränen hinunter, indem ich der Schand gedachte, die meiner wartete.

Ich aß auch nichts mehr und kehrte mich gegen die Wand, gab dem Magister auch auf sein Gut Nacht keinen Dank und entschlief, eh ichs bedachte.

Mitten in der Nacht aber wachte ich auf; – Fieber schüttelten mich, und ich sah mich im Geist schon auf der Bank ausgespannt liegen, zerschunden und zerfleischt. Die Haare standen mir zu Berg, und ich setzte mich auf, indes meine Glieder wie zerschlagen waren und schmerzten und brannten, daß ich aufstöhnte.

Und in dieser Stunde machte ich den Vorsatz, den andern Morgen, wenn man mich fortführen wollt, alles zuzugeben, dessen man mich beschuldigte.

Mocht man mich lieber als einen Fremden hängen, denn als Mathias Bichler schinden und schänden!

Nach solchem Entschluß ward ich wieder ruhiger und schloß die Augen.

Ein fahles Rot schien den andern Morgen durch die trübe Fensterscheibe, spielte um die grauen Spinnweben daran und zeichnete die starken Gitterstäbe als ein großes Kreuz an die mattbeleuchtete Wand.

Und also zog der Tag herauf, den ich mit der Ruhe und Entsagung eines sterbenden Klosterbruders erwartete.

Der Schürg brachte eine Schüssel voll brauner Brennsuppe für jeden; der Magister fuhr eilig von seiner Liegerstatt auf, rieb sich das Gesicht und aß sogleich mit großem Hunger.

Schweigend goß ich ihm auch meinen Teil in seine Schüssel, dazu er lachte und sich bedankte: »Wirst ja ohnehin heut was Bessers kriegen!« meinte er; »ich wollt, ich wär du!«

»Is scho recht!« erwiderte ich ihm bitter, setzte mich wieder auf meine Holzpritsche und verlor mich in allerhand trübe Gedanken, aus denen mich der Schürg aufschreckte, als er kam und sagte: »He da, Schröckh Hannes! – Mitgehen!«

Wortlos, mit einem stechenden Schmerz in der Brust folgte ich ihm in den Saal des Richters.

Der saß mit etlichen anderen an seinem Tisch und schrieb, als ich eintrat.

»Der Gefangene ist da, Euer Gestrengen!« meldete nun ein Schreiber, worauf der Richter einen forschenden Blick zu mir herschickte, seine Feder weglegte und, sich räuspernd, in den Akten herumblätterte.

Darnach fragte er einen Diener: »Sind die beiden da?«

»Mit Respekt zu melden: Ja, Euer Gestrengen!« erwiderte dieser.

Nun gings an mich.

»Also, Er prätendiert, daß Er nicht die Person ist, als welche Ihn seine Legitimationes signiren?«

»Jawohl, – nein, hoher Herr!« antwortete ich mit Zähneklappern; »ich gebs jetzt zu, daß ich der Lump bin!«

»Wie sagt Er? – Er ists auf einmal! – Er wollte doch gestern noch ... äh ... Mathias Bichler heißen!«

»Jawohl, hoher Herr! – Aber heut nimmer«, sagte ich nun; »ich geb alles zu. – Es ist alles so, wie der hohe Herr meint und sagt!«

»Subjekt! – Er will uns wohl zum Narren halten!« brüllte mich jetzt der Richter an, so daß mir vor Schreck und Ängsten bald schwarz, bald grün vor den Augen wurd.

»Aber nein, hoher Herr!« meinte ich zitternd und verzagt; »ich will niemand nixen zleid tun! – Wenn halt der hohe Herr glauben, ich bin der Schröckh, – so bin ichs, – wann nicht, – dann bin ichs auch nicht.«

»Der Kerl ist verrückt worden!« sagte der Richter darauf kopfschüttelnd, »Ihr habt doch gestern fest und steif behauptet, daß Ihr nicht Schröckh, sondern Bichler heißt!«

»Jawohl, hoher Herr!« bestätigte ich. »Aber heut nimmer. – Heut sag ich zu allem ja.«

»Hirnloses Subjekt!« donnerte nun der Richter und schlug mit der Faust in den Tisch. »*Warum* sagt Er zu allem ja? *Warum* heißt Er heut nicht mehr Bichler?«

»Ach Gott, – weils mir halt graust vor der Schinderei, hoher Herr!« sagte ich. »Ich hab mir denkt, es wär doch eine Sünd, wann ich die Herrn vom Gricht durch mein eigensinnigs Neinsagen dazu treiben tät, daß s' mich foltern müßten. Da sag ich lieber ja und laß mich gleich hängen!«

»Dummkopf!« sagte einer von den Herren; der Richter aber führte ein langgestieltes Spekulierglas an die Augen, besah meine stotternde Jammergestalt eine Weile mit spöttischer Miene und sagte dann zum Schreiber: »Holt mir die beiden Zeugen herein!«

Der Schreiber lief hinaus und brachte die beiden, die ich aber nicht sehen konnte, da sie hinter mir Platz nahmen.

Aber wie erschrak ich, als der Richter sagte: »Meister, wie heißt Ihr?« und eine bekannte Stimme antwortete: »Eberhard Birchmayer. Ich bin Bildhauer und loschier in der Hundskugel beim Chirurgus Waltermair.«

Dann trat er vor, indes ich meinen Kopf zur Seiten neigte und die Augen, wie mein geschnitzter Wandherrgott, schloß, und sagte mit mitleidigem Ton: »Ja, er ists schon, der Mathiasl; – was hat er denn angstellt?«

»Das ist noch nicht genugsam eruieret!« erwiderte der Richter. »Also, Ihr könnt einen Eid drauf geben, daß er Mathias Bichler heißt und aus Sonnenreuth ist?«

»Jawohl. So hat er mir erzählt«, sagte der Meister.

»Es ist gut. – Tretet zur Seiten!« winkte der Richter ab. – »Der zweite Zeuge soll vortreten! – Wie ist sein Name?«

»Friedrich Glotz«; klangs da an mein Ohr und ließ mich mit einemmal wieder aufschauen und für mein Leben hoffen.

»Gebürtig?« fragte der Richter weiter.

»Aus Sonnenreuth. – Aber – mit Verlaub – das ist ja mein Ziehbruder ...!«

»Wart Er, bis Er gefragt wird!« fuhr ihn der Richter an. »Das kommt erst jetzt! – Also – Er kennt den Angeklagten?«

»Ja freilich, Herr Richter!« rief der Fritz aus. »Er ist ja mit mir aufgwachsen im Weidhof zu Sonnenreuth! – Is ja auf der Wanderschaft noch mit mir beinander gwesen, der Hiasl!«

Da wandte sich der Richter an mich: »Also – Er ist der Mathias Bichler. – Wie kommt Er aber zu den Papieren des Johannes Schröckh? – Weiß Er nicht, daß es strafbar ist wenn einer unter falschem Namen reist!«

»Ach Gott, ja, hoher Herr!« erwiderte ich zaghaft. »Habs ja auch nit wollen! – Gwiß nit! – Aber ich hab gar keine Kundschaft nit ghabt, – hätt ja auch keine kriegt, weil ich daheim davongangen bin mitten in der Nacht ...«

»So ists, Herr Richter!« bestätigte mir der Fritz. »Er ist als Viehhüterbub vom Lackenschuster selbigsmal eingesteigert worden, wo s' mich auch so niederträchtig behandelt haben; – und daß er aus dem Stall davon ist, – das kann ihm kein Mensch nit verargen! – Da sind schon mehr davongangen!«

»Das mag sein!« erwiderte der Richter nun um vieles milder. »Aber wir können ihm nicht helfen. Er hat gegen das Gesetz gefehlt, da er sich falsche Papiere zulegte, und muß dafür bestraft werden. Doch gehört dies nicht in unsere peinliche Gerechtigkeit, sondern an die Polizei. Der Angeklagte wird also nach der Arrestkammer des Polizeihauses expedieret werden, wo ihm seine gebührende Strafe erteilt wird. – Und was die Geschichte mit dem ... äh ... Lackenschuster anlangt, so kann dieser den Entlaufenen wieder zurückfordern, Geldbußung verlangen und dessen Einlieferung durch Schub beantragen. Die Gemeinde aber kann sich weigern, ihm die notwendigen Legitimationes zum Zweck der Wanderschaft auszufertigen. – Doch dies nur nebenbei. – Die beiden Zeugen sind entlassen, – der Angeklagte wird abgeführt!«

Damit war das Verhör beendigt, und ich wurde in einen andern Teil des Gebäudes gebracht und in eine helle Kammer eingeschlossen, bis mich aufs neue einer holte und in einen Saal führte, da allerhand Leut, hohe und niedere, in Uniformen und Staatsröcken beieinandersaßen und standen.

Hier wurde also mein Fall noch einmal des langen und breiten durchgehechelt, der Magister, der Meister Birchmayer und mein Zieh-bruder als Zeugen gehört und ich zu guter Letzt wegen Vergehens ge-gen die Landesgesetze zu einer Geldbuße von zehn Gulden verurteilt.

Darob mich neuer Schreck erfaßte, weilen ich ja keinen Kreuzer bei mir hatte und mein Meister, der Behringer, gewißlich ein guts Teil meiner Lohnung als Buß für mein unzeitigs Ausscheiden zurückbe-hielt.

Aber da trat mein Gönner und Fürsprecher, der Meister Eberhard vor, zog seine feine Börse und zahlte für mich die Buß; bat auch, man mög mich nunmehr freigeben, er würd schon für mein Unterkommen sorgen.

Noch war aber der Lackenschuster da; denn die Herren des Gerichts hatten sogleich ein Schreiben nach Sonnenreuth gehen lassen, und die Gerechtigkeit lief ihren Gang genau nach dem Buchstaben.

Allein, auch in dieser Not kam mir mein Gönner zu Hilf. Er gab Bürgschaft für mich, daß dem Lackenschuster gebüßt würde, was recht wär; und bat zugleich um Kundschaften für mich, die es mir möglich machten, in der Welt fortzukommen; darauf das Gericht nach einer Weil und nach geheimer Aussprach Ja und Amen sagte und mich freigab.

Meine Feder mags nicht beschreiben, wie froh und glückselig ich in jener Stund war! Konnt auch nicht anders, mußt noch eine Fürbitt einlegen für den Magister, der ja die wahre Ursach meiner Befreiung gewesen.

Hab nicht an Worten gespart und damit auch eins erreicht, daß er nämlich nicht dem peinlichen Gericht übergeben, sondern nur als ein Landstreicher nach Darmstadt expediert wurde, wo er aber leider nicht lang verblieb und eines Tags zu Berlin als ein Hochstapler ins Zuchthaus wanderte.

Lehrjahre und glückhafte Zeit

Ich war also nun wieder frei und ledig, brauchte nimmer einen Bauernbuben und Viehhüter, auch nimmer einen Malergesellen zu machen, sondern zog ein in das Haus des Chirurgus Waltermair als der Gehilf, Schüler und Jünger des würdigen und herzlieben Meisters Eberhard.

Bin leichtlich an die zehn Jahr bei ihm gewesen in der dämpfigen, niedern Dachwohnung, daselbst mir wohler zumut war denn im schönsten Palast.

Wir hatten vier Stuben samt einer Rumpelkammer, darin männiglich beieinanderlag und stand: Männer, Weiber und Kinder; der heilige Michael neben der Aphrodite, der Churfürst Carl Theodor zwischen zwei Meerweibern; gipserne Engel neben hölzernen Heiligen und nackte Musen zwischen geharnischten Rittern.

Eine leichte Staubschicht lag auf allen Gestalten, und Spinnen hatten ihre feinen Netze und Fänge von einem zum andern gezogen.

In dem Schuppenhelm eines Ritters aber hatten die Spatzen ihre Heimstatt genommen und flogen eifrig durch eine zerbrochene Dachluke ab und zu.

Zu ebener Erden war die Werkstatt, darin mein Meister tagaus, tagein schaffte und schuf, meißelte und schliff, Neues entwarf und Altes vollendete.

Hier wies er mir, den Stift zu führen und das, was mir vorschwebte, im Bilde festzuhalten; hier wuchsen aus ungefügen Holzstöcken und harten Marmorblöcken edle, feine Gestalten und gaben mir in ihrer reinen Schönheit und Vollkommenheit stets neuen Ansporn und neue Kraft zum Wirken und Schaffen.

Dabei drückte mich keine Sorg ums Tägliche; denn die liebwerte und vornehme Gemahlin meines Meisters hielt mich gleich einem Sohn und schaffte sich viel Plag um meinetwillen.

Sie war eine zarte Frau von schlankem Wuchs und hatte eine milchweiße Haut und den Kopf voll kohlschwarzer Locken. Ihre Gewandung war nicht in der üblichen Tracht der Bürgerinnen Münchens, sie trug vielmehr lange, schleppende Kleider aus feiner Seide und in lichten Farben und liebte keine Ketten oder ein Geschmeide. Ihr alleiniger Schmuck war eine aus Elfenbein kunstvoll geschnittene Rose, die sie an einer seidenen Schnur um den Hals trug.

Mein Meister hatte eine tiefe Lieb zu dieser Frau und sah es gern, wenn sie zuweilen in die Werkstatt kam, sich in einen alten Armstuhl setzte und schweigend unserm Schaffen zusah, indes ihr einziger Sohn, ein etwan siebenjährigs Bürschlein, als ich ihn erstmals sah, sich in eine Ecke hockte und aus den Bruchstücken des Marmors Grotten und Höhlen baute und allerhand Käfer und Fliegen darein verschloß.

Also lebte ich fröhlich in diesem Hause, und mein guter Meister verfolgte mit wahrer Freud und Teilnahm meine Arbeit, bald anerkennend, bald verbessernd, wie es grad vonnöten war.

Und noch einer war mir in diesen glückhaften Tagen meines Werdens ein treuer Berater und väterlicher Freund; – der alte Professor Boos, dessen Name um jene Zeit einen guten Klang hatte.

Er war schon ein hochbetagter, greiser Mann, mußt sich beim Gehen auf den Arm seiner Tochter stützen und wohl auch die leitende Hand seines Jüngers Eberhard dulden, wenn er einmal die zwei steilen Himmelsteigen zu unserer Wohnstatt hinaufklettern wollte.

Dieser würdige Meister hatte der Münchnerstadt und dem Lustschloß Nymphenburg manches große Werk geschaffen, hatte den Marmor Tirols und den von Salzburg in herrliche Götter und Nymphen verwandelt und in großmächtigen Holzblöcken die Taten des griechischen Halbgotts Herkules verkörpert.

Und also saßen wir beieinander in unserer Werkstatt und hatten nur Aug und Ohr für die edle und herrliche Kunst, indes die Straßen widerhallten vom Kriegsgeschrei und der Weltbezwinger Napoleon seinen Einzug in die Stadt hielt und in großmütiger Freigebigkeit dem Churfürsten die Königskrone samt dem Gottesgnadentum überreichte.

Hab annoch, Gott sei Dank, nicht brauchen mitzuschreien und ihm Salut zu geben; denn man kunnt mich wegen meines armseligen Körpers nicht gebrauchen zu einem Soldaten.

Doch hat es auch in meiner Hand gezuckt und ist mirs durchs Herz gefahren, da man nachmals die gefangenen Landsleute meines besten

Freundes, des Bildlthomas, zu München schmähte und mit Kot und Steinen bewarf, dafür, daß sie um ihr Tirolerland, um ihre angestammte Heimat stritten.

Mag nicht daran denken, an die Schmach, da man den tapfern Andreas Hofer im ganzen Bayerland verfluchte und über sein traurigs End frohlockte, solang jener korsische Herrgott die Bayern samt ihrem König am Gängelband führte, bis endlich nach jenem furchtbaren Feldzug dreißigtausend Bayern in Rußland blieben, Max Joseph plötzlich umsattelte und zu Österreich hielt und die Macht dieses Despoten bei Leipzig gebrochen ward.

Da begann man allenthalben jenes überaus klägliche Lied vom Andreas Hofer zu singen und zu plärren, darin vom heilgen Land Tirol und vom treuen Hofer gar viel geschmalkt und geredet wird; und mag wohl in dieser Zeit, da ich schon betagt bin, kein Wirtshaus sein, daselbst nicht Bänkelsänger und Saufbrüder dies Lied im Maul haben und mit Hafendeckeln und blinden Patronen den Todesschuß markieren.

Doch genug von solcherlei Geschichten! Mag nimmer daran denken und red lieber von jener glückhaften Zeit, da ich den Endzweck meines Schaffens, jene persönliche Kraft fand, die ich an den alten Vorbildern und Meisterwerken so sehr wertschätzte und liebte.

Will einer die Werke unserer heutigen Bildschnitzer und Herrgottschneider recht betrachten, so mag er nur den Christmarkt und die Dult besuchen oder den Korb eines jener von Haus zu Haus ziehenden Burschen ausräumen: er wird bald finden, daß jene Lauterkeit und Größe der Lebensführung, so man gemeiniglich Kultur nennt, bei dem gebildeten Städter auch in seiner Vorliebe für religiöse Bildwerke von Tag zu Tag niedriger wird, verweichlicht und verflacht.

Wo sind jene einfachen, natürlichen Linien, die so sehr die Kraft des Schöpfenden erwiesen, wo jene Unmittelbarkeit, jene Wucht, mit der die Werke früherer Tage den Beschauer packen und zur Andacht zwingen?

Weichlich und ohne Halt, kalt lassend in ihrer Glätte, oder aber durch süßliche Verlogenheit zu falscher Gefühlsheuchelei führend, so stehen und hängen sie zu Dutzenden um uns in Schulen und Wohnstätten, in den Wirtsstuben und Verkaufsläden, ja selbst in den Kirchen und Klöstern.

Fade Öldrucke wechseln mit schablonenhaften Gipsfiguren, geschmacklose Madonnenstatuetten mit sinnlich-sentimentalischen

Wandkreuzen, deren Anblick niemals einen Menschen aus der gleichgültigen Lauheit des Alltags reißen kann, wie uns annoch die allgemein übliche Betätigung der täglichen und häuslichen Andachtsübungen gar trefflich zeigt.

Immer seltener werden jene ergreifenden Darstellungen aus dem Leben und Leiden unseres Herrn, die gerade durch die harte und scheinbar kunstlose Führung der Linien, durch die Anspruchslosigkeit und Einfachheit der Gebärde ergreifen und zum Göttlichen weisen.

Sogar die Krippe der Weihnacht mit ihren holzgeschnitzten Figuren wird von Jahr zu Jahr mehr aus dem bürgerlichen Haus verbannt und dafür süßfarbige papierene Bilder auf den Hausaltar gestellt; denn unserer bürgerlichen Zeit ist alles Lebenswahre zu roh, zu kraß und nicht selten – zu unsittlich.

Wie himmelhoch stehen dagegen die Werke einfacher Bauernschnitzer, insonders der Tiroler, vor uns: ein einschichtigs Feldkreuz, – ein armselige Bildwerk einer Votivkapelle, – der anspruchlose Wandherrgott in einer Sennhütten kann uns zur wortlosen Andacht, zum Nachdenken und zu ernster Betrachtung zwingen.

Die Art, wie dieser Gekreuzigte das Haupt senkt –, jener die Finger einkrallt oder die Glieder im Schmerz renkt oder im Tode streckt, – die unmittelbare Auffassung der biblischen Legende und ihre lebenswahre Verkörperung ist es, die uns armselige Erdenwandler ergreift und erschüttert.

Und diese Vorbilder waren es, an denen ich mich erbaute und sie mir zunutze machte; die lebendige Wiedergabe des wirklichen Lebens wollte ich von ihnen lernen.

Unter solcher Arbeit gingen die Tage hin, und die Zeit brachte in zwanzig Jahren ihres Laufs mannigfache Veränderungen – dem Land, der Stadt, den Leuten und auch mir; denn da man zählte 1826, da stand ich als schier vierzigjähriger Herrgottschneider einsam in der Werkstatt des Meisters Roman Boos, der seiner Hausmutter und Ehefrau schon im Jahr 1810 nachgefolgt war in die kühle Grabeserden und niemand hinterließ als seine Tochter Anna. Diese wurde Besitzerin seines Hauses; was noch an Bildwerken und Steinblöcken da war, erhielt Breitenauer, der treffliche Schüler des Meisters.

Mir aber hatte der Dahingegangene das Recht gesichert, sobald ich alt genug wär, in seiner Werkstatt gleich wie in einer eigenen zu werken und zu hausen, bis ich das Glück und die Mittel hätt, mir selber eine Heimstatt zu schaffen. Also nahm ich Besitz von dem Raum als ein reifer Gsell und bezog eine stille Kammer in dem ehrwürdigen Haus des toten Gönners.

Mein guter Meister Eberhard aber zog sich immer mehr von den Menschen zurück und lebte nur noch für seinen einzigen Sohn und dessen Mutter. Er war mit der Zeit bitter und still, schier wunderlich worden, fand sich in der sich Jahr um Jahr immer mehr verändernden Stadt und unter den neumodisch gesinnten Vertretern der Künste nimmer zurecht und sah mit Wehmut ein Stück ums ander von dem alten, barocken München fallen. Dazu war die Stadt mit Fremden überschwemmt, die trefflichen Meister seiner Zeit wurden allgemach heimgeholt und neue, von einem andern Geist beseelte, traten an ihre Stelle.

Er sah mich ungern aus seiner Dachwohnung scheiden und ließ mich nachmals noch oft durch seinen Sohn holen, wenn ihn die selbstgewollte Einsamkeit plötzlich drückte und beklemmte.

Noch einer fand sich alsdann in der einfachen, heimlichen Stube ein, ein gar fürtrefflicher und liebwerter Mann, ein geistlicher Herr, dem die Priesterwürde nicht gleich tausend anderen jeden Freimut und jede Duldsamkeit ertötet hatte; es war der würdige, ehemalige Hofprediger Grail.

Diesen Priester habe ich geliebt wie einen Vater; ja – er war der einzige unter allen Menschen, so mir in meinen Tagen begegneten, der meinem Herzen so nahe kam, daß ich mein ganzes Inneres, die geheimsten und verborgensten Triebe meiner Seele vor ihm eröffnete, in dem gläubigen Vertrauen, daß er mich verstünd.

Hab annoch nicht umsonst vertraut; denn er wußte Rat und Hilf, Trost und rechte Wort bei allem, was mich je bedrückte.

Auch er hätt billig Ursach gehabt, zu grollen und den neuen Geist der Zeit zu beklagen; denn auch er war einer jener Männer, die um ihres Freimuts und ihrer Ehrlichkeit willen daran glauben mußten; doch er klagte nicht.

Seine Geschichte war aber die: Als Hofprediger hatte er während der Fasten des Jahres 1810 in einem Vortrag gesagt, daß Christus, der Herr, seine göttliche Lehre ohne allen Lärm und ohne jegliche Absicht zu glänzen verkündigt hätte, als eine Lehre, die jedermann lieben müßt, der sie hörte und verstünd. So sei auch bekannt, daß große, wahre Gelehrte, wahre Künstler ihre Werke ohne alles Geräusch, ohne jede Bemühung, zu gefallen, an das Licht stellen.

Wenige Tage nach dieser Predigt ließ ihn der Obrist-Kammerer, Baron von Rechberg, zu sich befehlen und eröffnete ihm dieses: »Seine Majestät haben uns den allerhöchsten Befehl erteilt, den Herrn Hofprediger zu verwarnen, daß, wenn er noch einmal in solcher Weis wider den Zeitgeist predigen würd, er ohne weiters abgedankt sein sollt!«

Und da er in seiner nächsten Predigt abermals wider die Eitelkeit und Ruhmessucht sprach, wurde es mit der Drohung Ernst – Grail mußte gehen.

Aber er trug den Schlag tapfer und ohne ein Wort zu verlieren, schloß sich fester an seine Freunde, den Professor Westenrieder, den Pfarrer Darchinger von der Hofkirch und den Meister Birchmayer an und führte ein einfachs, beschauliche Leben von den paar Groschen, die er sich erspart hatte.

Auch der alte Boos war ehedem sein guter Kamerad gewesen, bis sie leider der Tod voneinander schied und er dem edlen Meister die Augen zudrücken mußt.

Zu meiner Zeit aber hatte er nur noch den guten Eberhard; denn der alte Westenrieder war gemach zu einem Sonderling worden, und für den Hof- und Leibpfarrer Darchinger war es auf die Dauer doch nicht schicklich, mit dem Abgedankten noch freundschaftlich zu verkehren.

Man hatte Beispiele genug dafür, wie zu dieser Zeit solche Dinge geahndet wurden!

Da brauchte man bloß an den Pfarrer zu Heilig Geist denken und an die drei Benefiziaten von Sankt Peter; oder an den Kaplan bei der Pfarr zu Unserer lieben Frau: eine mißliebige Kameradschaft, – der gesellige Verkehr mit Leuten, die an allerhöchster Stelle nicht sehr beliebt waren, – so was genügte in diesen Tagen schon, einen Mann von Amt und Würden zu bringen.

Und also blieben wir abgesondert von aller Welt unter uns und sahen nur von fern dem Wirken und Weben, dem Wandel und Treiben der Kräfte und Mächte jener Tage zu.

Es war nicht viel, was uns zum Anteilnehmen zwang; es sei denn, daß ich jenen Schreckenstag, den dreizehnten Septembris des Jahres 1813, benenne, da wohl an die hundert Menschen in den Wassern der

reißenden Isar umkamen, als diese mit wilder Gewalt die Ludwigs-
brücken beim Prater in Trümmer zerbrach und mit ihren Wogen fort-
spülte.

Oder daß ich jener Zeit der bittern Not und Teuerung gedenke, da
man schrieb 1816 und 17, in denen Tagen das Schäffel Weizen achzig
bis neunzig Gulden gekostet hatte und viele Hundert Arme Hungers
starben, indes in den Palästen getanzt und geschwelgt wurde.

Oder daß ich rede von den Tagen meiner höchsten Freude, da mir
die ersten Verdingungen zukamen aus der Umgebung von München;
bald auf Feldkreuze oder Wandherrgotte, bald auf ein Kirchenkreuz
oder einen heiligen Leib für die Feier der Grablegung.

Gemach mehrten sich die Aufträge; man wollte bald diesen, bald
jenen Heiligen, – bald die schmerzhafte, bald die glorreiche Madonna
für Kapellen oder Kirchen; auch Werke zum Schmuck der Häuser und
Treppen, geschnitzte Türen und Geländer, Rahmen und Armleuchter
gab es zu entwerfen und zu fertigen.

Nicht lange, da brauchte ich einen Gehilfen, und wieder nicht lang, –
deren zwei.

Und also kam langsam der Segen der Arbeit in meine Werkstatt, und
die Wünsche meiner liebsten Freunde und Gönner wurden zur Wahrheit: ich setzte mich durch, hatte bald einen guten Ruf als Schnitzer
und kam gemach zu einem bescheidenen Wohlstand.

Und da nach einer Zeit und Weil die ehrwürdige Jungfer Anna Boos
ihr Sterbhemd aus dem Schrein holte und sich auf den Weg zum Jenseits schickte, vermachte sie mir für Zeit meines Lebens das liebe alte
Haus ihres Vaters, mit der Bestimmung, daß es, falls ich ohne Erben
bliebe, nachmals in den Besitz der Stadt übergehen sollt.

Der würdige Vater Grail gab auch ihr den letzten Trost und das
Grabgeleit und zog alsdann auf mein dringliches Bitten als mein alleiniger Hort ein in die Stube seines seligen Freundes.

Heimkehr

N un hatte ich also, wie man gemeiniglich sagt, mein Sach wohl be-
stellt, und es mangelte mir schier nichts mehr zu einem geruhigen, glückhaften Leben.

Und dennoch kunnt mein Herz nicht froh werden und mein Wünschen nicht still; denn ich gedacht grad jetzt in allem Überfluß oft
wehmütigen Sinnes jener Zeit, da ich noch als der Weidhoferbalg ein
freies Leben, herzliebe Zieheltern und annoch mein Kathreinl gehabt.

Und kunnt also mittendrin nicht anders, – mußt einen Bogen Papier
nehmen, eine Feder schneiden und alles, was mich bedruckte, mit meinen großen, hölzernen Buchstaben vom Herzen herunterschreiben.

Dabei mir aber doch also weh ward, daß ich vermeinte, es sei gestern
erst gewesen, da ich alles verloren hatte, was ich besessen.

Also setzte ich auf das Schreiben die Adreß der Lackenschusterin,
versiegelte es und trugs zur Post, da man den ersten Tag in der Char-
woch des Jahres 1835 schrieb.

Hab oft bei meinem Wandeln in dieser Erdenzeit das Fest der Auferstehung erwartet; doch mag ichs nun ruhig gestehn: Niemalen dünkte
mich eine einschichtige Woch so lang wie diese, da ich auf eine Hand-
schrift meiner Kathrein harrte.

Und es erfaßte mich wohl ein bitterer Schmerz, wenn in stillen
Nächten immer wieder der Gedanke in mir aufstand: sie ist tot für
dich; – vielleicht lange schon wirklich tot, – gewißlich aber als Lakkenschusterin für dich verloren. Mag wohl auch deiner schon längst
vergessen haben! –

In dieser trübseligen und harten Zeit hat mir mein väterlicher
Freund und Berater, der alte Grail, wohl manches Trostwort gegeben
und meinen Geist damit aufgericht.

Den Tag nach Ostern aber mußt er das Halleluja mit mir anstim-
men; denn an diesem Tag erschien der Postbot mit einem großmächtigen Pack, darin ein Laib Osterbrot, gefärbte Eier und ein Büschel

Palmkätzchen lagen nebst einem Handschreiben der Lackenschuste-rin, das also lautete:

»Herzlieber Mathiasle!
Mußt es halt nit in übel nehmen, wann ich dir annoch jetzund diesen Namen gib; habs halt nit anders im Sinn und Gedenken.
Hab also dein liebs Schreiben auf den grünen Pfinztag in die Händ kriegt als eine rechte herzliebe Ostergab. Und es ist mir eine große Freud, daß du Gottlob gsund und wohlauf bist, wie es verbleiben möge bis ins Absterbens. Amen.
Also dannen weil ich dir schreib, magst du wissen, daß ich wohl schon sither vierzehn Jahr eine Wittib bin und ein einschichtigs Weib, dieweilen meinen gueten Eheherrn, den Anderl, selbigsmal das Roß geschlagen und gar ertöt hat, also daß ich ihn halt eingra-ben hab müssen. Gott geb ihm die ewig Ruh. Amen.
Und also steh ich ohne ein Kind und ohne einen Sterbensmensch da und schaff halt weiter in dem Hof, daß die andern dereinstma-len eine Freud haben.
Aber habs mir nit in übel, lieber Mathiasl, daß ich grad nur von mein Sach red. Möcht, gern wissen, was du schaffst und wie es bei dir ausschaugt, sither du ein großer Herr bist worden und ein fürtrefflicher Bildschnitzer. Muß dir eben in dem Augenblick sa-gen, daß ich annoch deine Sachen guet bewahrt hab bis auf den heutigen Tag und verschlossen in dem Schreinen von der gueten Irschermuetter, Gott hab sie selig.
Nun mag ich dir nit verschweigen, was eine harte und auch be-trübte Zeit und Weil allhier gewest, sither daß du selbigsmal so viel unnütz von unserm Haus und aus dem Ort entwichen bist.
Blitz und Hagelschlag haben damalen oft die Gau verheert und al-les zerstört, eine große Teuerung ist allhier gewesen, daß der Gul-den kein Pfennigs Wert mehr hat ghabt und ein Schäffl Gedraid het schier hundert Gulden golten. Nach solchem haben müssen sechsundzwanzig Kinder zu Sonnenreuth an den Blattern ster-ben; doch keins von mir, dieweilen der Herr meine Ehe nit hat segnen mögen mit solcher Gab. Hab mich halt dreingschickt in Geduld und Demut.
Alsdann hat hier gewütet ein teuflischs Morden und Schießen, – sind bald kommen Österreichische, bald Frankreichische von dem

Napoleon, haben Quartier genommen, und mußten wir unaufhörlich liefern Leut, Vieh, Pferd, Geld und War, mußten Weib und Kind ein Schandtod sterben und Jungfrauen ihren Kranz lassen bei den Wüterichen. Napoleon wurde überall als ein Gott angebett, – einmal mit allen Glocken geläutt, weil es geheißen hat, daß er unsern Fürsten zu einem König verbrieft, – und ist darnach abermalen das Elend fortgangen die Jahr, bis unser lieber Herrgott ein End gemacht.

Nun mag ich nit versäumen, daß ich dich um eine gnädige Absolution bitt zwegen der fünf Gulden, so der Anderl, Gott laß ihn ruhen, selbigsmal von Euch verlangt hat als Bueß, daß du ihm davongangen bist. Habs gwiß nit wollen und ihm fleißig fürgstellt – das aber leider alles vergebens war.

Liebster Mathiasl, du fragst, ob ich einen Platz hab für einen kranken Mensch. Wär mir wohl der Gedank nit darwider, daß etwan du dieser Mensch bist, und wollt dich schon gsund machen in unserm Gau; aber wenn du schreibst, daß du gesund bist, wird schon wer anderst krank sein. Etwan gar deine Hausfrau. – Hast ja nit geschrieben, ob du schon ein Ehweib genommen – was mich leider ja auch nit angehet.

Also bring mir die kranke Person und kehr bald bei mir zu. Und nimm Gotts Grueß von deiner

getreuen Kathrein
Lackenschusterin.«

Nun laß ich es sein, von meiner Freud zu sagen; ist wohl kein Mann noch Frau, so nicht einmal ein Gleiches hätt erlebt.

Mein ehrwürdiger Vater Grail aber sagte: »Pack zsamm, Hiasl! – Ich versorgs Haus schon, bis d' wiederkommst. Und der Eberhard ist ja auch da, wenn sich grad was fehlen sollt. – Aber – ich mein – es fehlt sich nix!«

Also machte ich mich reisefertig und fuhr den andern Tag dahin – heim.

Mag sonst wohl ein kurzweiligs Reisen sein, so durch die Gaue und durch mannigfache Dörfer und Märkt, vorüber an jungen Saatfeldern und Wiesen, an Wäldern und Ortschaften, immer die schneeglänzenden, blauschimmernden Bergketten vor Augen. Diese Reise aber deuchte mir schier wie eine Fahrt durch die Ewigkeit, obgleich ich mit der Eilpost dahinfuhr und die Landschaft mit ihren Hügeln und Tälern rasch an meinem Wagenfenster vorüberglitt.

Endlich aber wurde der Weg steiler, die Hügel wurden zu waldigen Höhen, die Bergkette wurde dunkler und rückte näher und näher.

Und da es um die Stunde war, daß der Landmann vom frischgeeggten Feld, von der Frühjahrsarbeit heimkehrte zur Abendsuppe, da ließ der Kutscher seine Geißel knallen und fuhr hinein in meinen Heimatort, durch blühende Obstgärten und helle Bauernhöfe, bis er gegenüber der Kirche vor dem Tor des Hauses hielt, darüber das Schild prangte: Postgarten Sonnenreuth.

Mit zitternden Knien stieg ich aus dem Wagen und gab meine Weisungen für die Rückfahrt.

Dann ging ich langsam hinauf zum Freithof und suchte meine herzlieben Zieheltern heim und wünschte ihnen den Frieden.

Indem läutete man zum Rosenkranz, und ein junger Pfarrer trat ein und verschwand in der Sakristei. Darnach kam ein hinkender Bursch im Meßmerrock, öffnete die Kirchentür und das Freithofsgitter und grüßte bald diesen, bald jenen aus der Gemeind.

Und dann wandelten sie daher: alte, gebeugte Männer, weißhaarige, runzlichte Mütter, etliche Jungfrauen mit niedergeschlagenem Blick und demütig geneigtem Haupt, und dazwischen die Kinder meiner Altersgenossen und Kameraden.

Noch einmal ertönte ein kurzes Zusammenläuten zweier Glocken, – die Uhr schlug fünf, und die Kirchentür wurde leise geschlossen, indes der schrille Ton der Sakristeiglocke das Eintreten des Priesters zum Altar verkündete.

In diesem Augenblick erscholl das feierliche Spiel der Orgel, die silbernen Glöcklein der Ministranten tönten während des Segens zu mir heraus, und nach einer Weil vernahm ich das gleichmäßig abgestimmte Beten der Gesätzlein des glorreichen Rosenkranzes: »Der von den Toten auferstanden ist.«

Noch ein paar Augenblicke lauschte ich, dann ging ich langsam aus dem Garten der Abgeschiedenen und wandte mein Aug der Stätte zu, da einstmals der Weidhof geprangt hatte. Ein mächtiger Besitz stand nun hier und ließ nicht ahnen, welches Unglück diesen Erdenfleck vor einer Zeit heimgesucht.

Mit Bitterkeit und Trauer wandte ich meine Blicke weg und schritt fürbaß, dem Lackenschusterhof zu.

Der stand frei auf der mit blühenden Obstbäumen bepflanzten Anhöhe und hob sich massig aus dem bläulichen Dunkel des Abends.

Eine feine Rauchsäule stieg aus dem Kamin, und etliche Knecht und Mägd gingen geschäftig ab und zu.

Ein zottiger Hund stand vor seiner Hütte und gab knurrend Laut, und eine schneeweiße Katze strich schnurrend um den Türstock, als ich mit klopfendem Herzen einging und mit überquellenden Augen in der Kuchel hinter sie trat: »Kathreinl!«

Als ein schmächtigs, betagts Frauenbild stand sie da und rührte mit dem Schäuflein im Schmarren. Ihr goldrotes Haar war an den Schläfen wie Flachs gebleicht und ihr schmales Gesicht war von der Herdhitz leicht gerötet.

Sie hatte mich nicht gehört und mein Kommen nicht weiter beachtet, also daß ich ganz nahe hinter sie trat und wieder sagte: »Kathreinl!«

Da wandte sie ganz langsam den Kopf, ihre Augen glitten wie aus weiter Fern über mein Gesicht, blickten mich eine Weil groß an und wurden langsam trüb und naß.

Dann falteten sich ihre Händ wie zum Beten, und sie sagte leise: »Mathiasl – ja – du bist es schon. – Grüaß di Gott!«

Und löste ihre Hände und erfaßte die meinen: »I hab schon gwart auf di. – Kimm nur glei auffa – dei Stüberl is schon gricht.«

Darnach rief sie eine Dirn in die Kuchel und führte mich hinauf über die knarzende Stiege in eine reiche Kammer, schob mir einen Stuhl hin und setzte sich zu mir, indem sie sagte: »Lang hab i warten müssen – aber jetzt hab i di do no derwart. – Jetzt bist do no hoam kommen.«

Ja – ich war heimgekommen. Und ich wußte es jetzt: Nirgends sonst gabs noch eine Heimstatt für mich denn bei ihr.

Wohl waren wir beide betagt, – hatten das Leben hinter uns, – aber wir wollten noch eine geruhige Weil – einen frohen Feierabend und einen friedlichen Heimgang.

Und so nahm das Kathreinl meinen Verspruch, daß ich bald wiederkäm und eine längere Zeit bei ihr bliebe; und nachmals, wenn unsere Tag ins Neigen gingen, wollten wir dieselben miteinander in dem ehrwürdigen Bauernhof beschließen und in einer Erdenkammer zum ewigen Schlaf gebettet werden.

Drei Tage blieb ich bei der liebsten Frau; dann fuhr ich wieder zurück in die Stadt mit dem festen Willen, bald wiederzukommen.

Und das Kathreinl gab mir noch die Hand in den Wagen und sagte: »Bleib nit z' lang, – i zähl jede Stund!«

Dann zogen die Pferde an, und ich winkte noch einmal zurück, indes sie still stand und, die Augen mit der Hand beschattend, mir nachsah, bis das Gefährt hinter der Kirche um die Ecke bog und aus dem Markt fuhr.

Abend

Es war im Erntemonat desselben Jahres, als mein väterlicher Freund und lieber Hausgenoß eines Morgens nicht, wie gewohnt, erschien; und da ich in seine Stube trat, lag er bleich und still auf seinem Lager und hatte die Augen für immer geschlossen.

Voll Leid und tiefer Trauer ließ ich ihn an der Seite seines besten Freundes hinabsenken und halte sein Angedenken still in Ehren, indem ich nur sein Leben und Wandeln zu Nutz und Frommen fleißig vor Augen führe und ihm nachzufolgen trachte.

Nicht lange nach ihm ging auch mein liebster Lehrer und Gönner, mein teurer Meister Eberhard, zur Ruh, und ich stand einsam an seinem Grab und bedachte die Vergänglichkeit unserer Tage.

In dieser Zeit wurde mein Verlangen nach dem geruhigen Haus zu Sonnenreuth und nach dem schmalen Gesicht mit den gebleichten Schläfen, nach meiner Kathrein, wieder lebendig.

Und da ich einen meiner Gehilfen als eine gute, verlässige Kraft erkannt hatte, übergab ich ihm die Leitung der Werkstatt, die Sorge fürs Haus und eine Summe Geldes mit allen Vollmachten, dafür mir der treue Bursch von Herzen ergeben und dankbar war.

Und nach solchem packte ich mein Sach zusammen und reiste heim.

Das Kathreinl stand schon mit zwei Mägden vor dem Postgarten, daß meine War gut heim käm, und wir folgten über den Freithof nach und redeten kein Wort.

Und da wir Hand in Hand über die Schwelle traten, sagte sie bloß: »Grüaß di Gott daheim – und sei gern da.«

Beim großen Gott – ja! Ich war gern da, ich war daheim.

Jeder Tag ließ mich aufs neue die glückhafte Ruhe und den stillen Frieden der Heimat kosten, und meine Zeit und Weil war voll reiner Zufriedenheit.

Einmal noch habe ich mich aufgemacht und bin den Weg gen Bayrischzell gewandert und zum Haus des alten Thomas. Doch das war ganz verfallen und verödet, so daß ich, einer trüben Ahnung folgend, meine Schritte zu dem Freithof lenkte. Da stand ein einfaches Kreuz in einem Winkel, und ein ärmlichs Ränklein Epheu schlang sich darum und wand sich um das Täflein, darauf zu lesen stand:

»Hier ruhet der ehr und tugendreiche Jüngling
Thomas Beham, Bildlmacher von Bayrischzell.
Gestorben den zehnten Februaris 1820.
R. I. P.«

Ergriffen stand ich vor dem kleinen Hügel, bis mein Blick nach einer Weil auf einer Inschrift des armseligen Kreuzes daneben haften blieb:

»Hier liegt das Tiroler Katherl begraben.
Sie starb den Jakobitag des Jahres 1809 im Alter
von hundertundsieben Jahren. R. I. P.«

Still verließ ich die Ruhstatt der beiden Toten und machte mich langsam auf den Heimweg.

Es war schon dunkel, als ich heimkam, und das Kathreinl saß einsam auf der alten Hausbank und wartete auf mich. Ein Schreiben meines Gehilfen war gekommen, darin er mir zu wissen machte, daß eine sieben Schuh hohe Madonna für den Frauenaltar der Kirche zu Brunntal befohlen wär.

Also mußte ich unverhofft den andern Tag Abschied nehmen, dabei ich aber der liebsten Frau versprach, bis zur Weihnacht wieder bei ihr zu sein.

Fuhr deshalben sogleich dahin und machte mich an das Werk, welches nachmals als mein bestes gepriesen ward.

Tag um Tag saß ich nun dabei, formte die hohe Gestalt der himmlischen Frau, schnitt ihr faltigs Gewand, ihr Szepter, ihre feinen, adligen Händ und stemmte und schabte, schnitzte und schliff an dem Antlitz der Jungfrau, indes meine Gedanken sich in ferne Zeiten verloren und gemach sich in ein geruhiges Glück einspannen.

Es war schon später Herbst, als ich endlich mit dem Glasplättlein den letzten Strich schabte und starr und unverwandt das Angesicht der hohen Frau betrachtete, dessen Linien mich leise an ein wohlbekanntes Frauenbild gemahnten und das Heimweh nach ihm weckten.

Also daß ich mich beeilte und die Statue dem Meister Dreßler zur Bemalung übergab, der sie darnach zum Fest Mariä Empfängnis in die Kirche nach Brunntal verbrachte.

Und da man mir meine achthundert Gulden für das Bildwerk ausgezahlt hatte, fuhr ich fröhlichen Sinnes zurück nach Sonnenreuth, um mit meiner Kathrein die Weihnacht zu feiern.

Ein tiefer Winter war derweil gekommen, und der Schnee lag glänzend über der keimenden Saat, beugte die Bäume unter seiner Last und bedeckte die Dächer und Türme mit hohen, in der Sonne blitzenden Hauben.

Die Wege waren schuhtief verschneit, und männiglich steckte den Kopf fest unter den Mantelkragen und zog die Pelzhaube tief über die Ohren.

Meine Kathrein aber kniete vor dem großmächtigen Linnenschrank und holte das feinste von den selbstgewirkten Tafeltüchern heraus für die Weihnacht, indes die Mägd am Backtrog standen und den Teig zum Kletzenbrot kneteten.

Und da etliche Tag darnach der heilig Abend anbrach, stellte die liebste Frau die alte Hauskrippe unter den Altar, steckte rings um den Tisch rote Kerzen auf und trug schwere Schüsseln voll Äpfel, Nüsse und Weihnachtsbrot in die Stube.

Darnach stellte sie alle die armseligen Figürlein und Sachen, so ich ihr als Knab geschenkt, an ihren Platz und steckte eine große Kerze dazu.

Am End aber wies sie mir auch meinen Platz, indem sie ein Licht neben das ihre klebte und eine feine Silbertruhe, darin ein goldens Herz und in diesem ein alter Fingerring lag, dazustellte, worauf sie hinauslief, ihre Leut zu holen.

Nun legte auch ich meine Verehrung für sie, ein goldens Medaillon, sowie eine Statuette ihrer Patronin zu ihren Sachen und setzte mich darnach still auf die Ofenbank.

Lachend und schwatzend erschienen nun alle im Festgewand, wünschten mir einen guten Abend und knieten sich darnach um die Krippe.

Da trat auch die Kathrein in hohem Staat ein, trug einen brennenden Wachsstock in der Hand, lächelte leise zu mir herüber und entzündete die Kerzen, indem sie mit bewegter Stimm das Weihnachtslied begann. Da fielen alle ein und sangen:

»Was Wunder ist gschehen zu dieser Nacht,
Da uns die Jungfrau den Christ hat bracht!
Ein Jauchzen dringet vom Himmel her;
Englein tun singen: Gott sei die Ehr!
Es knieet Maria wohl auf dem Stroh
Und ist der erfülleten Botschaft froh,
Hälts Kindlein voll Lieb wohl in dem Arm
Und singet: Nun schlafe, mein Söhnelein, warm!
Ich wiege dich sanft und ich wiege dich fein,
Schlafe, mein herzliebes Kindelein, ein! –
Ihr Manne, der Joseph, das Bettlein aufmacht
In der Krippen, darein er ein Strohbund hat bracht;
Maria die legt ihren Schleier dazu
Und bettet ihr Söhnlein zur gueten Ruh.
Ein Ochs und ein Eslein, die wehren der Kält
Und halten fein warm den Erlöser der Welt.
Viel Engelein fliegen durchs nächtliche Tal,
Besingen das Kindlein in Bethlehems Stall,
Frohlockend des Wunders der Heiligen Nacht,
Da Jerichos Rose das Blümlein hat bracht.«

Nach solchem Singen standen alle auf, und ein jegliches nahm sein Licht vom Tisch; das Kathreinl aber reichte ihnen den üblichen Christtaler, verteilte den Inhalt der Schüsseln unter sie und nahm darnach auch unser beider Verehrung vom Tisch, legte es in ihre Schürze und setzte sich schweigend zu mir, indes die Mägd aufdeckten und die Mahlzeit hereinbrachten.

Also ward fröhlich gegessen und getrunken, gelacht und gescherzt, indes das Feuer im Ofen krachte und der Kienspan knisterte.

Das Kathreinl trug nun unsere beiden Lichter samt den Gaben hinauf in meine Kammer und setzte sich darnach wieder auf die Ofenbank.

Sie schien müd und abgeschlagen zu sein, also daß ich meinte, sie mög sich doch hinlegen; – die heilig Nacht ging auch ohne ihr Zutun fröhlich hinüber.

Aber sie wollte nicht.

Und da es Zeit war, zur Metten zu gehen, und das Krachen der Böller und das Geläut der Glocken durch das Tal hallte, richtete sie die Laternen zu, schob den langsamen Zeiger der Uhr auf halb zwölf vor und hüllte sich in ihren großen Schal. Dann sagte sie zu mir: »Wirst wohl noch munter sein, wann ich wiederkomm, Mathiasl; – laß mir halt kein Unhold ins Haus und krieg den Weillang nit.«

Worauf sie mir lächelnd einen Weichbrunn gab, gute Nacht wünschte und den andern folgte.

Ich aber saß nachdenklich auf meiner Bank und dachte, daß das Kathreinl heut gar nicht wohl ausgesehen hätt, und daß sie besser tät, wenn sie den Hof verkaufte und sich zur Ruh setzte.

Und hing also einsam meinen Gedanken nach, als dumpfer Lärm an mein Ohr drang und mich erschreckt auffahren ließ.

Ich lief hinaus fürs Haus, – da kamen die Knecht und die Mägd – und trugen – heiliger Gott – meine Kathrein.

Sie wär ihnen ganz gerecht nachgekommen, erzählte der Oberknecht, – sei noch eine Weil dahingegangen, – hätt dann mit einem Mal ein erschreckliches Husten hören lassen – die Arm gählings in die Höhe geworfen – und sei wie ein Baum zusammengebrochen. – Und da sie voll Schrecken hinleuchten, ist der Schnee rings gerötet.

Wir legten sie aufs Bett.

Bleich und ohne Leben lag sie da.

Wir wuschen ihr das Gesicht mit Essigwasser, und ich hielt bebend ihre kalten Händ in der meinen, indes die einen zum Wundarzt liefen, – die andern zum Pfarrer.

Das übrige Gesind war leise hinausgegangen, und ich vernahm aus der Wohnstube herauf das gedämpfte Beten für die Kranke.

Meine liebste Frau öffnete die Augen, sah mich matt und hilflos an und schloß sie wieder.

Nach geraumer Weil kamen die andern zurück und meldeten: der Wundarzt wär nicht daheim, – käm auch nicht heim, die Nacht, – und der Herr Pfarrer hätt nicht der Weil, – und der Koprator auch nicht, – die müßten jetzt die Metten singen und das Christamt halten.

Dann gingen sie hinab zu dem übrigen Gesind.

Also saß ich allein am Bett meiner Kathrein, indes die hohe Uhr ihr langsames Tick Tack hackte, das Wachslicht flackernd niederbrannte und das murmelnde Beten zu mir heraufdrang.

Da schlug sie noch einmal die Augen auf, – sah mich an, öffnete den Mund und flüsterte meinen Namen. Ich beugte mich über sie und hielt mein Ohr an ihre Lippen, krampfhaft ein lautes Schluchzen verbeißend.

»Aufheben –«, lispelte sie.

Und ich schob leise meinen Arm unter ihr Hauptpolster und hob sie. Da lächelte sie ein wenig – sagte flüsternd: »Gelts – – – Gott – – – ich – – – geh – – – heim – – – o Jesus – – –«, und war still.

Ich legte sie stumm zurück – drückte die herzlieben Augen zu – und ging hinaus.

Und nun mag ich nimmer reden von meinem Leid.

Sie ward mit großem Gepräng zur Erden bestattet, ihr Hof zerteilt, dabei die herzliebste Frau auch mir ein Teil zumaß; – und dann reiste ich zurück in die Stadt, – suche Trost im Schaffen und lebe ein einsams Leben, – das mir der gut Vater zu einem gnädigen End führen wolle. Amen.

Editorische Notiz

Der Roman »Mathias Bichler« erschien erstmals 1914 im Albert Langen Verlag München. Der vorliegende Text folgt dieser Ausgabe. Aus Gründen der besseren Lesbarkeit wurde jedoch so weit wie möglich auf Apostrophierungen verzichtet. Beispiel: »Weihnachtn«, statt »Weihnacht'n« oder »zwegn« statt »z'weg'n«. Pronomen wurden nur an das davor stehende Wort angebunden, wenn durch die Apostrophierung keine Vokal- oder Konsonantendoppelung erfolgt. Also etwa »jetzt glangts«, aber »wie 's ganga is?«. Am Wortende apostrophierte Pronomen bleiben grundsätzlich apostrophiert, ebenso wenn vor dem Pronomen kein Wort steht (Beispiel: »'n Buben hat s', die Hosennandl«). Bestimmte Artikel bleiben grundsätzlich apostrophiert (d' Dirn; 's Kalbl). Offensichtliche Druckfehler wurden stillschweigend korrigiert.

Kleiner bairischer Dialektspiegel

ABGEBUTZET	verputzt, verspeist, hier: aufgefressen
ABGEROATET	abgerechnet
ABLASSPFENNING, DER	Meist vom Papst geweihte Messingmünze, die als Geschenk weitergegeben wurde. Bei Wohlhabenderen war die Münze aus Silber oder Gold.
ABRANKELN	verprügeln, eine Abreibung verpassen
ADMIRABEL	bewundernswert, vom lateinischen »admirabilis«
AHNL, DAS	Ahnin, Urahnin
ANGEBINDE, DAS	Geschenk, Gabe
ANGNIGLT	angenagelt, festgewachsen; hier: festgefroren
ANKLUFEN	an-, feststecken (siehe auch KLUFEN)
ANTLASKRÄNZLEIN, DAS	Am Gründonnerstag (dem Antlaßtag) gebundener Kranz aus am selben Tag gepflückten Kräutern, die als besonders heilkräftig galten. Das Gebinde wurde bis zum Erntedankfest aufbewahrt. Am Antlaßtag wurden früher die öffentlichen Büßer aus der Kirchenbuße entlassen und wieder in die Kirche aufgenommen.
AUFMANDELN, SICH	sich aufspielen, groß tun, sich aufführen
AUSWÄRTS, DER	Frühling
BARBEN, DIE	Stoffband, das vorne über das Haar gelegt und im Nacken verknotet wird
BASS	weiter, vorwärts, auch »fürbaß«
BAUNZERL, DAS	liebevolle Bezeichnung für ein Kleinkind oder einen Säugling
BAVESEN, DIE	Einfache Süßspeise aus Weißbrot, das in Milch und Eiern gewälzt, herausgebacken und dann mit Zimt, Zucker und Zwetschgenmus serviert wird. Typisches Dienstbotenessen, daher auch die Bezeichnung EHHALTEN-Schmaus.

BENAMSEN	benennen, bezeichnen
BENEDIKTION, DIE	Segen, Segnung, vom lateinischen »benedictio«. Feierliche gottesdienstliche Handlung, mit der Personen oder Gegenstände gesegnet werden. Im engeren Sinne wird der Begriff auch für das dabei gesprochene Segensgebet verwendet.
BESAICHEN	anpinkeln
BESCHEID, DER	Antwort; hier auch erwiderter Trinkspruch (siehe BSCHAIDTÜCHL, DAS)
BETTZIACH, DIE	Bettüberzug
BINKEL, DER	Bündel; Beule. Neckend auch im Sinn von »dummer Kerl« verwendet. (Siehe auch BINKELTUCH)
BINKELTUCH, DAS	Tuch, das als Bündel mit Essen für die Wanderung an einen Stock gebunden wird
BLACHE, DIE	großes grobes Leinentuch, Plane (siehe auch BLACHENWAGEN)
BLACHENWAGEN, DER	Planwagen. Üblicherweise von Pferden oder Ochsen gezogener Wagen mit einem meist bogenförmigen Plandach aus Leinen.
BLATTERN, DIE	Pocken
BLESSPULVER, DAS	Bleichpulver, Chlorkalk
BLONDEN, DIE	Klöppelspitzen aus Seide oder Baumwolle als Kleiderbesatz
BOAR, DER	der Bayer (hier stellvertretend für die Bevölkerung Bayerns)
BRINZELN	pinkeln; nach Urin stinken
BROCKEN	pflücken
BROGLAT	grob, rauh
BRUNNENGRAND, DER	Umrandung der Brunnenzisterne durch eine Mauer oder Holzkonstruktion
BSCHAIDTÜCHL, DAS	Tuch zum Einbinden von Proviant. Von einer Hochzeits-, Tauf- oder Begräbnisfeier brachte man darin den Daheimgebliebenen etwas vom Schmaus mit und gab ihnen gleichzeitig »Bescheid«, was sich alles am Fest ereignet hatte.
BSUND	besonders
BUCKLAT	buckelig

CHAISE, DIE	Kleine Kutsche für zwei Personen, vom französischen »chaise« = »Stuhl« abgeleitet. Als eine alte »Scheesn« wird im Bairischen auch eine alte Frau oder ein altes Auto bezeichnet.
DACHTEL, DIE	Ohrfeige
DALKEN, DER	Tölpel, unbeholfener, plumper, ungeschickter, dümmlicher Mensch
DENGERSCHT	denk mal; man denkt/glaubt
DOCKEN, DIE	Puppe
DORANT, DER	Andorn (lateinisch »Marribum vulgare«). Heilpflanze, für alle inneren Organe anwendbar.
DOTSCHENTAUCH, DER	dicke Soße oder Tunke, in die weiches weißes Brot gebrockt oder getaucht wurde
DRENT	drüben, dort (drüben), drinnen
DRISCHEN	Dreschen (Herauslösen) der Getreidekörner aus den Ähren durch festes Schlagen mit dem DRISCHEL. Das Trennen der Spreu vom Weizen war die härteste Arbeit des bäuerlichen Alltags, die überdies besonderes Geschick verlangte. Gedroschen wurde gewöhnlich nach der Feldbestellung von Oktober bis Dezember.
DRISCHEL, DER	Dreschflegel. Traditionelles Werkzeug zum Dreschen der Getreideähren.
DRISCHELLIEDER, DIE	Beim Dreschen war der Rhythmus von entscheidender Bedeutung und um diesen einzuhalten, sagte man kleine Sprüchlein auf oder sang Lieder.
DRUTSCHL, DIE	Trutscherl; entzückendes, reizendes, aber auch einfältiges Mädchen
DUNNERKLAPF, DER	Donnerschlag
EHHALTEN/ EHEHALTEN, DIE	Gesinde, Knechte und Mägde, Dienstboten
EINSCHICHTIG	alleinstehend, ledig; verwitwet; eigenbrötlerisch; einfach, primitiv
ENDSGROSS	sehr groß, riesig, mächtig
ENK, ENKA	euch, eure, euren
EXVOTOMACHER, DER	Hersteller von Votivgaben (vor allem Bilder), die bei einem Gelübde (lateinisch »ex voto«) dargebracht wurden

FELLEISEN, DAS	vom französischen »valise« = Koffer. Lederner Rucksack oder Beutel, von Handwerkern auf der Wanderschaft getragen.
FEME, DIE	Strafe, Vergeltung
FILZTAPPERLN, DIE	aus Filz gefertigte Hausschuhe oder Pantoffeln
FIRM	erfahren, fit, sachkundig; gut bei der Arbeit
FLEBBEN, DIE	Legitimations-/Ausweispapier; Geldschein
FLEDERWISCH, DER	Enten-/Gänseflügel, der als Handfeger benutzt wird
FLEZ, DER	großes Stück einer Fläche (auch für Ackerland)
FLOIGN ERTÖTEN	Fliegen töten
FOAST	dick, rund, wohlgenährt, feist
FRAUENBIRNE, DIE	Birnensorte. Weitere Namen sind: Römische Schmalzbirne, Franzmadam, Sucré Romain
FRAUENTALER, DER	Zur Taufe vom Taufpaten überreichtes Geldgeschenk an das Kind.
FRETTER, DER	jemand der sich nur mühsam durchs Leben schlägt; Hungerleider, Schmarotzer
FÜRSTELLEN	Vorwürfe machen
FÜRTUCH, DAS	»Vortuch«; in der zweiten Hälfte des 15. Jahrhunderts kam im bairischen Sprachraum dieser Begriff zur Bezeichnung der Schürze auf.
FÜRSTECKNADEL, DIE	Brosche
GACH	heftig, jäh; auch hitzköpfig, unbeherrscht
GADERN, DAS	Gatter, Zaun
GÄHLINGS/GÄHEND	jählings, plötzlich, in jäher Art
GEBREST, DAS	Gebrechen, Krankheit, Indisposition, Zipperlein
GEISSELSÄULE, DIE	Passionssäule, Martersäule, Säule, an der Jesus Christus in der Nacht vor seiner Kreuzigung angebunden war
GELEGTER, EIN	(uneheliches) Kind, das von der Mutter weggegeben wurde (ähnlich einem anderen ins »Nest« gelegten »Kuckuckskind«)
GEMEINDELÜMMEL, DER	junger Bursche/Kerl, der von der Gemeinde zum Arbeiten versteigert wird, um so eine Unterkunft zu erhalten

GERECHT	ansehnlich, groß; (als Adverb) ordentlich, richtig
GERECHTSAMEN, DIE	Recht, Vorrecht, Richtigkeit
GESPONS, DAS	hier: Geliebte; auch Braut, Bräutigam oder Gatte, Gattin
GEWARTET	versorgt, umsorgt
GFEHLT	daneben; falsch; vorbei, aus
GOASSPEMSEL, DER	Geiß- oder Kitzpinsel aus Ziegenhaar; vor allem für die Ölmalerei verwendet
GODE/ GÖD, DER	Taufpate
GODENKIND, DAS	Patenkind
GOTTESACKER, DER	Friedhof; auch Freithof
GREINEN	schimpfen; jammern, klagen, lamentieren
GRUMMET, DER	von »Grünmahd«; zweite Heuernte; Heu vom zweiten oder dritten Schnitt
GRÜNER PFINZTAG, DER	Gründonnerstag, der sogenannte Antlaßtag (siehe auch ANTLASKRÄNZLEIN), Donnerstag vor Ostern. Der Begriff »Pfingsda« ist noch heute in einigen ländlichen Gebieten Bayerns die Bezeichnung für den Donnerstag.
GRUSLAT	grausig, gruselig
GSÄTZLEIN, DAS	Lied; Strophe
GSCHNACKS, DAS	Zeug, Sachen, Tand
GSELCHTS FLEISCH, DAS	geräuchertes Fleisch
HABER, DER	Hafer; davon leitet sich auch der Begriff »Haberfeldtreiben« ab; es ist ein heute nicht mehr gebräuchliches Rügegericht im bayerischen Oberland, das vor allem in der ehemaligen Grafschaft Hohenwaldeck (in etwa die Gegend rund um Tölz, Tegernsee, Miesbach, Rosenheim und Ebersberg) ausgeübt wurde und dem oft Reiche oder Angehörige der Obrigkeit zum Opfer fielen, zumeist aber Frauen, die unverheiratet schwanger geworden waren.
HADERN, DIE	Lumpen, Putzlappen, Wischtuch; auch Wischhadern
HADERLUMP, DER	Schimpfwort: Habenichts, Taugenichts, Lump; vgl. dazu HADERN

HAFEN, DER	großer (Koch-)topf; Eimer
HÄFLEIN, DAS	kleiner Topf oder Eimer
HANDLICHE, DER	jemand, der hilfreich, tüchtig, stark ist, der »zur Hand« gehen kann
HANNAKEN, DER	grobschlächtiger, grober Mensch. Erst seit etwa 1900 negativ besetztes Wort (entwickelt sich später zum Schimpfwort »Kannacke«).
HÄUSLLEUT, DAS	Häusler, Kleinhäusler; Dorfbewohner, der keinen Hof, sondern nur ein Haus, wenig Vieh und wenig oder gar kein Land besaß und als Tagelöhner arbeiten musste
HAUSFLÖZ, DER	Hausflur
HEAHLN, DAS	Hühnchen; fast ausgewachsene Henne
HEIMGARTEN, DER	Zum Feierabend trafen sich alle im Freien vor dem Bauernhaus zum gemeinsamen Singen, Reden, Musizieren. Im Winter war das Äquivalent zum Heimgarten die warme und gemütliche KUNKEL(stube), wo auch das Spinnrad stand.
HEIMSUCHEN	zu Hause besuchen, zu Besuch kommen; Krankenbesuch
HEISSERL, DAS	Fohlen, junges Pferd
HEUMONAT, DER	erster Monat in dem Heu gemacht wird (Juli)
HOAMAZUA	nach Hause
HOCHZATLADER/ HOCHZEITLADER, DER	Organisator einer Hochzeit, der für den Ablauf verantwortlich ist und alle Gäste persönlich einlädt
HOCHZEITER, DER	Bräutigam
HOCHZEITER , DIE	Brautpaar
HOCHZEITERIN, DIE	Braut
HONIGZELTEN, DIE	Lebkuchengebäck mit Honig. Die Bezeichnung Honig- oder Pfefferkuchen gibt Aufschluss über den Hauptbestandteil des Gebäcks: Honig oder fremdländische Gewürze (Pfeffer, Zimt, Nelken).
HORT, DER	ein wichtiger Schatz; das Liebste
INNE WERDEN	bemerken, begreifen; herausfinden; hier auch: in Erfahrung bringen

IPERICON, DAS	Johanniskraut (lateinisch »Hypericum perforatum«); Heilpflanze, die bei Unruhe und Depression helfen soll
IRCHTAG, DER	Dienstag
JAKOBITAG, DER	25. Juli, dem Apostel Jakobus dem Älteren gewidmeter Tag und traditioneller Beginn der Erntezeit. An diesem für das Bauerntum wichtigen Tag gibt es viele Bräuche.
JASCHMARREN, DER	traditionelles, pfannkuchenähnliches Gericht, das die verlobungswillige Frau ihrem Auserwählten servierte (vor allem in Südbayern)
JOPPE, DIE	Jacke
JÖPPLEIN, DAS	Jäckchen, Jäcklein
KALM, DIE	Kalb
KAMPEL, DER	Mann
KARRNER	Bezeichnung für das fahrende Volk (auch Jenische) mit eigener Sprache (siehe auch ROTWELSCH, DAS); Tiroler Minderheit
KATHREIN	Gedenktag der heiligen Katharina von Alexandria, gefeiert am 25. November. Der sogenannte Kathreintanz bildet am letzten Sonntag vor dem 25. November den Abschluss der Tanzsaison, ganz nach dem Spruch »Kathrein stellt den Tanz ein«. Danach beginnt der Advent mit einer Fastenzeit, in der nicht getanz wird.
KELZENDER HUSTEN	unablässiger, bellender Husten
KEUCHEN, DIE	hier: Zelle, kleiner Raum für die Unterbringung inhaftierter Personen
KINDSMENSCH, DAS	Aufsichtsperson für ein Kind oder einen Säugling. Generell wurde mit »das Mensch« im Bairischen eine Magd, eine Bedienstete bezeichnet. (Siehe auch KUCHELMENSCH) Desweiteren nannte man so auch abfällig generell Frauen im Sinne von »Luder«.
KINDLWOCHEN, DIE	Wochen- oder Kindbett. Zeitraum von zwei bis sechs Wochen nach der Geburt, in denen sich die Gebärmutter bei der Gebärenden zurückbildet und die Plazenta als Wochenfluss abgeht. Die Frauen wurden in dieser Zeit von der katholischen Kirche als »unrein« angesehen.

KIRM, DIE	Tragekorb für den Rücken, früher auch zum Heu-transport verwendet
KIRTA, DIE	Kirchweihfest. Feier zum Jahrestag der Kirchen-weihe eines Ortes. Heute eine nicht mehr an diese gebundene Feier (regional auch »als Kirmes« be-zeichnet).
KIRTAHEIMGARTEN, DER	Unterhaltung bei einem Bauern am Kirchweihtag nach dem Gottesdienstbesuch (vgl. HEIMGARTEN)
KLAUBENBROT/ KLETZENBROT, DAS	Früchtebrot, das traditionell um die Weihnachts-zeit gebacken wird. Es besteht unter anderem aus Birnen (»Kletzen«), die man »klauben« (pflücken, sammeln) muss. Gehörte auch zu den Festtags-speisen am Nikolaustag.
KLUFEN, DIE	Ansteck-, Sicherheitsnadeln (siehe auch ANKLUFEN)
KNERREN	quengeln; knarren
KOCHERL, DAS	Haushälterin; Köchin
KOPRATOR, DER	Kooprator; Mitarbeiter des Pfarrers
KOPULIER/ KOPULIERUNG, DIE	Vom lateinischen »copulare« = verbinden, vereini-gen. Hier: zwei Menschen bei der Vermählung zu Mann und Frau erklären
KRAUTRIG MACHEN, SICH	schäkern, flirten, tändeln; sich abmühen
KRAXEN, DIE	Tragekorb für den Rücken
KRAXENTRAGER/ KRAXENKRÄMER, DER	Händler, der seine Waren aus einem Korb auf sei-nem Rücken verkauft
KRIGELN	heiser sein; sich räuspern
KRISCHPERL/ KRISCHBERL, DAS	kleiner, schmächtiger Mensch
KROWAT, DER	Gauner; Mistkerl
KRUMPAT	krumm, krummbucklig
KUCHELMENSCH, DAS	in der Küche angestelltes Mädchen
KUCHELWAGEN, DER	Wagen, auf dem bei einer Hochzeit die Aussteuer der Braut präsentiert und zum Haus des Bräuti-gams gefahren wurde
KÜNIGKAMMER/ KINIKAMMER, DIE	Königskammer; die beste Stube des Bauernhofs, die nur zum Vorzeigen eingerichtet war oder nur bei sehr hohen Anlässen benutzt wurde

KUNKEL, DIE	Teil des Spinnrads, auf dem das noch unversponnene Material aufgesteckt wurde. (Siehe auch SPINNROCKEN) Außerdem Bezeichnung für die »gute Stube«, einen großen (meist als einzigen) beheizten Raum, in dem man sich im Winter nach der Arbeit zusammensetzte. (Siehe auch HEIMGARTEN)
LANDJAGER, DER	Landjäger, Gendarm, Polizist im ländlichen Raum
LAURENZ(I)	Gedenktag des heiligen Laurentius, der am 10. August gefeiert wird.
LAUTER	rein
LEBZELTER, DER	seit dem 13. Jahrhundert Berufsbezeichnung für den Lebkuchenbäcker
LEILACHEN, DAS	Bettlaken, Leinenlaken
LETZ	boshaft, gemein; erbarmungslos
LICHTMESS	Korrekt Darstellung des Herrn; früher Mariä Lichtmess oder Mariä Reinigung. Fest, das am 2. Februar, 40 Tage nach Heiligabend, gefeiert wird. An diesem Tag, dem Ende der Weihnachtszeit, wurden die Kerzen für das kommende Jahr geweiht.
LUCK	locker; nicht luck lassen = nicht nachgeben, nicht aufgeben
LÜDRIAN, DER	liederlicher Mensch, Schlawiner
MANDRAGORA, DIE	Alraune; giftige Heil- und Ritualpflanze. Bezeichnung für Amulette und Glücksbringer aus der Alraunpflanze.
MARKETENDERIN, DIE	Früher Bezeichnung für eine Frau, die das Heer begleitete, mit Lebensmitteln und Gebrauchsgegenständen versorgte und sich auch um Kranke und Verwundete kümmerte. Teilweise boten sich die Frauen auch als Prostituierte an.
MARKIEREN	simulieren, vortäuschen, so tun als ob
MATHÄI	Gedenktag des Evangelisten Matthäus, gefeiert am 21. September.
MENTSCHER, DIE	Mädchen, junge Frauen (etwas abwertend); auch Geliebte

MESSMER, DER	Messner, Küster, Sakristan, Kirchendiener, Angestellter der Kirche, der dem Pfarrer zur Hand geht
MESSMERIN, DIE	Frau des MESSMERS. Frauen wurden nach ihrer Heirat oft über den Beruf des Mannes identifiziert, auch wenn sie diesen nicht selbst ausübten.
METZENWEIS	massenhaft; körbeweise; von »Metzen«, einem Hohlmaß in Österreich und teilweise Bayern, zum Beispiel bei Körben, die in der Hopfenernte eingesetzt wurden
NACHSTINGA	nächste, nächster, nächstes
NAPOLI, DER	Napoleon Bonaparte (etwas verächtlich, auch verniedlichend gemeint)
NARRET	verrückt; lustig, glücklich; unvernünftig
NEINSCHMECKEN	hineinschnuppern; die Nase hineinstecken; beiläufig mitbekommen
NESTEL, DIE	Schnur
NESTELKNÜPFEN, DAS	Analogiezauber aus der Antike kommend. Als Liebes- oder Schadenszauber werden durch das Knüpfen von Knoten Bindungen erhalten oder herbeigeführt.
NINDATSCHT	nirgends
OARL, DAS	Ei
OARSPEIS, DIE	Eierspeise
OHABISCH/ANHABISCH	anhänglich; oft für jemanden, der unglücklich verliebt ist und sich nicht lösen kann und will
OHEBEN	anfangen; an etwas herangehen
PASCHER, DER	Schmuggler, Schwarzhändler
PRÄTENDIEREN	vorgeben, vorschützen; Anspruch erheben
PROFESS, DIE	abgelegtes (öffentliches) Ordensgelübde (vom lateinischen »professio« = Bekenntnis)
PUMPERN	schlagen, klopfen, poltern
RANKEN, DER	derbes Stück vom Brot oder Fleisch
RAUCHMANTEL, DER	Auch Pluviale, Regen-/ Chor- oder Vespermantel. Ein liturgisches Gewand vor allem der römisch-katholischen und anglikanischen Kirche. Es kann auch von Personen getragen werden, die nicht die Priesterweihe erhalten haben.

RAUH	hier: rauhes Gericht im Sinne von deftiges Essen
RIEGELSAM	ansehnlich, stattlich; rüstig; tüchtig
ROTWELSCH, DAS	Sammelbegriff für verschiedene Soziolekte gesellschaftlicher Randgruppen, die auf dem Deutschen basieren und seit dem späten Mittelalter vor allem bei Bettlern, fahrendem Volk und in kriminellen Kreisen vorkamen. (Siehe auch WELSCH)
RÖLLEIN, DAS	Teil des Pferdegeschirrs; Riemendurchzug
ROTER GOCKEL, DER	Synonym für das Feuer. Jemandem den roten Gockel/Hahn auf das Dach zu setzen, bedeutet, ihm das Haus anzuzünden.
ROTE RUHR, DIE	Heute auch als Dysenterie bezeichnete, entzündliche Infektion des Darms durch Bakterien. Vor allem in heißen Monaten und wegen mangelnder Hygiene ausgelöst, starben die Erkrankten daran häufig.
SACK, DER	Tasche, Beutel; Hosen-/ Jackentasche
SACKTUCH, DAS	Taschentuch
SAKRISCH	sehr, gewaltig, ungeheuer, unglaublich
SCHÄFFEL/ SCHEFFEL, DER	Raummaß aus der Landwirtschaft für die Bemessung von Schüttgütern (zum Beispiel Getreide). Der bayerische Scheffel betrug circa 220 Liter.
SCHANZLEIN, DAS	angenehmer Posten; bequeme, gut bezahlte Tätigkeit
SCHAMSTER DIENER	Höflichkeitsfloskel in der Bedeutung von »ihr ergebenster Diener«
SCHAUBE, DIE (BROKATNE)	feines, repräsentatives Übergewand/Überkleid mit röhrenförmigen Ärmeln, aus dem Mittelalter stammend
SCHAW/ SCHAWER, DER	Schurz, Schürze
SCHDAD	still
SCHEPS, DER	Dünnbier; heute abwertend für schlechtes Bier
SCHIACH	häßlich; schlecht; widerlich; grantig, unfreundlich

SCHINDANGER, DER	Schindacker. Gemeinschaftlicher Platz, auf dem tote Tiere gehäutet und die Kadaver verscharrt wurden. Er diente auch zum Vergraben von Menschen, die kein kirchliches Begräbnis bekommen durften (zum Beispiel Hingerichtete, Prostituierte, Selbstmörder).
SCHLEISSIG	schäbig, abgenützt
SCHLEUNEN, SICH	sich beeilen
SCHMECKEN	riechen, duften; einen Geruch verströmen
SCHMISETTLEIN, DAS	vom französischen »chemise« = Hemd. Halbhemdchen, Westchen; ein Stück Stoff, das die Brust ziert.
SCHÖPSENFLEISCH, DAS	Lammfleisch
SCHRAGEN, DER	Bock; Gestell aus kreuzweise verbundenen Latten
SCHÜRG, DER	Scherge, Handlanger, Büttel
SCHÜSSELRAHME, DIE	Wandregal, speziell für Teller oder Schüsseln
SCHWAIGERIN, DIE	Sennerin, die in den Sommermonaten das Vieh auf der Alm versorgt. Die Almhütte wird als Schwaig bezeichnet.
SELL	da, dort; selbiges; solche, solcher, solches
SESSELOFEN, DER	großer Ofen; Kombination aus Kachelofen und Sparherd
SKAPULIERE, DIE	vom lateinischen »scapularium« = Schulterkleid. Bezeichnung für Überwürfe, die über den Tuniken von Ordenstrachten getragen werden.
SÖLLER, DER	Eine Art Dachterasse über einem Vorbau, ähnlich einem Balkon
SORGENSTUHL, DER	bequemer Sessel, Armsessel, in dem das Familienoberhaupt über die Sorgen des Alltags nachdenkt
SPAIZEN	spucken
SPEKULIERGLAS, DAS	Brille oder Monokel
SPEISGITTER, DAS	Kommunionbank, Kommuniongitter. Etwa hüfthohe Bank, die vor dem Altarraum angebracht ist. Hier knien die Gläubigen beim Empfang der Hostie während der Kommunion.
SPINNROCKEN, DER	Teil des Spinnrads, an dem die noch unversponnenen Fäden befestigt werden (siehe auch KUNKEL)
STAFFEL, DIE	Stufe einer Treppe

STAMPERL, DAS	kleines (Schnaps-) Glas mit circa zwei Zentiliter Volumen Fassungsvermögen
SUNSELN	dösen, ein Nickerchen machen
STOCKUHR, DIE	Räderuhr mit Federzug zum Aufstellen auf Tischen oder Kaminen
STUHLFEST, DAS	Gespräch zwischen Seelsorger und Brautpaar über die ehelichen Pflichten als feierlicher und wichtiger Bestandteil der Hochzeitsvorbereitungen
TAGWERK, DAS	früher verwendetes landwirtschaftliches Flächemaß, in Bayern sind das circa 3400 Quadratmeter.
TAUCH, DER	anderer Name für Kompott
TEIFISGFRASS, DER	Teufelsfraß. Schlechtes oder schlecht schmeckendes Essen
THOMAS VON KEMPIS	Thomas von Kempen; Augustinermönch, Chorherr und geistlicher Schriftsteller des 15. Jahrhunderts
TOTENPACKERIN, DIE	Meist ledige oder verwitwete Frau, die das Waschen eines Leichnams übernahm und ihn für die Beerdigung einkleidete
TRACH, DIE	Landschaftsbezeichnung; heute Ortsteil von Fischbachau
TRÜCHLEIN, DAS	kleine Truhe
TRUDEN, DIE	Hexen; böse Geister; Nachtgeister
TRUMM, DAS	ein Teil von etwas; ein Stück; ein großes Stück; zum Beispiel ein Mordstrumm
TRUMSCHEIT, DAS	Marientrompete, Nonnentrompete, Trompetengeige. Langes, schuhförmiges Streichinstrument aus Holz, das einen schnarrenden Ton erzeugt und gerne als Trompetenersatz verwendet wurde.
TRUTZGSANGLN, DIE	In Bayern auch als Schnaderhüpfl oder Gstanzl bezeichnete Lieder. Diese Gelegenheitsdichtungen, wurden mit einer einfachen, eingängigen Melodie vorgetragen und nahmen (kritischen, humorvollen) Bezug zu Themen aus allen Lebensbereichen (Politik, Almleben, Wirtshausgeschehen).
UMANAND	herum
UMANANDAPUDLN	herumstreunen; ziellos umherlaufen

UMBRINGEN	hier: Kreuzer ausgeben, verprassen; das Geld durchbringen
UMGEWUZELT	umgeworfen und herumgewältzt
UMSPRENGA	herumschicken; herumspringen
UNHOLD, DER	böser Mensch, Bösewicht, böser Geist, der Teufel; unholde Zauberei
UNSERE LIEBE FRAU VON BIRKENSTEIN	Statue der Madonna in der Wallfahrtskapelle (Gnadenkapelle) in Birkenstein bei Fischbachau
UNGEFÜGE	gorb, derb, klotzig, massig, unförmig
VAGIERENDEN, DIE	fahrendes Volk; Vagabunden
VERDINGEN	einstellen, in Arbeit nehmen
VERDINGUNG, DIE	Auftrag (vor allem im Handwerk)
VERLASSENSCHAFT, DIE	Erbschaft, Hinterlassenschaft
VERLÖBNIS, DAS	Versprechen (nicht nur im Sinne des Eheversprechens)
VERSCHMACHT	gekränkt, eingeschnappt, beschämt, beleidigt
VERSPRENGT	verschreckt, scheu
VERZWAZELT	verzweifelt, verzagt
VIDUZ, DAS	Fiduz; Mut; Appetit, Leidenschaft; Verlangen bekommen auf; Augenmerk auf etwas haben
WABN, DIE	Frau, altes Weib (Baba); heute meist abwertend; auch kurz für Barbara
WACHS, EIN	eine Kerze; Kirzel
WEICHBRUNN, DER	Weihwasser
WEICHBRUNNKRÜGL, DAS	kleines Weihwassergefäß
WEIDLING, DER	große Schüssel, Eimer. In Österreich wird eine Rührschüssel oft auch als Weitling bezeichnet.
WEILLANG, DER	Langeweile; vereinzelt auch Sehnsucht
WEISSDECKE, DIE	weiß angestrichene Decke (im Gegensatz zum Beispiel zur Holzdecke)
WEISTUM, DAS	(mündliche) Unterweisung; Vermittlung von Wissen
WELSCH	fremd, unverständlich, ausländisch (vgl. Kauderwelsch, siehe ROTWELSCH)
WELSCHLAND, DAS	Ausland (vor allem Italien und Frankreich)

WESTENRIEDER, PROFESSOR	Lorenz von Westenrieder (1748–1829); erhielt 1771 die Priesterweihe im Jesuitenorden und arbeitete ab 1774 als Professor für Rhetorik in München; ab 1786 geistlicher Rat und Domkapitular von München; 1813 wurde er geadelt.
WITTIB, DIE	Witwe
WOASLBUA, DER	Waisenjunge
WURZENKRAMER, DER	Berufsbezeichnung für jemanden, der aus Kräutern Lotionen, Seifen und ähnliches herstellt
WUZERL (DAS), (EIN)	liebevoll für kleines, niedliches Kind; Würmchen (als Kosename)
WUZELNACKEND	(vollkommen) nackt; vor allem im Zusammenhang mit Kindern
ZÄCHER / ZÄHREN, DIE	Tränen
ZEHRGELD, DAS	Geld, das speziell für den Erwerb von Nahrung/ Verpflegung gedacht ist (insbesondere auf Reisen)
ZERM	schwer in Ordnung, toll, spitze, pfundig
ZEUG, DER	Stoff
ZIBEBEN, DIE	arabisch »zabiba«, sizilianisch »zibibba«; in Süddeutschland und Teilen Österreichs ein allgemeiner Ausdruck für getrocknete Weinbeeren
ZIECHEN, DIE	Betttücher
ZOACHA, DAS	Zeichen
ZUGBEUTEL, DER	Beutel, durch Schnur um den Saum verschlossen; Geldbeutel
ZWACKS, DER	liebevolle Bezeichnung für ein Kind
ZWIEFITURM, DER	Zwiebelturm; zwiebelförmiger Kirchturm

Lena Christ in der *edition monacensia*

Madam Bäuerin. Roman

Ein verpfuschtes Leben kann man es nennen, das Lena Christ geführt hat. Sadistisch misshandelt als Kind und Jugendliche durch die eigene Mutter. Schließlich ein trunksüchtiger Ehemann, der wieder nur Gewalt als Verständigungsmittel kennt. Sechs Kinder in sechs Jahren, zwei davon Totgeburten, ein schweres Lungenleiden und immer Geldnot und Existenzängste. Das Schreiben war für Lena Christ wohl der einzige Ausweg, ihre Biografie überhaupt zu ertragen. Für ihren letzten Roman »Madam Bäuerin« wählt sie ein heiteres Thema: Die Geschichte eines Stadtfräuleins, das aus Liebe zu einem Mann Bäuerin wird, und das »Happy End« entsprachen wohl nicht nur dem Traum ihres Lesepublikums von einem emphatischen Leben, sondern auch ihrem eigenen.

124 S., Paperback, € 9.90, ISBN 978-3-86906-301-0

Lausdirndlgeschichten. Erzählungen

Mit Leib und Seele daheim war Lena Christ in der bäuerlichen Welt ihrer geliebten Glonner Großeltern. Ein richtiges wildes Lausdirndl war sie gewesen, das sich mit dem Schlosserflorian und dem Neuwirtshubertl zur – natürlich unerlaubten – Obstlese traf und beim Femgericht den Henker spielte. Sie half den Hennen beim Eierlegen und sorgte nach einer schändlichen Leichenrede des Herrn Pfarrer für ausgleichende Gerechtigkeit. Sie wusste, wie man es machen muss, und verlobte sich im Notfall schon einmal zu den armen Seelen. Und auch als sie mit sieben Jahren zur Mutter nach München kam, war sie nie um einen Einfall verlegen. Doch die Unbeschwertheit der frühen Jahre kehrte nicht mehr zurück.

80 S., Paperback, € 7,90, ISBN 978-3-86906-308-9

Liebesgeschichten. Mit einem Nachwort von Asta Scheib

Die Liebe in den Werken von Lena Christ ist keine romantische Angelegenheit. Sie ist ergreifend in den »Erinnerungen einer Überflüssigen«, wehmütig bei »Mathias Bichler«, spannend bei der »Rumplhanni« und äußerst deftig bei den Erzählungen aus »Bauern«. Die beiden Münchner Schauspielerinnen Monika Manz und Sarah Camp haben sich quer durch das Werk von Lena Christ gelesen und die beeindruckensten »Liebesgeschichten« der sprachgewaltigen bayerischen Dichterin zu einem Sammelband zusammengestellt. Herausgekommen ist ein Kaleidoskop der Liebe – aufwühlend und anrührend. Ein wahrer Genuss sowohl für Lena Christ-Kenner als auch für Leser, die sich mit dem Werk der Autorin erst vertraut machen wollen. In der edition pro art ist 2004 ein Hörbuch mit diesen Geschichten erschienen.

88 S., Paperback, € 7.90, ISBN 978-3-86906-308-9

www.ingramcontent.com/pod-product-compliance
Lightning Source LLC
Chambersburg PA
CBHW020600030726
47497CB00007B/2024

*9 7 8 3 8 6 9 0 6 3 0 2 7 *